GENE WOLFE

LE LIVRE DU LONG SOLEIL - 2

CÔTÉ LAC

TRADUIT DE L'AMÉRICAIN
PAR NATHALIE SERVAL

ÉDITIONS J'AI LU

Collection créée et dirigée
par Jacques Sadoul

Titre original :

NIGHTSIDE
THE LONG SUN
A Tor Book

1

C'ÉTAIT LE RÈGNE DES SCIENTIFIQUES...

Le silence s'abattit, aussi brutal qu'un ordre, à l'instant où pater Organsin ouvrit la porte du vieux presbytère à l'angle des rues du Soleil et de l'Argent. Licorne, le plus grand des garçons du palæstra, se tenait très droit sur la chaise la moins confortable de la minuscule sellaria. Organsin devina qu'il s'était laissé tomber dessus en entendant le déclic du loquet.

Le crave nocturne (une fois la porte refermée, Organsin se rappela lui avoir donné le nom d'Oreb) était perché sur le dossier tapissé du fauteuil des « invités ».

— Salut, croassa Oreb. Organsin, bon !

— Bonsoir à tous les deux. Que Tartaros vous bénisse !

Licorne s'était levé à son entrée ; il lui fit signe de se rasseoir.

— Mille excuses, Licorne. Mater Rose m'avait annoncé ta visite mais je l'avais oubliée. Il s'est passé tellement... Ô Sphigx ! Sphigx, aie pitié de moi !

Une douleur subite et lancinante dans la cheville lui avait arraché cette exclamation. Pendant qu'il se dirigeait en boitillant vers l'unique fauteuil confortable de la pièce (celui qu'il occupait pour lire), il songea qu'il allait sans doute le trouver chaud. Il fut tenté de tâter le coussin pour s'en assurer, y renonça pour ne pas embarrasser Licorne, puis la curiosité l'emporta. Prenant appui sur la canne à tête de lionne de Sangre, il passa sa main libre sur le dessus du fauteuil. Chaud.

— Je m'y suis assis quelques minutes, pater. De là, je voyais mieux votre oiseau.

Organsin prit place sur le fauteuil et étendit sa cheville blessée sur un repose-pied.

— Tu as passé la moitié de la nuit ici ? demanda-t-il.

— A peine une heure ou deux, pater. C'est moi qui balaie pendant que mon père vide la caisse et... et range l'argent.

Organsin acquiesça de la tête :

— Tu n'es pas obligé de me dire où il le cache. Je serais incapable de vous voler quoi que ce soit, à toi ou à ta famille, mais sait-on jamais... on pourrait nous écouter.

Licorne sourit :

— Votre oiseau pourrait le répéter, pater. Et puis, on raconte que ses semblables volent tout ce qui brille, les bagues, les cuillères...

— Pas voleur, protesta Oreb.

— Je pensais à des oreilles humaines. Aujourd'hui, j'ai confessé une malheureuse jeune femme et je suis certain que quelqu'un a tout écouté dehors. J'ai failli me lever et aller voir mais estropié comme je le suis, l'homme avait tout le temps de détaler avant que je passe la tête à la fenêtre... et de revenir dès que j'aurais eu le dos tourné. Heureusement, elle parlait bas, soupira-t-il.

— L'indiscrétion n'offense-t-elle pas les dieux, pater ?

— Si. Mais je ne crois pas que cet homme-là s'en

soucie. Le pire, c'est que je le connais et que je l'apprécie. Je suis persuadé qu'il y a beaucoup de bonté en lui, quoi qu'il fasse pour la cacher.

Oreb agita son aile valide :

— Héron, bon !

— Je n'ai nommé personne, dit Organsin à l'adresse de Licorne. Et tu n'as rien entendu.

— Non, pater. D'ailleurs, je ne saisis pas la moitié de ce que dit cet oiseau.

— Tant mieux. Dommage que tu me comprennes, moi.

Licorne s'empourpra :

— Désolé, pater. Je ne voulais pas...

— Je me suis mal exprimé, ajouta vivement Organsin. Laissons cela de côté ; nous y viendrons plus tard. Ce que je voulais dire, c'est que j'ai eu tort de te parler de cette confession. Mais je suis trop fatigué pour tenir ma langue. Et depuis la disparition de pater Bécard... Encore heureux que je puisse me confier à mater Marbre. Sans elle, je crois que je deviendrais fou.

Il se pencha en avant, s'efforçant de canaliser le flot de ses pensées :

— Cet homme est bon — du moins est-il capable de faire le bien —, mais il n'a pas foi dans les dieux. Je vais devoir lui arracher l'aveu de son indiscrétion afin de l'absoudre. Cela ne sera pas facile, Licorne, mais je ne vois aucun moyen de me soustraire à mon devoir.

— Oui, pater.

— Mais je verrai cela plus tard. J'ai eu bien trop à faire ce soir, sans parler de cet après-midi. J'ai vu... quelque chose dont je ne puis te parler, hélas. Mais depuis mon retour, je n'ai pas cessé de penser à cet homme et au problème qu'il me pose. C'est cette chose bleue, sur l'aile de l'oiseau, qui m'y a fait penser.

— Je me suis demandé ce que c'était, pater.

— Une sorte d'attelle.

Organsin jeta un coup d'œil à la pendule :

— Tes parents vont être dans tous leurs états.

Licorne secoua la tête :

— J'ai dit à mes frères et sœurs où j'allais. Je pense qu'ils le leur auront répété.

— Je l'espère, par Sphigx.

Organsin souleva sa jambe blessée, roula sa chaussette et défit le bandage pareil à une peau de chamois.

— Que dis-tu de ça, Licorne ?

— Qu'est-ce que c'est, pater ? Du cuir ?

— C'est mieux que ça, répondit Organsin en lui tendant le pansement. J'ai un service à te demander. Voudrais-tu le lancer de toutes tes forces contre le mur ?

Licorne ouvrit de grands yeux.

— Si tu crains de casser quelque chose, tape-le par terre. Pas sur le tapis. Plutôt là-bas, sur le plancher. Très fort, s'il te plaît.

Licorne s'exécuta puis lui rendit le bandage :

— On dirait qu'il chauffe.

— J'y comptais bien.

Organsin enroula le pansement qui épousa aussitôt sa cheville blessée, à sa grande satisfaction.

— Comme tu le vois, ce n'est pas une vulgaire bande de cuir, malgré son apparence extérieure. Le mécanisme en est aussi raffiné que le filigrane doré d'une carte. Quand on le sollicite, il emmagasine de l'énergie dont il convertit la plus grosse part en chaleur une fois au repos. Le reste se transforme en son. C'est du moins ce qu'on m'a dit, car on ne peut l'entendre. Sans doute est-il trop faible, à moins que la fréquence ne soit trop élevée. Est-ce que tu entends quelque chose ?

Licorne fit signe que non.

— Moi non plus, pourtant je perçois des bruits auxquels pater Bécard restait sourd... Comme le grincement du portail du jardin, avant que je n'y mette de l'huile.

Organsin se détendit sous le double effet du bandage et de la mollesse de son siège.

— Ce merveilleux pansement est probablement un vestige du méande de l'ancien soleil, reprit-il. Comme les lunettes, les Fenêtres Sacrées et tous ces objets que nous utilisons sans être capables de les remplacer.

— C'était le règne des scientifiques, pater. C'est mater Rose qui nous l'a dit.

— Héron, bon, croassa Oreb.

Organsin éclata de rire :

— Est-ce lui qui t'a appris ces mots pendant qu'il soignait ton aile, créature sans cervelle ? Certes, le docteur Héron est un scientifique dans son genre. Il a étudié la médecine. C'est de lui que je tiens ceci.

— Ce truc-là, ça vaut dans les vingt ou trente cartes, pater.

— Plus que ça. Connais-tu Alque ? Un grand gaillard qui assiste parfois au sacrifice du scyldi.

— Il me semble que oui, pater.

— Large d'épaules, avec une mâchoire très développée et des oreilles décollées. Il porte un crochet et des bottes.

— Je ne lui ai jamais adressé la parole, pater, mais je vois qui c'est.

Un grand sérieux se peignit sur le beau visage juvénile de Licorne :

— Les gens disent qu'il n'est bon qu'à faire des ennuis ; le genre à bousculer quiconque se trouverait sur son chemin. C'est ce qu'il a fait au père de Carline.

Organsin avait tiré son chapelet de sa poche et s'était mis à l'égrener distraitement :

— Ce que tu m'apprends là me peine beaucoup. Il faudra que je lui en parle à l'occasion.

— Vous feriez mieux de l'éviter, pater.

Organsin secoua la tête :

— Au contraire, Licorne. Le devoir m'oblige à rechercher la compagnie de ses semblables. L'Autre lui-même... Je voulais juste te dire que j'avais montré ce bandage à Alque, et il m'a dit qu'il valait bien plus que ça. C'est sans importance, d'ailleurs. T'es-tu jamais demandé pourquoi le savoir de l'ancien méande s'était perdu avec celui-ci ?

— J'imagine que ceux qui le détenaient ne sont pas venus sur le nôtre, pater.

— C'est l'évidence même. Ou alors ils ne se sont pas établis à Viron. Pourtant, leurs connaissances nous seraient d'un grand secours. Je suis certain qu'ils seraient venus, si Pas leur en avait donné l'ordre.

— Les aériens volent, pater. Pas nous. On en a vu un hier, vous vous rappelez ? Juste après la partie de balle. Il est passé tout près. Voilà ce qui me plairait : voler comme un oiseau.

— Pas voler ! annonça Oreb.

Organsin étudia un instant la croix qui pendait de son chapelet puis laissa celui-ci tomber sur ses genoux.

— Ce soir, j'ai fait la connaissance d'un vieillard qui possède une jambe artificielle tout à fait extraordinaire, reprit-il. Il lui a fallu cinq jambes cassées ou hors d'usage pour la construire, mais le résultat est digne des premiers colons... Digne de l'ancien méande. En la voyant, je me suis dit qu'il serait bien de pouvoir en fabriquer de pareilles pour mater Rose et mater Marbre, sans parler de tous ces mendiants aveugles ou infirmes. Tu as raison, ce serait merveilleux de savoir voler. Moi aussi, j'en ai toujours rêvé. Si on arrivait à fabriquer des jambes pour tous ceux qui en ont besoin, peut-être ferait-on aussi des ailes pour tous ceux qui en ont envie ?

— Ce serait chouette, pater.

— Peut-être n'est-il pas trop tard, Licorne. Si les gens de l'ancien méande ont réussi à perpétuer ce savoir...

Organsin se secoua, bâilla, puis se leva avec l'aide de la canne de Sangre.

— Eh bien, merci de ta visite. Cela m'a fait très plaisir mais maintenant, il est temps d'aller se coucher.

— Je devais... Mater m'a dit...

— Exact, dit Organsin en rangeant son chapelet. Je suis censé te punir, ou du moins te sermonner. Pourquoi mater Rose était-elle en colère contre toi, déjà ?

Licorne déglutit, puis :

— Je vous ai imité, pater. Je ne recommencerai plus.

— Bien sûr !

Organsin se laissa tomber sur son fauteuil :

— Je t'ai entendu avant d'ouvrir la porte. Pour tout dire, je me suis même assis sur une marche pour écouter. Ton imitation était tellement réussie, qu'un instant j'ai cru entendre ma propre voix. Tu es très doué.

— Garçon, bon, croassa Oreb. Pas taper lui.

— Je n'en ai pas l'intention, assura Organsin.

L'oiseau vint se poser sur ses genoux puis sauta sur le bras du fauteuil et, de là, gagna son épaule.

— Il arrive que mater Rose nous frappe, pater.

— Je sais. C'est très courageux de sa part, mais je crains que ce ne soit mal raisonner. Recommence, Licorne. Dehors, je n'ai pas tout compris de ce que tu disais.

Licorne se mit à marmonner. Organsin éclata de rire :

— Cette fois non plus, je n'ai pas tout entendu. Je ne crois pas parler aussi bas. J'entends l'écho de ma voix depuis l'ambion.

— C'est vrai, pater.

— Alors, répète-le aussi fort que moi. Je te promets de ne pas me fâcher.

— Je disais juste… vous savez, les trucs que vous racontez…

— Pas parler ? interrogea Oreb.

— Parfait, reprit Organsin, ignorant son intervention. Il me tarde d'entendre ça. Nous sommes ici pour en parler et je suis certain que ce sera très instructif. J'ai par trop tendance à me prendre au sérieux.

Licorne secoua la tête et fixa le bout de ses pieds.

— Allons ! Qu'est-ce que je dis, par exemple ?

— De toujours vivre selon les dieux et de les remercier de l'existence qu'ils nous offrent. De prendre exemple sur les sages.

— Très bien cité, Licorne. Mais je désire te l'entendre dire avec ma voix. Tu veux bien m'exaucer ?

— Il va falloir que je me lève, pater.

— A ta guise.

— Ne me regardez pas, d'accord ?

Organsin ferma les yeux. Le silence se prolongea pendant presque une minute. A travers ses paupières, Organsin sentit que la lumière pâlissait derrière son fauteuil. Il en éprouva du soulagement. Son avant-bras droit, lacéré par le bec de l'oiseau à tête blanche, était brûlant et meurtri. Il était si las que tout son corps lui faisait mal.

— Celui qui vit avec les dieux, tempêta sa propre voix, ne manque jamais de leur faire savoir qu'il se satisfait du sort qu'ils lui ont assigné et que toujours son esprit se pliera à leur volonté... l'esprit que Pas a mis en chaque homme afin qu'il lui serve de guide et de gardien, la meilleure part de lui-même, son intelligence et sa raison. Il est en votre pouvoir de bâtir ici-bas l'existence dont vous rêvez dans l'autre monde. Et si les autres vous en empêchent...

Organsin sentit quelque chose glisser sous sa semelle.

— ... Le contraire de la sagesse, c'est de considérer celle-ci comme un absolu inaccessible, l'apanage d'un prolocuteur ou d'un conseiller. Ceux-là mêmes vous diraient que la sagesse est à la portée de chacun, fût-il un tout petit enfant. L'enfant sage est celui qui reconnaît la sagesse de ses maîtres et sait les écouter...

Organsin rouvrit les yeux :

— Le début de ton discours était un extrait des Écritures, Licorne. Le sais-tu ?

— Non, pater. Mais je vous ai entendu le dire.

— C'était une citation. C'est bien que tu l'aies apprise par cœur, même si tu l'as fait pour te moquer de moi. Assieds-toi. Tu parlais de la sagesse. J'estime que tu mérites mieux que les inepties dont j'ai pu vous abreuver. Qu'est-ce qu'un homme sage, Licorne ? As-tu jamais réfléchi à cette question ?

— Eh bien... c'est vous, pater.

— NON !

Organsin se leva si brusquement que l'oiseau poussa un cri. Il s'approcha de la fenêtre et contempla à travers les barreaux les ornières de la rue du

Soleil, tellement sombre sous le flot mystérieux de la lumière céleste.

— Non, Licorne, je ne suis pas sage ou, plutôt, je ne l'ai été qu'une minute dans toute mon existence...

Il boitilla jusqu'à la chaise de Licorne et s'agenouilla au pied de celui-ci.

— Pour te dire à quel point j'ai été fou : à ton âge, je n'attachais d'importance qu'à la pensée, à la sagesse. Tu es un garçon sportif, Licorne. Tu cours, tu sautes, tu grimpes... J'en faisais autant à ton âge, mais je n'avais que mépris pour ces talents. A quoi bon m'en vanter, puisque mon agilité n'atteignait pas celle d'un singe ? En revanche, je pensais mieux qu'un singe... Mieux que quiconque de ma classe, à dire vrai.

Organsin secoua la tête, un sourire amer aux lèvres :

— Dire que j'étais fier de cette absurdité !

— Ce n'est pas bien de penser, pater ?

— Il s'agit de penser juste, expliqua Organsin en se relevant. La pensée trouve sa justification et son aboutissement dans l'action. Sinon, à quoi sert-elle ? Si on n'agit pas, la pensée n'a aucun prix. Si on est empêché d'agir, elle est inutile.

Il regagna son fauteuil mais demeura debout :

— Combien de fois m'as-tu entendu parler de l'illumination, Licorne ? Au moins vingt ou trente fois. Qu'est-ce que je vous ai dit ?

Licorne jeta un regard implorant à Oreb, comme pour solliciter son aide, mais l'oiseau se contenta de tendre le cou en piétinant l'épaule d'Organsin, à croire qu'il était impatient d'entendre sa réponse. Enfin, il parvint à articuler :

— C'est... c'est une forme de sagesse qu'un dieu déverse en vous. Ça ne sort pas d'un livre, mais...

— Ce serait peut-être mieux si tu le disais avec ma voix, suggéra Organsin. Relève-toi et essaie. Je ne te regarderai pas si cela te gêne.

Licorne se leva, rejeta la tête en arrière et fixa le plafond d'un air pénétré :

— Être illuminé, c'est connaître sans avoir appris. Ce n'est pas pour autant qu'il ne faut pas étudier, mais l'illumination, c'est mieux. Être illuminé, c'est entrer dans le secret des dieux.

Il ajouta de sa propre voix :

— Comme ça, au débotté, c'est tout ce que je me rappelle, pater.

— Le choix des mots n'est pas toujours adéquat, critiqua Organsin, mais l'intonation est excellente et tu as très bien saisi mes tics de langage. Mieux, rien de ce que tu as dit n'était faux. Mais dis-moi, Licorne : qui sont les illuminés ?

— Des gens qui ont fait beaucoup d'efforts pour être bons, depuis longtemps. Quelquefois, ils sont récompensés.

— Pas toujours ?

— Non, pater. Pas toujours.

— Et si je te disais que j'ai moi-même été illuminé, me croirais-tu ?

— Oui, pater. Si vous le dites.

— Et si je te disais que je l'ai été pas plus tard qu'hier ?

— Oui, pater.

— Pourtant, je n'ai rien fait pour le mériter. Je serais tenté d'ajouter que tu te trouvais alors avec moi, mais ce n'est pas tout à fait exact.

— C'était avant le mantéion, pater ? Hier, vous avez parlé d'un sacrifice en votre nom propre. C'était à cause de ça ?

— Oui. Mais je ne l'ai pas fait, et peut-être ne le ferai-je...

— Pas couper !
— Si je sacrifie quelqu'un, ce ne sera pas toi, précisa Organsin à l'adresse d'Oreb.
— Oiseau, ami ?
— Oui.
Organsin leva la canne de Sangre à hauteur de son épaule. Oreb sauta sur le pommeau et le regarda en penchant la tête d'un côté puis de l'autre.
— Il a refusé que je le touche, dit Licorne.
— Tu n'avais aucune raison de le faire, et puis il ne te connaissait pas. Les animaux détestent le contact des étrangers. As-tu déjà possédé un oiseau ?
— Non, pater. J'avais une chienne mais elle est morte.
— J'espérais que tu pourrais me conseiller. Je ne voudrais pas qu'Oreb meure, quoiqu'il ait l'air robuste. Tends-moi ton poignet.
Licorne s'exécuta. Oreb sauta sur ce nouveau perchoir :
— Garçon, bon !
— Tu n'as pas eu beaucoup de jouets dans ton enfance ? reprit Organsin.
— Pas beaucoup. Nous étions...
Un sourire éclaira soudain le visage de Licorne :
— Mon grand-père m'en avait fabriqué un, un bonhomme en bois avec un manteau bleu, relié à des ficelles. En m'appliquant, j'arrivais à le faire marcher et saluer.
— Oui !
Une flamme brilla dans les yeux d'Organsin qui martela le sol de la pointe de sa canne.
— C'est à ce genre de jouets que je faisais allusion. Permets-tu que je te parle du mien ? Peut-être crains-tu que je ne m'écarte du sujet, mais je t'assure que ce n'est pas le cas.
— Allez-y, pater.

— C'était un couple de danseurs, deux figurines en bois peint. Quand je remontais la clé, ils évoluaient sur une scène au son d'une musique. La petite femme dansait avec grâce. Son compagnon faisait des pirouettes, des entrechats et toutes sortes de cabrioles. Il y avait trois airs différents ; on les sélectionnait à l'aide d'une manette. Je jouais avec des heures durant. J'inventais des paroles aux chansons, j'imaginais le dialogue des deux danseurs — un dialogue assez niais, je le crains.

— Je comprends, pater.

— Ma mère est morte pendant ma dernière année de schola, Licorne. Je crois te l'avoir déjà dit. J'étais en train de bûcher un examen quand le prélat m'a fait appeler. Il m'a dit de retourner chez moi après l'ultime sacrifice, pour déménager mes affaires personnelles. La maison de ma mère — son unique bien — revenait au Chapitre, comprends-tu ? C'est une clause du contrat qu'on signe en entrant à la schola.

— Pauvre Organsin !

Organsin sourit à l'oiseau :

— Possible, mais sur le coup je ne l'ai pas ressenti ainsi. J'étais malheureux d'avoir perdu ma mère mais je ne crois pas m'être apitoyé sur mon sort. J'avais des livres, des amis et je mangeais à ma faim. Mais là, je m'écarte du sujet. Pour y revenir, disons que j'ai découvert ce jouet au fond de mon armoire. J'étais à la schola depuis six ans et, même avant, je ne l'avais plus touché depuis des années. Je l'ai remonté, les danseurs ont tourbillonné et la musique a joué, tout à fait comme quand j'étais petit garçon. C'était « Premier amour »... Jamais je n'oublierai cette mélodie.

Licorne toussa :

— A ce propos, pater... Moi et Ortie, on en parle parfois... Pour quand on sera plus grands.

— Ortie et moi, corrigea machinalement Organsin. C'est bien, Licorne. Et vous serez adultes plus vite que vous ne l'imaginez. Je prierai pour vous deux. Ce que je voulais te dire, c'est que j'ai pleuré alors. Je n'avais pas versé une larme en assistant aux rites, même pas quand on avait mis le cercueil en terre. J'ai compris tout à coup que les danseurs n'avaient pas vu passer le temps. Ils ne pouvaient pas savoir que l'enfant qui les remontait autrefois était devenu cet homme, ni que la femme qui les avait achetés dans la rue de l'Horloge était morte. Tu me suis ?

— Je crois que oui, pater.

— L'illumination, c'est la même chose à l'échelle du méande. Le temps s'arrête pour tous mais toi, tu es plongé dans un temps plus vaste, à l'intérieur duquel un dieu s'adresse à toi. Dans mon cas, ce fut l'Autre. Je ne crois pas vous avoir beaucoup parlé de lui jusqu'ici, mais j'entends bien me racheter. Cet après-midi, mater Menthe m'a dit quelque chose qui n'a cessé de m'accompagner depuis : l'Autre n'est pas comme les autres dieux qui tiennent conseil entre eux dans l'Unité Centrale ; personne ne peut jamais dire ce qu'il a en tête. Mater Menthe est modeste, mais aussi très sage.

— Elle, bonne !

— C'est vrai, elle est la bonté même. Humble et pure.

— Pour en revenir à l'illumination, pater, intervint Licorne, je veux dire : la vôtre... C'est à cause de ça qu'il y a des gens qui vous veulent pour caldé ?

Organsin fit claquer ses doigts :

— Je suis content que tu y fasses allusion... J'avais l'intention de te questionner à ce sujet. Quelqu'un a écrit « Organsin pour caldé » à la craie sur un mur ; je l'ai aperçu en rentrant. Est-ce toi ?

Licorne secoua la tête.

— Ou quelque autre garçon ?

— Je ne crois pas, pater. J'en ai vu à deux endroits ; ici, sur une boutique, et puis dans la rue du Chapeau, sur l'immeuble où habite Gossypium. Dans les deux cas, l'inscription est placée très haut. Moi seul aurais pu l'écrire. Locuste aussi, je pense, mais il dit que ce n'est pas lui.

— Tu as sans doute raison, Licorne. Ce doit être à cause de l'illumination. Quelqu'un m'aura entendu en parler. Je l'ai dit à plusieurs personnes, dont toi. Peut-être ai-je eu tort.

— C'était comment, pater ? A part que le temps s'est arrêté ?

Le silence s'installa, seulement troublé par le tic-tac de la pendule sur la cheminée. Une fois de plus, Organsin médita son expérience. Il l'avait déjà tellement tournée et retournée dans son esprit qu'elle était comme un galet poli par la mer, lisse et opaque. Enfin, il répondit :

— A cet instant, j'ai eu la révélation de tout ce qu'il me faudra jamais savoir. Le terme d'instant ne convient pas, en fait, puisque je me trouvais alors hors du temps. A présent (il sourit), j'y suis bel et bien retourné. Et je me rends compte qu'il va me falloir du temps pour assimiler tout ce qui m'a été dévoilé en cet instant qui n'en était pas un. Suis-je assez clair ?

Le pauvre Licorne hocha la tête d'un air hésitant :

— Il me semble que oui, pater.

Perdu dans ses pensées, Organsin ne reprit pas tout de suite :

— Entre autres choses, j'ai alors appris que j'étais destiné à enseigner. La seule mission que l'Autre m'ait confiée, c'est de sauver notre mantéion, mais de le faire en tant que professeur. Les vocations sont multiples, Licorne. La plus élevée de toutes est l'adoration pure. La mienne est d'enseigner, et un enseignant est aussi un homme d'action. Le vieillard que j'ai rencontré ce soir — celui qui possède une jambe prodigieuse — est aussi un professeur, toujours en activité malgré son âge et son infirmité. Il enseigne l'escrime. Pourquoi crois-tu qu'il soit aussi actif ?

Les yeux de Licorne se mirent à briller :

— Je n'en sais rien, pater. Pourquoi ?

— Parce qu'un combat à l'épée ne laisse pas le temps de penser. Ainsi sa propre vivacité sert-elle d'exemple à ses élèves. Maintenant, écoute-moi bien : cette stratégie est pourtant le fruit d'une *réflexion*, comprends-tu ? Si le combat à l'épée est avant tout affaire de vigilance, l'enseignement de cette discipline fait également appel à l'intelligence. Ce vieillard a dû réfléchir, non seulement au contenu de son enseignement, mais aussi au moyen de le faire passer.

— Je crois que je comprends, acquiesça Licorne.

— Lorsque tu m'imites, tu dois tenir le même raisonnement ; penser non seulement à la manière, mais aussi au contenu. Et à l'opportunité du moment. A présent, rentre chez toi.

Oreb agita son aile valide :

— Homme, sage !

— Merci. Va, Licorne. Si Oreb souhaite t'accompagner, libre à toi de le garder.

— Pater ?

Organsin s'était levé en même temps que son élève :

— Oui ?

— Vous allez étudier l'escrime ?

Organsin mûrit un moment sa réponse :

— Il est des choses plus importantes que la technique de l'escrime, Licorne. Par exemple, savoir qui sont ses ennemis. Et garder les secrets. Tu peux comprendre cela, j'imagine ?

— Oui, pater.

— L'enseignement d'un bon professeur dépasse toujours le cadre strict de sa leçon. Tu diras à tes parents que je ne t'ai pas retenu aussi tard pour te punir mais par négligence, ce dont je m'excuse.

— Pas partir !

Dans un battement d'ailes frénétique, à mi-chemin de l'envol et de la chute, Oreb quitta l'épaule de Licorne pour le dossier du fauteuil tapissé :

— Moi, rester !

Licorne avait déjà la main sur le loquet :

— Je leur dirai la vérité, pater : que vous m'avez parlé de l'Autre et d'un tas d'autres choses.

— Garçon, bon ! croassa Oreb.

— Oiseau stupide, murmura Organsin quand la porte se fut refermée sur Licorne, qu'auras-tu retiré de tout ceci ? Quelques mots nouveaux, peut-être, que tu emploieras à tort et à travers.

— La grâce des dieux !

— Bien sûr... Te voilà bien savant à présent.

Bien qu'il fût encore chaud, Organsin défit le bandage. Il en frappa le coussin du repose-pied puis l'enroula autour de son avant-bras par-dessus le pansement.

— Homme, dieu. Mon dieu.

— Tais-toi, lui rétorqua son dieu d'une voix lasse.

Il fracassa la glace du poing. Les lèvres de Kypris, froides comme la mort, plaquèrent un baiser sur son bras. Il accueillit d'abord cette mort avec soulagement, puis il prit peur et se débattit, mais Kypris refusait de lâcher prise. Aucun son ne jaillit de sa gorge quand il voulut appeler Licorne. La sellaria d'Orchidée s'était substituée à celle du presbytère, sans que cela lui paraisse étrange. Le vent geignait dans la cheminée. Alque lui avait annoncé la venue du vent ; il tenta de se rappeler la suite de sa prédiction.

Sans desserrer son étreinte, la déesse tourna sur elle-même, les bras levés. Son corps était moulé dans une robe de printemps liquide. Organsin n'ignorait rien de la rondeur de ses cuisses ni du galbe de ses hanches. Pendant qu'il la détaillait, l'orchestre de Sangre entonna « Premier amour » et Kypris, tout en restant elle-même, prit les traits de Jacinthe, plus ravissante que jamais. Il trébucha, s'écroula de tout son long, mais leurs mains se joignirent et plus rien n'aurait pu les séparer.

Il s'éveilla en suffoquant. Les lumières s'étaient éteintes d'elles-mêmes. A la faveur de la faible lueur qui filtrait de la fenêtre, il vit Oreb s'enfuir par celle-ci en battant maladroitement des ailes. Mucor était debout au pied de son lit, nue et d'une maigreur squelettique. Il cligna des paupières. L'apparition s'évanouit.

Organsin se frotta les yeux.

Comme dans son rêve, la brise tiède mugissait et faisait danser les rideaux déchirés. Le bandage sur son bras était aussi blanc que ceux-ci et recouvert d'une couche de givre fondant au toucher. Il le défit et en cingla le drap humide avant de l'enrouler autour de sa cheville à nouveau douloureuse. Il se reprocha d'avoir monté l'escalier sans son secours. Que dirait le docteur Héron ?

Le coup frappé sur le drap avait diffusé dans la chambre une lueur spectrale, suffisante pour éclairerer les aiguilles de la vaillante petite pendule voisine du triptyque. Il était minuit passé.

Quittant son lit, il alla fermer la fenêtre. Il lui vint alors à l'esprit qu'il n'avait pu voir Oreb s'envoler par celle-ci... Oreb avait une aile cassée.

Il le trouva en bas, furetant dans la cuisine, en quête de nourriture. Organsin alla chercher la dernière tranche de pain et remplit d'eau fraîche la tasse de l'oiseau.

— Viande ? demanda celui-ci en faisant claquer son bec.

— Si tu en veux, tu iras la chercher toi-même, répondit Organsin. Moi, je n'en ai pas.

Après réflexion, il ajouta :

— Il est possible que j'en achète un peu demain, une fois encaissé la lettre de change d'Orchidée. Ou un poisson vivant, que je garderai dans la baignoire en attendant qu'on ait écoulé les restes des sacrifices. Après, je le partagerai avec mater Rose. Et aussi mater Menthe, bien sûr. Ça te dirait de manger du poisson frais, Oreb ?

— Poisson, bon !

— Très bien, je vais voir ce que je peux faire. Mais à présent, il va falloir jouer franc-jeu avec moi. Sinon, pas de poisson. Es-tu venu dans ma chambre à l'instant ?

— Pas voleur !

— Je n'ai rien dit de tel, expliqua patiemment Organsin. Oui ou non, y étais-tu ?

— Où ?

— Là-haut, précisa Organsin en dressant l'index. Je sais que tu étais là. Je t'ai aperçu à mon réveil.

— Non, non !

— Si, Oreb. Je t'ai vu de mes propres yeux. Tu t'es envolé par la fenêtre.

— Pas voler !

— Je n'ai pas l'intention de te punir ; je te demande juste de me répondre. Maintenant, écoute-moi bien : as-tu vu quelqu'un là-haut ? Une femme, ou plutôt une jeune fille, maigre et dévêtue ?

— Pas voler, répéta Oreb d'un air buté. Aile cassée.

Organsin passa une main dans ses cheveux en broussaille.

— Je te concède que tu es incapable de voler. Mais es-tu monté ?

— Pas voleur, s'indigna Oreb en claquant derechef du bec.

— C'est entendu ; tu n'as rien volé.

— Têtes poisson ?

— Oui, et des grosses, promit imprudemment Organsin.

Oreb sauta sur le rebord de la fenêtre.

— Rien vu, dit-il.

— Regarde-moi, je te prie. Est-ce que tu l'as vue ?

— Rien vu.

— Quelque chose t'a effrayé, reprit Organsin d'un ton songeur, mais peut-être était-ce seulement mon réveil. Tu as eu peur que je ne te punisse pour avoir fouillé dans ma chambre, c'est ça ?

— Non, non !

— Cette fenêtre se trouve juste sous celle de la chambre. Il m'a semblé te voir voler, mais tu as très bien pu sauter et retomber dans les mûriers. De là, il t'était facile de regagner la cuisine en passant par la fenêtre. C'est bien ce qui s'est passé ?

— Pas sauter !

— Je ne te crois pas, parce que…

Organsin se tut. Il venait d'entendre craquer le lit de pater Bécard. Il se reprocha *in petto* d'avoir réveillé le cher vieillard qui travaillait si dur et dormait si mal… Dire qu'il avait rêvé que Bécard était mort ! Mais ce n'était qu'un rêve, bien sûr, comme les lèvres de Jacinthe sur son bras et sa conversation avec Kypris à la maison jaune de la rue de la Lampe... Dame Kypris, déesse de l'amour et des putains.

Ébranlé par le doute, il se dirigea vers la pompe et actionna la poignée, faisant jaillir un filet d'eau glacée dans l'évier. Il aspergea son visage en sueur, mouilla et remouilla ses cheveux ébouriffés jusqu'à grelotter malgré la chaleur de la nuit.

— Pater Bécard est mort, dit-il à Oreb qui inclina la tête d'un air compatissant.

Organsin emplit la bouilloire et la posa sur la cuisinière. Il puisa sans compter dans sa provision de vieux papiers pour allumer le feu. Quand les flammes vinrent lécher les flancs de la bouilloire, il prit place sur la chaise de bois branlante où il s'asseyait pour manger et pointa un doigt vers Oreb :

— Pater Bécard nous a quittés au printemps dernier, il y a presque un an. J'ai moi-même célébré le rituel. Bien que très simple, sa tombe nous a coûté toutes nos économies. Alors, c'est le vent que j'ai entendu. Ou des rats. Est-ce clair ?

— Toi, manger ?

— Non. Il ne me reste qu'un peu de maté et un tout petit morceau de sucre. Je vais boire une tasse de maté puis je remonterai me coucher. Je te conseille de te rendormir aussi, si tu y parviens.

A l'étage (au-dessus de la sellaria, aurait-on dit) le vieux lit de pater Bécard craqua à nouveau.

Organsin se leva. Le pointeur de Jacinthe n'avait pas quitté sa poche. Il l'avait rechargé avant de pénétrer dans le presbytère. Il ôta le cran de sûreté et s'approcha de l'escalier en appelant :

— C'est toi, Mucor ?

Pas de réponse.

— Si c'est toi, couvre-toi. Je monte.

Au premier pas, une douleur aiguë lui transperça la cheville. Malheureusement, la canne de Sangre était restée à la tête de son lit. Au deuxième pas, le plancher craqua au-dessus de lui. Il monta trois marches et s'arrêta pour écouter. Le vent soupirait à travers la maison et gémissait dans la cheminée, comme dans son rêve. C'était sûrement lui qui arrachait ces plaintes à la vieille charpente. Et il avait été assez bête pour s'imaginer que c'était le lit qui craquait et grinçait à chaque mouvement du vieil augure, quand celui-ci se redressait afin de prier ou jeter un regard par les fenêtres ouvertes avant de se rallonger sur le dos ou le côté.

Une porte se referma à l'étage.

Probablement la sienne... celle de sa propre chambre. Il avait enfilé son pantalon et s'était précipité au rez-de-chaussée à la recherche d'Oreb sans plus s'en soucier. A moins d'être fermées à clé, les vieilles portes du presbytère branlaient toutes. Les murs avaient perdu leur aplomb et les chambranles, s'ils avaient jamais été droits, s'étaient déformés. Son doigt se crispa sur la détente du pointeur :

— Mucor ? Je ne veux pas te faire de mal, juste parler avec toi. Es-tu là-haut ?

Nulle voix, nul bruit de pas à l'étage. Il grimpa encore quelques marches. Il avait montré l'azoth à Alque. Une imprudence : un azoth valait plusieurs milliers de cartes. Alque était capable de s'introduire dans des maisons cent fois mieux gardées que celle-ci. Alque était revenu chercher l'azoth, ou bien il avait envoyé un complice. Voyant de la lumière dans la cuisine, il était passé à l'action.

— Alque ? C'est moi, pater Organsin.

Pas de réponse.

— J'ai un pointeur, mais je n'aimerais pas être obligé d'en faire usage. Si vous mettez les mains en l'air et ne m'opposez aucune résistance, je ne tirerai pas. Je ne vous livrerai pas non plus à la Garde.

Le son de sa voix avait éveillé une faible lueur au-dessus du palier. Organsin gravit lentement les dix dernières marches, freiné par la peur autant que par la douleur. Il découvrit d'abord deux jambes sur le seuil de sa chambre, puis l'ourlet d'une robe noire et enfin le visage souriant du vieil augure.

La silhouette de pater Bécard se mit à trembler et se fondit dans un brouillard argenté. Sa calotte noire à liseré bleu retomba en silence sur les lattes raboteuses du parquet.

2

KYPRIS

Une heure avant la cérémonie funèbre d'Orpin, les muettes firent leur apparition. Ni Organsin ni mater Marbre ne les avaient jamais vues. C'était le vendeur de rue qui les avait fait venir en leur faisant miroiter deux cartes. Le temps que se présentent les premiers fidèles, elles avaient déjà entaillé leurs bras, leur poitrine et leurs joues à coups de silex. Elles lacéraient leurs vêtements noirs, hurlaient, s'agenouillaient, souillant de terre leur front sanglant, leurs longs cheveux flottant au vent, vivantes incarnations de la douleur.

On avait réservé les bancs des cinq premiers rangs aux relations de la défunte. Celles-ci commencèrent à arriver par petits groupes alors que le mantéion était déjà plein. Pour la plupart, il s'agissait des jeunes femmes qu'Organsin avait déjà aperçues dans la maison jaune de la rue de la Lampe, plus quelques commerçants (probablement recrutés de force par Orchidée) et une brochette de gaillards aux mines patibulaires qu'Alque aurait pu compter parmi ses amis.

Alque aussi était venu, avec le bélier qu'il avait promis. Mater Menthe l'avait fait asseoir parmi les invités, le visage rayonnant de bonheur. Sans doute lui avait-il dit qu'il connaissait la défunte. Organsin prit la longe du bélier, remercia poliment le donateur (récoltant un sourire gêné de l'intéressé) et conduisit l'animal dans le jardin où mater Marbre veillait déjà sur une véritable ménagerie.

— Cette génisse a volé de mon persil et piétiné mon herbe, dit-elle à Organsin. En revanche, elle m'a laissé de quoi enrichir la terre de mon jardin. Et ces lapins... Oh ! Pater, n'est-ce pas merveilleux ? Regardez comme ils sont nombreux !

Organsin se caressa la joue, réfléchissant au déroulement du rituel. Certains augures commençaient par l'animal le plus imposant, d'autres par un sacrifice à l'ensemble des Neuf. Dans un cas comme dans l'autre, la génisse blanche paraissait la mieux indiquée. D'un autre côté...

— Le bois n'est pas encore là. Mater Rose a insisté pour aller elle-même le chercher. Je voulais y envoyer un des garçons. Si elle n'est pas montée dans la charrette...

En effet, mater Rose avait le plus grand mal à marcher.

— Il arrive encore du monde, répondit distraitement Organsin. Si nécessaire, je les ferai patienter avec un discours.

Un examen rapide mais implacable de sa conscience lui révéla qu'il aurait volontiers entamé — et même achevé — le sacrifice en l'absence de mater Rose. Mais sans cèdre ni brasier consacré, il ne fallait pas y songer.

Il regagna le mantéion juste à temps pour assister à l'arrivée d'Orchidée, engoncée malgré la chaleur dans des fourrures et une robe de velours puce. Elle semblait passablement éméchée. Des larmes sillonnaient ses joues quand il la conduisit à la place qui lui était réservée, au bout du premier rang. Sa démarche mal assurée, ses perles de jais qui s'entrechoquaient pouvaient prêter à sourire, pourtant Organsin la plaignit de tout son cœur. En comparaison, sa fille, protégée de l'humidité de sa couche de glace scintillante par une feuille de polymère presque invisible, paraissait sereine et reposée.

— D'abord la brebis noire, murmura Organsin.

Il n'aurait su expliquer sa décision. Il avertit mater Marbre puis sortit dans la rue afin de guetter l'arrivée de la charrette de mater Rose.

Les fidèles continuaient à affluer. Certains étaient des habitués de longue date des sacrifices du scyldi, d'autres de parfaits inconnus: probablement des connaissances d'Orpin ou d'Orchidée, ou des curieux attirés par la rumeur d'un sacrifice grandiose offert aux dieux par le mantéion de la rue du Soleil, sans doute le plus pauvre de Viron.

— Je peux entrer, pater? demanda une voix à hauteur de son coude. On m'a refoulée à l'entrée.

Organsin sursauta et son regard tomba sur le visage de pleine lune de Scléroderme, la femme du boucher, qui était presque aussi large que haute.

— Bien sûr, répondit-il.

— Il y a des hommes devant la porte.

— C'est moi qui leur ai demandé de s'y mettre. Sans ça, on aurait manqué de place pour les proches de la défunte et une émeute aurait éclaté avant le premier sacrifice. Quand le bois sera là, on laissera entrer quelques retardataires, qui resteront debout sur les côtés.

Il la fit passer par le portail du jardin qu'il referma derrière eux.

— Je viens chaque scyldi.

— Je sais.

— Et quand je le peux, j'apporte quelque chose. Presque à chaque fois.

— Je le sais également. C'est pourquoi je vais vous introduire par la porte latérale, comme si vous aviez fait don d'une victime.

— Je regrette, pour la viande à chat. C'était mal de vous renverser le seau sur la tête. J'étais très en colère ce jour-là.

Elle se dandinait devant lui, peut-être pour ne pas avoir à soutenir son regard. Elle s'arrêta pour admirer la génisse blanche :

— Regardez-moi un peu ces biftecks !

Organsin ne put retenir un sourire :

— Je regrette bien votre viande à chat. J'en aurais donné à mon oiseau.

— Vous avez un oiseau ? La plupart achètent mes déchets pour leur chien. Je vous en apporterai un peu.

Il la fit entrer par la porte latérale, comme promis, et la confia à Licorne.

Le temps qu'il gravisse les marches de l'ambion, on avait commencé à acheminer le bois de cèdre le long de l'allée centrale. Mater Rose sembla se matérialiser au pied de l'autel pour superviser la préparation du feu. Cette vision lui rappela pater Bécard. Avec tout ce remue-ménage, il l'avait presque oublié.

Ou plutôt le fantôme de pater Bécard, rectifia-t-il *in petto*. Inutile de se leurrer sur la nature de cette apparition. Dès l'enfance, il s'était fait le champion du spirituel et du surnaturel ; ce n'était pas à son âge qu'il allait se laisser effrayer par un esprit.

Mater Marbre avait placé son exemplaire des Écritures sur le rebord de l'ambion. Le phæsdi précédent, il avait recommandé aux enfants du palæstra de toujours s'y reporter dans le doute. Il décida de commencer par une lecture, espérant en tirer quelque bénéfice personnel. Il ouvrit le livre au hasard et fit taire l'assemblée des fidèles d'un simple regard :

— Nous savons que la mort est la porte de la vie, de même que la vie que nous connaissons est la porte de la mort. A présent, puisons à la sagesse ancienne des conseils à l'intention de notre chère défunte et de nous-mêmes.

Il fit une pause. Amarante venait d'entrer dans le mantéion. Il l'avait repérée dès le seuil à sa chevelure flamboyante que le soleil embrasait. Il se rappela avoir insisté pour qu'elle soit là. Parfait ; elle était venue. Il lui sourit mais ses yeux, plus grands et plus sombres que dans son souvenir, étaient fixés sur le corps d'Orpin.

— En plus de nous préparer à affronter la mort, je souhaite qu'ils nous aident à amender nos existences.

Il laissa planer un silence solennel puis parcourut la page du regard :

— « Celui qui éprouve de la peine ou du ressentiment est pareil au porc qui hurle et se débat dans la crainte du sacrifice. Celui qui se lamente en silence est pareil à la colombe promise au sacrifice. Seule nous distingue la possibilité qui nous est offerte de consentir à notre sort. »

Une fumée odorante monta jusqu'à lui. Le feu était allumé ; le sacrifice pouvait commencer. Dans un instant, mater Marbre verrait sortir la fumée par la porte des dieux et elle introduirait la génisse noire. Organsin fit un signe aux malabars qu'il avait postés à la porte ; les nefs latérales commencèrent à se remplir.

— Je vais bientôt prier les dieux de s'adresser à

nous. Mais je doute qu'ils puissent nous éclairer davantage qu'ils ne viennent de le faire à travers ces lignes. Réfléchissons : quel est notre sort commun ? La mort ? Sans aucun doute, mais ce n'est pas tout. Chacun de nous est exposé à la peur, à la maladie et à bien d'autres maux. Pire, nous devons souffrir la perte d'un ami, d'un être aimé, d'un enfant...

Il laissa planer un silence, redoutant qu'Orchidée n'éclate en sanglots.

— Toutes ces épreuves conditionnent notre existence, reprit-il. A nous de les accepter de bon cœur.

Amarante s'était assise près de la petite brune nommée Pavot. A la vue de ses yeux atones, de son visage inexpressif, plein d'une séduction agressive, il lui revint à l'esprit qu'elle s'adonnait à la rouille. Celle-ci avait un effet stimulant sur Jacinthe. La réaction dépendait probablement du sujet, et sans doute Jacinthe était-elle moins intoxiquée.

— Orpin gît là, sous nos yeux, mais nous savons tous qu'elle n'est pas vraiment présente. Elle était douce, belle et généreuse, partageant son bonheur avec tous. Nous ignorons ses peines car elle les a portées seule, pour n'importuner personne. Molpe lui a accordé de mourir jeune. A ceux qui s'interrogent sur la raison de cette faveur, je répondrai qu'on ne saurait acheter les dieux avec des offrandes, car ils possèdent déjà la totalité du méande. L'autorité aussi est inutile, car c'est nous qui sommes leurs sujets. Sans doute étions-nous loin d'estimer Orpin à sa valeur. Mais les dieux n'ont que faire de nos opinions. Orpin était infiniment précieuse à leurs yeux.

Il se retourna vers l'écran gris de la Fenêtre Sacrée :

— Je conjure l'ensemble des dieux d'agréer le sacrifice de cette jeune femme. Nous, sa mère (un murmure interrogateur parcourut l'assistance) et ses amis, y consentons malgré notre douleur.

Le chœur des muettes jusque-là silencieux se mit à glapir.

— Nous vous prions de nous dévoiler les temps à venir. Qu'adviendra-t-il de nous ? Le moindre de vos soupirs sera le bienvenu. Mais si vous préférez vous taire...

Organsin retint son souffle, les bras en croix. Comme d'habitude, aucun son, aucune trace de couleur n'anima la fenêtre. Il laissa retomber les bras :

— ... que votre volonté soit faite. Nous vous supplions de vous manifester durant les sacrifices qui vont suivre.

Mater Marbre, qui attendait derrière la porte, entra avec la génisse noire.

— Cette belle génisse est offerte à Hiérax, dieu de la mort et nouveau maître d'Orpin, par Orchidée, sa mère.

Il enfila ses gants et saisit le manche en os du couteau sacrificiel que lui tendait mater Rose.

— L'agneau ? murmura mater Marbre. Il acquiesça de la tête.

La lame s'abattit, dans un geste si rapide qu'il fut presque invisible, mettant fin à l'existence de la génisse. Mater Menthe s'agenouilla afin de recueillir une partie du sang dans un calice de terre cuite. Elle alla déverser le contenu de la coupe sur le feu, provoquant un sifflement impressionnant et un panache de fumée. La pointe du couteau s'immisça entre deux vertèbres ; la tête de la génisse fut tranchée net dans un flot de sang. Organsin la ramassa puis la posa sur le brasier où la suivirent bientôt les quatre sabots.

Brandissant le couteau, il se retourna vers la Fenêtre Sacrée :

— Agrée, ô Hiérax, le sacrifice de cette génisse. Nous te prions de nous dévoiler les temps à venir. Qu'adviendra-t-il de nous ? Le moindre de tes soupirs sera le bienvenu. Mais si tu préfères te taire...

Ses bras retombèrent :

— ... que ta volonté soit faite. Nous te supplions de te manifester durant ce sacrifice.

Il souleva la carcasse sur l'autel et lui ouvrit la panse. La science des augures laissait une certaine place à l'interprétation personnelle. Organsin examina les circonvolutions des entrailles de la génisse, son foie sanglant, et fut secoué d'un frisson. Mater Menthe, qui avait quelques notions divinatoires, comme toutes les sibylles, détourna également la tête.

— Hiérax dit que beaucoup d'entre nous suivront Orpin dans la mort, annonça Organsin d'une voix qu'il s'efforçait de garder neutre. La maladie, la guerre ou la famine s'apprêtent à fondre sur nous. En tout cas, les dieux immortels nous auront prévenus.

Un frémissement inquiet agita les fidèles.

— Raison de plus pour remercier les dieux de partager leur nourriture avec nous. Orchidée, puisque c'est vous qui avez offert cette victime, souhaitez-vous faire valoir vos droits sur tout ou partie de cette viande ?

Orchidée secoua la tête.

— Dans ce cas, nous allons la partager. Que ceux qui le souhaitent s'avancent pour réclamer leur part.

Organsin éleva la voix et s'adressa aux costauds

qui barraient toujours l'entrée, quoique leur présence même répondît à sa question :

— Sont-ils encore nombreux, là dehors ?

— Des centaines, pater, répondit l'un des hommes.

— Alors, je demande à ceux qui vont prendre part au repas sacré de laisser ensuite leur place à de nouveaux arrivants.

Lors des sacrifices ordinaires, ceux qui se présentaient devant l'autel ne récoltaient qu'une mince tranche de viande. Pour une fois qu'il avait l'occasion de manifester sa générosité, Organsin ne s'en priva pas, distribuant à l'un une cuisse, à l'autre la moitié de la longe, à un troisième la totalité de la poitrine. Il offrit le collier à l'une des femmes qui cuisinaient pour le palæstra et une côte à une veuve âgée vivant à quelques pas du presbytère. Les élancements dans sa cheville étaient un faible prix à payer pour les sourires et les remerciements des heureux bénéficiaires.

— Cet agneau noir, je l'ai moi-même promis à Tartaros le Ténébreux.

Sitôt l'agneau expédié, Organsin s'adressa à la Fenêtre Sacrée :

— Agrée, ô Tartaros, le sacrifice de cet agneau. Nous te prions de nous dévoiler les temps à venir. Qu'adviendra-t-il de nous ? Le moindre de tes soupirs sera le bienvenu. Mais si tu préfères te taire...

Il laissa retomber les bras.

— ... que ta volonté soit faite. Nous te supplions de te manifester durant ce sacrifice.

Les entrailles de l'agneau se montrèrent plus favorables :

— Tartaros, seigneur de la nuit, dit que beaucoup d'entre nous sont appelés à entrer dans son royaume pour ensuite renaître à la lumière. Ceux qui le souhaitent peuvent s'avancer pour prendre part au repas sacré.

Le coq noir avait libéré ses ailes et se débattait furieusement entre les mains de mater Marbre. Mauvais présage. Organsin l'offrit tout entier au brasier. Une odeur infecte de plumes brûlées emplit le mantéion.

— Ce bélier gris est un don d'Alque. N'étant ni noir ni blanc, il ne peut être offert aux Neuf. Mais il peut l'être à l'ensemble des dieux ou à une divinité mineure. Que décidez-vous, Alque ?

Alque se leva :

— Je l'offre à celui dont vous parlez tout le temps, pater.

— A l'Autre. Puisse-t-il nous faire entendre sa parole !

Soudain, Organsin se sentit envahi par une allégresse inexplicable. A son signal, mater Rose et mater Menthe empilèrent du bois de cèdre sur l'autel, si haut que les flammes s'engouffrèrent par la porte des dieux et bondirent au-dessus du toit.

— Agrée, ô dieu obscur, le sacrifice de ce bélier. Nous te prions de nous dévoiler les temps à venir. Qu'adviendra-t-il de nous ? Le moindre de tes soupirs sera le bienvenu. Mais si tu préfères te taire...

Il laissa retomber les bras.

— ... que ta volonté soit faite. Nous te supplions de te manifester durant ce sacrifice.

La tête du bélier éclata dans le brasier pendant qu'Organsin se penchait pour examiner les entrailles.

— Le dieu s'est montré prolixe, annonça-t-il après une étude approfondie. Je reconnais là la marque du donateur. Ça veut dire qu'il a un message personnel pour vous, Alque. Dois-je le révéler ici, ou préférez-vous que je vous en fasse part en privé ? Je précise que ce sont de bonnes nouvelles.

— Comme vous voudrez, pater, gronda Alque depuis son banc.

— Fort bien. L'Autre indique que vous avez agi seul jusqu'ici. Mais bientôt, vous allez prendre la tête d'une armée de braves que vous mènerez à la victoire.

Alque arrondit les lèvres.

— Il y a aussi un message pour moi : il me faudra accomplir la volonté du dieu qui nous parle, ainsi que celle de Pas. J'en déduis que ces deux volontés n'en forment qu'une.

Organsin se mordit la lèvre, hésitant à poursuivre. La joie qu'il avait éprouvée venait de fondre comme la glace autour du corps d'Orpin.

— Je vois également une arme pointée sur mon cœur. Je tâcherai de m'y préparer.

Il prit une profonde inspiration, honteux de la peur qu'il ressentait.

— Enfin, un message pour nous tous. Quand le danger menacera, nous trouverons refuge entre des murs étroits. Quelqu'un a-t-il une explication ?

Bien que ses jambes le portassent à peine, Organsin se leva et parcourut des yeux la mer des visages devant lui.

— Vous, là-bas... l'homme assis près de l'image de Tartaros. Une suggestion, mon fils ? Levez-vous, je vous prie, afin que chacun entende.

— C'est plein de vieux tunnels sous la ville, pater. Ils s'écroulent par endroits, et certains sont inondés. Avec mon équipe, on est tombés sur l'un d'eux la semaine dernière, en creusant pour le nouveau bâtiment du fisc. On nous a demandé de le combler, pour éviter les accidents. C'est bougrement étroit là-dedans, et tout en roche vaissalienne.

— J'en ai entendu parler, acquiesça Organsin. Ces tunnels feraient d'excellents abris, en effet.

— Chez nous, lança une femme. Nous habitons tous de petites maisons.

Orchidée se retourna sur son banc et lui jeta un regard méprisant.

— Dans un bateau, proposa un homme à l'autre bout de l'allée.

— Toutes ces hypothèses sont également valables. Gardons le message de l'Autre présent à notre esprit. Je suis certain que son sens s'éclairera de lui-même quand l'heure sera venue.

Mater Marbre attendait au fond du mantéion avec un couple de colombes.

— Alque, reprit Organsin, souhaitez-vous faire valoir vos droits sur tout ou partie de cette viande ?

Alque secoua la tête. Organsin découpa la carcasse du bélier en un tournemain. Quand tout fut distribué, il jeta le cœur, les poumons et les tripes dans le feu sur l'autel. Mater Marbre lui tint une des colombes tandis qu'il présentait l'autre à la Fenêtre Sacrée :

— Agrée, ô Aimable Kypris, le sacrifice de ces colombes. Nous te prions de nous dévoiler les temps à venir. Qu'adviendra-t-il de nous ? Le moindre de tes soupirs sera le bienvenu. Mais si tu préfères te taire...

Les bras d'Organsin retombèrent.

— ... que ta volonté soit faite. Nous te supplions de te manifester durant ce sacrifice.

Un geste suffit à sectionner la tête de la première colombe. Organsin la confia aux flammes puis il éleva le corps pantelant et baigna le bois embrasé de son sang. Il attribua d'abord les regards fixes des spectateurs à un événement survenu au pied de l'autel. Peut-être ses gants ou sa robe avaient-ils pris feu, à moins que la vieille mater Rose n'ait fait une chute...

Mater Marbre vit la Fenêtre Sacrée resplendissante de couleurs. Elle perçut une voix confuse. Une manifestation divine, comme celle de Pas au temps de pater Bécard. Elle tomba à genoux et ce faisant libéra involontairement la colombe qu'elle retenait. L'oiseau s'élança telle une flèche vers le toit, sortit par la porte des dieux, comme portée par les flammes sacrées, et disparut. Un homme mal rasé, assis au second rang, se prosterna à son tour. Les jeunes femmes aux parures chamarrées qui accompagnaient Orchidée l'imitèrent quelques secondes plus tard, en se poussant du coude et en tirant sur les jupes de celles qui demeuraient pétrifiées sur leurs bancs. Quand mater Marbre releva la tête afin de contempler, sans doute pour la dernière fois de sa vie, les couleurs tourbillonnantes de la divinité, pater Organsin se trouvait à ses côtés, les mains tendues dans un geste de supplication :

— Reviens ! Je t'en supplie, reviens !

Mater Menthe distingua le visage de la déesse et le son de sa voix. Malgré son ignorance, elle comprit que l'un et l'autre surpassaient en beauté ceux de n'importe quelle mortelle. Ce visage et cette voix ressemblaient pourtant étrangement aux siens. Cette impression se renforça à mesure qu'elle regardait. Elle finit par baisser les yeux, dans un sursaut de révérence et d'excessive pudeur. C'était le plus grand sacrifice qu'elle eût jamais consenti, et elle en avait consenti des centaines, dont certains immenses.

Mater Rose fut la dernière des sibylles à s'agenouiller. Ce n'était pas qu'elle fût moins pieuse, mais cette opération mettait en jeu certaines parties de son corps qu'on pouvait qualifier de mortes, quoiqu'elles fonctionnassent toujours. Échidna l'avait rendue sourde et aveugle aux dieux — une punition méritée —, aussi ne vit-elle et n'entendit-elle rien. Pourtant, les hiérochromes dansaient à la surface de la Fenêtre Sacrée. Dans les sonorités graves de la voix divine (comparable à celle d'un violoncelle) elle happait çà et là un mot ou un bout de phrase. Le jeune pater Organsin (toujours aussi négligent, surtout dans les situations de la plus extrême importance) avait laissé tomber le couteau sacrificiel, ce couteau qu'elle lavait, huilait et aiguisait depuis près d'un siècle, encore teinté du sang de la colombe. Elle étendit le bras et le tira vers elle. Le manche d'os était intact ; la lame ne paraissait pas avoir été souillée par son bref contact avec le sol. Elle l'essuya toutefois sur sa manche, par précaution. Elle testa distraitement la pointe sur la pulpe de son pouce tout en écoutant. Par moments, il lui semblait reconnaître une courte phrase, jouée par un orchestre trop merveilleux pour ce pauvre méande, un méande aussi usé que mater Rose elle-même. Violoncelles des forêts de l'Unité Centrale, flûtes et diamants... Mater Rose, maintenant si lasse qu'elle n'en était même plus consciente, avait joué de la flûte autrefois. Elle n'y avait plus repensé depuis la honte du sang. La douleur avait rongé le passé, l'avait torturé jusqu'à le rendre muet, lui qui jadis rendait des sons si doux, surtout le soir...

Mater Rose eut l'intuition que cette déesse n'était pas Échidna. Peut-être Thelxiepeia, ou Scylla l'Incandescente. Scylla était sa préférée après Échidna, et puis c'était son jour.

La voix se tut. Les couleurs s'effacèrent lentement, comme disparaissent au soleil les prismes chatoyants sur les galets lavés par la rivière. Organsin se prosterna jusqu'à terre. Un murmure monta de l'assistance et s'enfla en tempête. Organsin se retourna vers la nef. Un homme au faciès de brute, assis près d'Orchidée, braillait en brandissant le poing vers la Fenêtre Sacrée, les yeux exorbités, le visage congestionné par une émotion qu'Organsin pouvait juste deviner. Une ravissante jeune femme aux boucles aussi noires que les perles d'Orchidée dansait dans l'allée centrale, sur une musique qu'elle seule entendait.

Organsin se releva et gagna l'ambion en boitant :

— Chacun ici a le droit...

C'était comme s'il avait perdu la voix. Sa langue se mouvait, ses lèvres laissaient passer l'air mais le vacarme était tel qu'une sonnerie de trompette même n'aurait pu le couvrir.

Organsin tendit les bras vers la Fenêtre Sacrée. Elle était d'un gris scintillant, si nue qu'on avait peine à croire qu'une déesse venait de s'y manifester. La veille, dans la maison jaune de la rue de la Lampe, la déesse avait promis de lui réapparaître bientôt.

Elle avait tenu parole.

— Chacun ici a le droit...

Le tumulte retomba peu à peu, comme les vagues sur le lac. Surtout, bien dilater le diaphragme. Cette aptitude lui avait valu nombre de louanges à la schola.

— Chacun ici a le droit de savoir ce qu'a dit la déesse et qui elle était. Il s'agissait de Kypris. Comme vous le savez, elle ne fait pas partie des Neuf.

Il ne put s'empêcher d'ajouter :

— Vous avez aussi le droit de savoir que Kypris m'était déjà apparue en privé.

Elle lui avait demandé de n'en parler à personne ; trop tard. Il eut la certitude qu'elle ne le lui pardonnerait jamais.

— Les Écritures mentionnent le nom de Kypris à sept reprises. Il y est dit qu'elle a grand soin des... des jeunes femmes. Je ne doute pas qu'elle ait eu beaucoup d'affection pour Orpin.

Le silence était presque complet à présent. Beaucoup l'avaient écouté avec attention, mais son propre cerveau était encore sous le choc de la fabuleuse apparition, incapable de toute pensée cohérente.

— Les animaux qui lui sont consacrés sont les colombes et les lapins blancs. Ces colombes ont été offertes par sa mère... je veux dire par Orchidée, la mère d'Orpin.

Par chance, il lui revint un autre détail :

— Dans les Écritures, Kypris est présentée comme la favorite de Pas parmi les dieux mineurs.

Il marqua une pause, déglutit :

— J'ai dit que chacun ici avait le droit d'entendre ce qu'elle avait dit, comme l'exige le canon. Malheureusement, je me vois dans l'obligation de faire une entorse à cette règle. Une partie du message s'adresse à la mère de la défunte. Je lui en ferai part en privé, dès que j'en aurai terminé ici.

Un frémissement parcourut la mer des visages. Même les muettes écoutaient, bouche bée, les yeux écarquillés.

— Outre ce message personnel, l'Aimable Kypris a prophétisé qu'un crime allait bientôt se commettre à Viron. Elle étendra alors son manteau sur les... les criminels afin de faciliter leur victoire.

Ébranlé par ses efforts désespérés pour rassembler ses idées, Organsin dut s'interrompre. Le voisin d'Alque vint à son secours en criant :

— *Quand?* Quand ça ?

— Cette nuit même.

L'homme serra les mâchoires et jeta des regards autour de lui.

— Enfin, devant mes supplications, elle a promis de se remanifester bientôt à cette même Fenêtre. C'est tout ce que je peux vous dire pour le moment.

A la vue de la tête penchée de mater Marbre, il devina qu'elle priait les dieux de lui accorder la force et la présence d'esprit qui lui faisaient si cruellement défaut. Cette certitude le revigora :

— Maintenant, je demande à la mère de la défunte de venir me rejoindre. Orchidée, ma fille, approchez. Nous allons nous retirer dans un lieu écarté et je vous ferai part du message de la déesse.

Son intention était de la conduire au jardin ; l'évocation de celui-ci lui rappela les autres victimes.

— Vous tous, attendez-nous ici. A moins que vous ne préfériez céder à quelqu'un d'autre votre part du repas sacré. Ce serait un acte méritoire. Sitôt délivré le message de la déesse, je procéderai au rituel funèbre d'Orpin.

Il récupéra la canne de Sangre derrière la Fenêtre Sacrée avant de descendre l'escalier menant à la porte latérale.

— Nous nous assiérons sous la charmille. Mais d'abord, si ça ne vous ennuie pas, j'aimerais ôter le pansement autour de ma cheville et... le frapper sur quelque chose.

Orchidée ne répondit pas. Sitôt dehors, il réalisa brusquement combien il faisait chaud dans le mantéion, au pied de l'autel. Le jardin semblait rougeoyer. Les lapins respiraient avec peine, couchés sur le flanc, et les herbes de mater Menthe se flétrissaient presque à vue d'œil. Pourtant, il trouva frais le vent sec, et la barre incandescente du soleil de midi, au lieu de l'assommer, lui parut faiblarde.

— J'ai besoin de boire. Vous devriez en faire autant. Je n'ai que de l'eau à vous offrir.

— C'est bon, acquiesça Orchidée.

Il la mena à la charmille puis il gagna la cuisine du presbytère, clopin-clopant, actionna la pompe pour faire jaillir l'eau et mouilla sa tête sous le jet. De retour au jardin, il offrit un gobelet d'eau à Orchidée, s'assit et emplit son propre gobelet à la carafe qu'il avait apportée.

— En tout cas, elle est fraîche. Désolé de ne pas avoir de vin à vous proposer. J'en aurai d'ici un jour ou deux, grâce à vous. Mais ce matin, nous n'avons pas eu le temps.

— J'ai la migraine, répondit Orchidée. L'eau me fera plus de bien. Elle était belle, hein ? ajouta-t-elle.

— La déesse ? Oh ! oui. Adorable. Aucun artiste...

— Je parlais d'Orpin.

Orchidée avait vidé son verre. Elle le lui donna à remplir tout en parlant. Organsin acquiesça en inclinant la carafe.

— Vous croyez que c'est pour ça que la déesse est venue ? Ça me ferait plaisir, pater.

— Je ferais mieux de vous révéler tout de suite le message de Kypris. Je n'ai que trop attendu. Elle m'a chargé de vous dire qu'une personne qui aime autre chose qu'elle-même ne peut être tout à fait mauvaise. Un temps, Orpin vous a sauvée. A présent, il va falloir trouver un autre objet à votre amour.

Il sembla à Organsin qu'Orchidée restait un long moment silencieuse. La génisse blanche, couchée sous le figuier moribond, s'installa plus confortablement afin de ruminer. Les gens qui attendaient dans la rue du Soleil, de l'autre côté du mur, parlaient avec des voix excitées. Organsin devina sans peine quel était le sujet de leur conversation.

— C'est vrai que l'amour vaut plus que la vie, pater ? murmura enfin Orchidée.

— Je l'ignore. C'est possible.

— J'ai failli vous dire que j'aimais plein d'autres choses. (Un pli d'amertume déforma sa bouche.) L'argent, pour commencer. Mais hier, je vous ai donné cent cartes pour tout ceci, pas vrai ? C'est sans doute que je ne l'aime pas autant que je le croyais.

— Il est possible que les dieux possèdent mille ou dix mille mots pour exprimer autant de nuances de l'amour. Mais quand ils s'adressent à nous, ils le font dans nos propres termes, aussi imparfaits soient-ils, parce que ce sont les seuls que nous comprenions. Parfois, ça brouille le sens de leur discours.

— Ça ne va pas être facile, pater.

— Je n'ai jamais prétendu le contraire, et Kypris non plus. Sinon, elle n'aurait pas pris le soin de vous adresser ce message.

— Je me suis demandé pourquoi les dieux ne l'avaient pas sauvée, reprit Orchidée en tripotant ses perles. Je crois que je tiens une explication.

— Dites-la-moi. Moi, je n'en ai aucune à vous proposer.

— C'est en la laissant mourir qu'ils l'ont sauvée. C'est drôle, non ? Je crois qu'Orpin n'aimait personne à part moi et si j'étais morte avant elle...

Elle haussa les épaules :

— C'est pour ça qu'ils l'ont fait partir en premier. Elle était belle, plus que je ne l'ai jamais été.

Mais elle n'avait pas ma force. Du moins, je ne le crois pas. Et vous, qu'est-ce que vous aimez, pater ?

— Je ne sais pas bien, avoua Organsin. Hier encore, je vous aurais répondu que j'aimais ce mantéion. J'ai un peu mûri depuis, du moins je l'espère. Je m'efforce d'aimer l'Autre, mais il m'arrive de haïr presque les honneurs et les responsabilités dont il m'a accablé.

— Vous avez été illuminé. Quelqu'un me l'a dit ce matin, en venant ici. Vous allez restaurer la Charte et vous proclamer caldé.

Organsin se leva :

— Nous ferions mieux de rentrer. Cinq cents personnes nous attendent dans cette fournaise.

A sa grande surprise, elle lui donna une tape sur l'épaule quand ils se séparèrent.

Sitôt le dernier sacrifice achevé et le dernier morceau du repas sacré distribué, Organsin congédia l'assistance.

— Nous allons maintenant procéder à la mise en bière, expliqua-t-il. Ceux qui souhaitent dire adieu à Orpin pourront le faire en sortant. Ceux qui désirent l'accompagner au cimetière attendront dehors sur les marches.

Mater Rose était déjà partie laver les gants et le couteau.

— Je préférerais ne pas voir ça, pater, murmura mater Menthe. Vous permettez... ?

Comme il manifestait son assentiment d'un signe de la tête, elle se dépêcha de rejoindre le cénobion. Les proches de la défunte défilaient devant le corps. Orchidée attendait pour passer en dernier.

— Ces hommes sont venus afin de porter le cercueil, pater, signala mater Marbre. Hier, j'ai pensé que nous aurions besoin de quelqu'un. J'ai expédié un garçon chez Orchidée, avec un billet.

— Merci, mater. Comme je vous l'ai déjà dit cent fois, je me demande ce que je deviendrais sans vous. Dites-leur d'attendre devant l'entrée, je vous prie.

Amarante était restée assise à sa place.

— Vous devez également sortir, lui dit Organsin, mais elle ne parut pas l'entendre.

Quand mater Marbre fut de retour, ils soulevèrent le corps d'Orpin de sa couche de glace et l'installèrent dans le cercueil.

— Je vais vous aider à poser le couvercle, pater.

Organsin secoua la tête :

— Je crois qu'Amarante a quelque chose à me dire et elle ne le fera pas en votre présence. Veuillez reculer jusqu'à la porte, mater.

Il ajouta à l'intention d'Amarante :

— Vous pourrez me parler pendant que je fixerai le couvercle.

Elle leva les yeux vers lui, sans rien dire.

— Mater doit rester. Il faut que nous soyons deux, afin que chacun puisse témoigner que l'autre n'a pas volé ni molesté le corps.

Avec un grognement, il souleva et mit en place le lourd couvercle.

— Vous vous demandez peut-être si j'ai révélé à quelqu'un le contenu de votre confession ; sachez qu'il n'en est rien. Ça va vous paraître incroyable, mais j'ai déjà oublié la plupart de ce que vous m'avez confié. C'est ce que nous nous efforçons toujours de faire, voyez-vous. Ce qui est pardonné est pardonné ; c'est une page qui s'est tournée dans votre vie, aussi n'avons-nous aucune raison de la garder en mémoire.

Amarante avait les yeux fixés droit devant elle. Son front bombé luisait de transpiration. Pendant qu'Organsin l'observait, une goutte de sueur coula dans son œil gauche et en rejaillit sous la forme d'une larme.

Le menuisier avait fourni six longues vis en laiton avec le cercueil. Elles étaient cachées, avec le tournevis du palæstra, sous l'étoffe noire qui drapait le catafalque. Pendant qu'il les rassemblait, Organsin entendit les pas d'Amarante dans l'allée derrière lui. Il releva la tête. Son regard était tourné vers lui mais ses gestes avaient quelque chose de mécanique.

— Si vous souhaitez dire adieu à Orpin, je puis retirer le couvercle, lui dit-il. Je ne l'ai pas encore vissé.

Elle émit un son inarticulé en secouant la tête.

— Très bien.

Il s'efforça de se concentrer sur son travail. Il ne s'était pas aperçu qu'elle était si belle. Non, même pas quand ils avaient parlé dans sa chambre, chez Orchidée. Dans le jardin, il avait dit à celle-ci qu'aucun artiste n'aurait su peindre la beauté des traits de Kypris. Soudain, il lui apparut qu'on aurait pu en dire autant d'Amarante et durant quelques secondes, il s'imagina peintre ou sculpteur. Il l'aurait fait poser près d'une cascade, le visage légèrement tourné vers le ciel, comme pour suivre le vol d'une alouette...

Il achevait de fixer la première vis quand il perçut sa présence tout près. Sa joue touchait presque son oreille. Son parfum emplissait ses narines. Bien que mêlé à l'odeur de la sueur, des poudres pour le corps et même aux miasmes d'une robe de laine confinée, tout au long de cet interminable été, dans un des coffres qu'il avait aperçus dans sa chambre, il le trouva enivrant. Quand il introduisit la troisième vis, elle posa sa main sur la sienne.

— Vous feriez mieux de retourner vous asseoir, lui dit-il. Vous n'êtes même pas censée vous trouver là.

Elle rit à mi-voix.

Il se redressa et lui fit face :

— Vous avez oublié que mater nous regarde ? Allez vous asseoir, je vous prie. Je n'ai aucune envie d'exercer mon autorité mais je le ferai si vous m'y obligez.

— *Cette femme... c'est une espionne!* dit-elle alors, avec un mélange d'émerveillement et d'étonnement.

3

DE LA VISITE

Organsin avait souvent emprunté la route du vieux cimetière, toujours à pied. La coutume voulait que tout le monde marchât en procession derrière la charrette. Au retour, Loche l'invitait généralement à prendre place près de lui sur la vieille planche grise qui lui servait de banc.

Cette fois, il s'agissait d'un véritable corbillard, tout en verre et bois noir laqué, avec plumes et chevaux assortis, le tout loué au prix exorbitant de trois cartes. Organsin avait eu le plus grand mal à se traîner jusqu'au cimetière, aussi fut-il soulagé quand le cocher en livrée lui proposa de le reconduire. La banquette du corbillard et son dossier étaient recouverts de cuir noir verni, comme un riche fauteuil. En outre, sa position surélevée lui offrait un angle de vue inédit sur les rues qu'ils traversaient.

Le cocher se racla la gorge et cracha avec adresse entre les deux chevaux :

— C'était qui, pater ? Une amie à vous ?

— J'aimerais pouvoir vous répondre par l'affirmative, mais je ne la connaissais pas. Toutefois, sa mère est une amie, du moins je l'espère. C'est elle qui vous paie. Je lui dois beaucoup.

Le cocher marqua son approbation d'un signe de la tête.

— Ceci est une expérience nouvelle pour moi, poursuivit Organsin. La seconde en trois jours. Avant-hier, je suis monté pour la première fois à bord d'un flotteur ; un gentilhomme très aimable m'a fait raccompagner par l'un des siens. Mais pour tout vous dire, j'aime mieux votre corbillard. La vue est bien meilleure et puis on se sent... C'est difficile à dire. Un peu comme un conseiller. Vous ne faites que ça de la journée ?

Le cocher rit :

— Ça, plus étriller les chevaux, leur donner à manger, nettoyer l'écurie, entretenir la voiture... Cirer, polir, laver, graisser les roues pour éviter qu'elles grincent. Les passagers, eux, ça leur est égal. Mais les familles... paraîtrait que ça leur fiche la chair de poule. C'est pourquoi je veille à ce qu'elles soient bien graissées. Ceci dit, c'est moins pénible que de cirer et laver.

— Je vous envie, avoua Organsin.

— Oh ! je ne me plains pas de mon sort. Du moment que ce n'est pas moi qu'on monte derrière... Vous avez congé pour le reste de la journée, pater ?

— Oui, à moins que quelqu'un n'ait besoin du pardon de Pas.

Le cocher tira un cure-dents d'une poche intérieure :

— Et avant d'embarquer la fille, vous aviez expédié combien de bestiaux ?

Organsin compta sur ses doigts avant de répondre :

— Avec les oiseaux, ça faisait quatorze. Non, quinze avec le bélier d'Alque. J'ai failli l'oublier, bien que ses entrailles m'aient annoncé ma... Passons.

— Quinze, dont un bélier. Et je parie que c'est vous qui les avez découpés.

Organsin acquiesça.

— Après ça, vous avez couru la campagne sur votre patte folle, en lisant des prières tout le long du chemin. C'est seulement maintenant que vous allez pouvoir souffler, à moins que quelqu'un ait décidé de tirer sa révérence. C'est une fichue vie que vous menez là, les augures. Un peu comme nous, pas vrai ?

— Oh ! je ne me plains pas de mon sort, rétorqua Organsin. Du moment qu'on me permet de monter devant.

Ils rirent à l'unisson.

— Paraît qu'il s'en est passé de belles chez vous, au mantéion ?

— Je m'étonne que vous soyez déjà au courant.

— J'ai surpris des conversations à mon arrivée. Je ne suis pas croyant, mais ça avait l'air bougrement intéressant.

— Dans ce cas, vous en savez sans doute autant que moi, sinon plus. Les commentaires sont au moins aussi riches d'enseignement que l'événement en lui-même.

— Elle a dit pourquoi elle venait maintenant, après une si longue absence ?

— Non, et je ne pouvais pas lui poser la question. On n'interroge pas les dieux. Maintenant, répétez-moi un peu ce que vous avez entendu à l'extérieur du mantéion. Sans rien omettre.

Il faisait presque nuit quand le cocher arrêta son attelage devant le portail du jardin. Milan et Pelisse, qu'Organsin trouva en train de jouer dans la rue, l'assaillirent de questions: «Est-ce vrai qu'une déesse est venue, pater?» «Une vraie?» «Comment était-elle?» «Vous l'avez vue en vrai?» «Vous lui avez parlé?» «Qu'est-ce qu'elle vous a dit, pater?»

Organsin leur imposa le silence d'un geste:

— Vous l'auriez vue aussi si vous aviez assisté au sacrifice.

— On n'a pas pu.

— On nous a pas laissés entrer.

— J'en suis désolé, regretta sincèrement Organsin. Maintenant, écoutez-moi: je comprends votre impatience, mais je vais être amené à beaucoup discourir sur la théophanie dans les jours à venir et je ne voudrais pas tarir mon inspiration. Qui plus est, vous aurez tous droit à un compte rendu détaillé, au palæstra. Vous vous ennuieriez si je vous infligeais deux fois le même discours.

Organsin s'accroupit, abaissant son visage au niveau de celui, plutôt sale, du plus jeune des enfants:

— Ceci s'adresse particulièrement à toi, Milan. Il y a deux jours, tu m'as demandé si un dieu allait bientôt apparaître à notre Fenêtre. T'en souviens-tu?

— Vous m'avez dit: pas avant longtemps. Vous vous êtes trompé.

— J'ai dit: *peut-être*. Mais tu as raison sur le fond; je pensais que ça n'arriverait pas avant des années et j'avais tort. Les autres élèves ont tous éclaté de rire à ta question. Tu te rappelles?

Milan acquiesça solennellement.

— Ils ont jugé ta question idiote. Ils se trompaient encore plus lourdement que moi; ça doit leur paraître évident à l'heure qu'il est. Ta question était sérieuse, importante. Ta seule erreur était de t'adresser à quelqu'un qui n'en savait guère plus que toi. Ne laisse jamais la crainte du ridicule te détourner des questions sérieuses et importantes de l'existence. Tâche de ne pas l'oublier. Maintenant, reprit-il en fourgonnant dans sa poche, j'aimerais que vous fassiez une course pour moi. J'y serais allé moi-même mais je peux à peine marcher. Voici cinq bits pour toi, Pelisse, et trois autres pour toi, Milan. Cours chez l'épicier et demande-lui un assortiment de légumes, parmi les plus frais qu'il ait. Quant à toi, Pelisse, va trouver le boucher et achète-lui pour cinq bits de côtelettes. Je vous donnerai...

Il fit une pause, calcula :

— ... un demi-bit à chacun, quand vous vous serez acquittés de votre commission.

— Des côtes de mouton ou de porc, pater ? interrogea Pelisse.

— Je lui laisse le soin d'en décider.

Organsin les suivit un moment du regard puis il ouvrit le portail du jardin et entra. Mater Marbre avait dit vrai, la pelouse avait été cruellement piétinée. La lumière déclinante du crépuscule ne parvenait pas à cacher cette évidence, pas plus que les dégâts subis par le jardinet. Organsin se consola en songeant que, normalement, le potager aurait dû se trouver en sommeil depuis déjà de longues semaines.

— Pater !

C'était mater Rose. Penchée à la fenêtre du cénobion, elle agitait la main dans sa direction avec un sans-gêne qu'elle aurait sévèrement blâmé chez l'une ou l'autre de ses sibylles.

— Qu'y a-t-il, mater ?

— Est-ce qu'elles sont avec vous ?

Il clopina jusqu'au pied de la fenêtre.

— Vos sibylles ? Non. Elles ont dit qu'elles rentreraient à pied ensemble. Elles ne devraient plus tarder.

— L'heure du dîner est déjà passée, mentit mater Rose.

Organsin sourit :

— Votre dîner ne devrait plus tarder lui non plus. Que Scylla bénisse votre repas.

Il s'éloigna, sans cesser de sourire, coupant court à un interrogatoire. Il trouva un paquet enveloppé de papier blanc et noué avec une ficelle sur les marches du presbytère. Il le ramassa et le retourna entre ses mains avant d'ouvrir la porte.

Oreb était perché sur la table de la cuisine. A en juger par les gouttelettes éparpillées sur celle-ci, il venait juste de boire dans sa tasse.

— 'soir.

— Bonsoir, répondit Organsin en allant chercher un couteau.

— Couper oiseau ?

— Non. Je veux juste ouvrir ceci. Je suis trop fatigué — ou trop paresseux — pour défaire les nœuds mais je vais essayer de ne pas trop abîmer la ficelle avec la lame. As-tu tué le rat que j'avais délogé, Oreb ?

— Bien battu !

— J'imagine que je te dois des félicitations, et aussi des remerciements.

Il déplia le papier blanc, révélant un amas de viande à l'odeur forte.

— De la viande à chat, Oreb. Je la reconnaîtrais les yeux fermés, pour en avoir un jour reçu un plein seau sur la tête. Scléroderme n'aura pas tardé à tenir sa promesse.

— Manger maintenant ?

— A ta guise. Quant à moi, je n'en ferai rien.

Mais ne me dis pas que tu as encore faim : tu as dévoré une bonne partie du rat que tu as tué !

Pour toute réponse, Oreb agita les ailes et dressa la tête d'un air interrogateur.

— J'ai peur que toute cette viande ne te fasse du mal.

— Viande, bon !

— Je ne partage pas ton enthousiasme, dit-il en poussant le paquet vers Oreb. Mais si je la conserve plus longtemps, elle n'ira pas en s'arrangeant. Alors, ne t'en prive pas.

Oreb piqua un morceau de viande et parvint à l'entraîner, moitié volant et moitié sautant, sur le dessus du garde-manger.

— Que Scylla bénisse ton repas.

Organsin ôta sa robe en soupirant et l'accrocha au dossier de la chaise de pater Bécard. Avant de se coucher, il la monterait dans sa chambre pour la brosser et la pendre convenablement. Il devrait aussi penser à récupérer les Écritures dans sa poche afin de les ranger à leur place habituelle.

Mais l'une et l'autre choses pouvaient attendre. Il alluma le feu dans la cuisinière, se lava les mains et sortit la poêle où il avait fait frire des tomates la veille. Il remplit d'eau la vieille casserole favorite de pater Bécard et la posa sur la cuisinière. Puis son regard tomba sur la bouilloire. Il hésitait encore entre du maté et un café quand on frappa à la porte de la rue de l'Argent.

Il ôta la barre et reçut des mains de Pelisse un paquet similaire à celui qu'il avait trouvé sur les marches, quoiqu'un peu plus grand. Il chercha dans sa poche le demi-bit promis.

— Pater... (Un effort surhumain déformait les traits enfantins de Pelisse.)

— Oui ?

— Je ne veux rien.

Pelisse tendit sa main crasseuse, dévoilant cinq bits étincelants.

— Ce sont les miens ?

— Il a refusé de les prendre.

— Je vois. J'aurais dû te prévenir de ne pas dire que la viande était pour moi. A présent, ton sens de l'honneur t'interdit d'accepter aucun pourboire.

Pelisse acquiesça avec solennité.

— Je ne te forcerai pas la main. Toutefois, je dois un bit à ta mère. Tu vas m'en rendre quatre et garder le cinquième pour elle. C'est d'accord ?

Pelisse hocha de nouveau la tête, rendit les quatre bits et s'évanouit dans le crépuscule.

— Ces côtelettes ne sont pas plus à moi qu'à toi, dit Organsin à l'intention de l'oiseau en refermant et barrant la porte. Aussi, interdit d'y toucher.

La poêle avait beau être grande, les côtelettes y tenaient à peine. Il les saupoudra d'une pincée de son précieux sel et mit la poêle sur le feu.

— On fait de nous des ploutocrates du surnaturel, expliqua-t-il à Oreb. Ça finit par être gênant. Certains possèdent la richesse, tel Sangre. Ou le pouvoir, comme le conseiller Lémur. Ou la force et le courage, comme Alque. A nous les dieux et les spectres.

— Organsin, bon ! croassa Oreb du haut de son garde-manger.

— Peut-être y vois-tu plus clair que moi dans tout ça. Pourtant, je fais des efforts. Comme nous avons pu le constater, le ploutocrate du surnaturel n'a pas besoin d'argent, quoiqu'on lui en donne quand même. La force et le courage brûlent de se mettre à son service...

Organsin se laissa tomber sur sa chaise, une fourchette dans une main et son menton dans l'autre.

— Il aurait surtout besoin d'être éclairé. On lui demande de se faire l'interprète des dieux et des spectres, ce qui relève de l'impossible. Kypris aujourd'hui, pater Bécard hier soir, sans compter tous les autres...

Oreb tendit le cou au-dessus du garde-manger :

— Homme, méchant ?

— Tu pourrais m'objecter que j'ai oublié Mucor. Mais elle n'est ni un spectre ni une déesse. A vrai dire, ses agissements l'apparentent plutôt à un diable. Ceux-là non plus, il ne faudrait pas les oublier...

L'huile commençait à crépiter dans la poêle. Organsin se leva, piqua sa fourchette dans l'une des côtes pour vérifier son degré de cuisson et en souleva une autre afin d'étudier son flanc doré.

— Et si nous commencions par l'énigme la plus simple à résoudre, c'est-à-dire toi, Oreb ?

— Oiseau, bon.

— Je n'en doute pas. Mais pas au point de pouvoir voler avec une aile endommagée, comme je t'ai pourtant vu le faire la nuit dernière...

— Pater ?

Un poing d'acier toqua à la porte, côté jardin.

— Une seconde, mater, que je retourne vos côtelettes...

Organsin ajouta à l'intention d'Oreb :

— Si je n'ai pas inclus Mucor dans le lot, c'est qu'en dépit des apparences, je ne la considère pas comme un être surnaturel. La plupart seraient sans doute d'un avis contraire...

Sans lâcher sa fourchette, il ouvrit toute grande la porte :

— Bonsoir, mater. Bonsoir, Milan. Que les dieux soient avec vous. Ce sont mes légumes ?

Milan acquiesça et tendit un grand sac à Organsin qui le déposa sur la table de la cuisine.

— Il y en a pour plus de trois bits, dirait-on. Surtout aux cours actuels. Des bananes ? Au prix où elles sont ?

Milan demeura muet.

— Je l'ai trouvé dans la rue, pater, expliqua mater Marbre. Il n'osait pas frapper. Je l'ai fait entrer dans le jardin mais il n'a pas voulu me donner son sac à porter.

— Je ne t'aurais pas mangé, Milan. D'autant plus que c'est moi qui t'avais chargé de cette course.

Milan tendit vers lui son poing sale.

— Je devine ce que tu tiens là. Il a refusé d'être payé ?

Milan hocha la tête en silence.

— Et tu craignais que ça ne me mette en colère. Pour être juste, c'est un peu le cas. Là, donne-moi ça. Et voici le demi-bit que je t'avais promis. Referme bien le portail derrière toi, rappelle-toi ce que je t'ai dit et n'aie aucune crainte.

— J'ai peur, annonça mater Marbre quand le garçon fut parti. Pas pour moi, mais pour vous, pater. Trop de popularité nuit. La Tendre Kypris a-t-elle promis de vous protéger ? Que ferez-vous si les gardes viennent vous arrêter ?

— Je suppose que je les suivrai. Comment faire autrement ?

— Vous pourriez ne jamais revenir.

— J'expliquerai que je n'ai aucune ambition politique, ce qui est la pure vérité.

Organsin approcha sa chaise du seuil et se rassit.

— Je regrette de ne pouvoir vous inviter à entrer, mater. Voulez-vous que je vous apporte une chaise ?

— Je suis très bien debout. Mais vous ? Votre

cheville doit vous faire souffrir ; vous avez beaucoup marché aujourd'hui.

— Ça va mieux qu'hier, assura Organsin en palpant le bandage. Ou alors c'est moi qui ai trouvé mon second souffle. J'ai vécu une telle cascade d'événements depuis deux jours ! Je n'étais pas habitué à de telles péripéties.

— Comment vous en vouloir, pater ? fit mater Marbre, pleine de sollicitude.

— La nuit dernière, je commençais tout juste à reprendre pied, si j'ose dire, quand de nouveaux événements sont survenus. Et aujourd'hui, Kypris nous a fait l'honneur d'apparaître dans notre mantéion, le seul de la ville à avoir reçu la visite d'un dieu depuis plus de vingt ans ! Si...

— C'était merveilleux, le coupa mater Marbre. Tellement merveilleux que je n'ai pas encore fini de l'intégrer à mes paramètres d'exploitation. Mais il n'y a pas que ça, pater... Je pense à ces inscriptions sur les murs. Soyez prudent.

— Je le serai, promit Organsin. Je tenais à vous dire que j'avais recouvré mon équilibre mental. J'ai tout intégré à mes paramètres... comme vous dites. J'ai eu l'occasion d'y réfléchir en marchant derrière le corbillard, et aussi de confronter mes propres impressions aux Écritures. Vous vous rappelez ce passage : « La nature souveraine crée de nouvelles formes à partir du vivant afin de régénérer le méande, ce jusqu'à la fin des temps » ? Dans le contexte, cela signifiait ni plus ni moins qu'Orpin était appelée à renaître sous la forme d'un arbre ou d'une fleur. Pourtant, ce passage a résonné en moi comme s'il avait été placé là à mon intention, surtout en ce jour. J'aimerais pouvoir agir sur les consciences comme ces quelques lignes l'ont fait sur moi. En les lisant, j'ai brusquement compris que l'existence paisible que je croyais vivre, et dont j'espérais qu'elle se poursuivrait sans encombre jusqu'à mes vieux jours, n'était qu'une étape dans un processus infini. Ma dernière année de schola, par exemple...

— Quand j'ai frappé, pater, vous avez bien dit que vous me destiniez ces côtelettes ? Je vous suis très reconnaissante de m'épargner la peine de me mettre aux fourneaux. Comme elles sentent bon ! Je suis certaine que mater Rose et mater Menthe s'en régaleront.

Organsin poussa un soupir :

— Vous voulez dire par là qu'il est temps de les retourner, pas vrai ?

— Non, pater. Il est temps de les enlever de la poêle. Vous les avez déjà retournées.

Il boita jusqu'à la cuisinière. Oreb avait fait honneur à la viande à chat pendant leur conversation ; il en avait semé partout sur la table et jusque sur le plancher. Les côtelettes étaient dorées à point. Organsin les empila sur le plat le plus grand qu'il put trouver dans le placard, les recouvrit d'un torchon propre et les apporta à mater Marbre qui attendait sur le seuil.

— Merci, merci mille fois, pater.

Elle jeta un coup d'œil sous le torchon :

— Elles sont superbes ! J'espère que vous en avez gardé pour vous.

Organsin secoua la tête :

— J'en ai mangé hier soir, quand Alque m'a invité à dîner, et puis je ne tiens pas tellement à la viande.

— Je me sauve avant qu'elles refroidissent, dit-elle en esquissant une révérence.

— Mater ?

Il parvint à la rattraper sur le sentier de graviers

qui menait au cénobion. L'ombre avait fini d'occulter le soleil ; l'air était encore brûlant, tel un mourant dévoré de fièvre.

— Oui, pater ?

— Vous vous êtes extasiée sur le fumet de ces côtelettes... Sentez-vous l'odeur d'un mets, quoique vous n'en mangiez pas ?

— C'est moi qui fais la cuisine, lui rappela-t-elle. Quand un plat sent bon, je m'en aperçois.

— J'aurais dû vous donner quelque chose que vous puissiez apprécier toutes les trois.

Il se tut, cherchant en vain des mots adaptés à la situation :

— Je suis vraiment navré. Je tâcherai de faire mieux la prochaine fois.

— Mais je suis parfaitement heureuse de rapporter cette nourriture à mes sibylles. Maintenant, retournez vite vous asseoir. Cela me fait mal de vous voir souffrir ainsi.

Il hésita, faillit ajouter quelque chose, se ravisa. Quand il fit demi-tour, sa cheville parut pivoter sur son axe à l'intérieur du pansement déjà trop lâche, lui causant une douleur tellement aiguë qu'il étouffa un cri. Il se cramponna à la charmille en grimaçant, puis à la branche secourable que lui tendait le minuscule poirier.

Des coups résonnèrent au loin. Cela venait de la porte principale du presbytère, dans la rue du Soleil.

Il allait crier au visiteur de patienter quand la stupeur le cloua sur place. Une ombre (diffuse, car la lumière était très atténuée) venait de se profiler sur les rideaux de sa chambre. Quelqu'un, là-haut, s'apprêtait à descendre ouvrir... Quelqu'un qui l'avait suivi des yeux pendant qu'il poursuivait mater Marbre dans l'allée.

Les fenêtres étaient toutes ouvertes. Grâce à elles, il surprit d'abord le tap-tap d'un pas léger dans l'escalier bancal, puis le raclement de la barre et le grincement des gonds quand la porte s'ouvrit. Deux voix se répondirent alors dans un murmure confus et pas très amical, lui sembla-t-il.

Curieusement, sa cheville avait quasiment cessé de le faire souffrir. Il tira la porte de la sellaria le plus discrètement possible, pourtant deux visages se tournèrent d'un coup vers lui, l'un souriant, l'autre crispé par la fureur.

— Le voici ! s'exclama Amarante. Comme ça, tu le lui diras toi-même.

Musc la bouscula en maugréant. Il traversa la sellaria de sa démarche féline et se laissa tomber dans le fauteuil attitré d'Organsin, qui toussota :

— Sans vouloir paraître inhospitalier, j'aimerais bien savoir ce que vous faites là, tous les deux ?

Musc ricana ; Amarante prit un air innocent :

— Je ne me sentais pas capable de faire tout ce chemin derrière le corbillard. Pas avec ces chaussures. Et puis, Orchidée ne nous avait pas dit qu'on devrait suivre au cimetière. Elle avait juste dit d'assister à la cérémonie, et je l'ai fait. J'en connais qui n'ont même pas fait le déplacement.

— Poursuivez.

— Et d'abord, vous m'aviez juste demandé de venir et de prier. C'est ce que j'ai fait.

— Aucune femme ne doit entrer dans ce presbytère, lui dit Organsin d'un ton sévère.

Musc occupait toujours son fauteuil et ne manifestait aucune intention d'en changer.

— Excusez-moi un instant.

Dans la cuisine, il trouva sa casserole d'eau en train de bouillir. Il ajouta une bûche dans l'âtre et récupéra la canne de Sangre dans un coin. Quand il reparut dans la sellaria, Amarante lui dit :

— Je ne savais pas, moi, que je n'avais pas le droit d'être ici. Je voulais vous parler dans le mantéion, pendant que vous fixiez le couvercle du cercueil, mais le moment m'a paru mal choisi, avec cette chimio qui nous observait. Je vous ai attendu là-bas, mais vous ne reveniez jamais. Au bout d'une heure ou deux, je suis sortie dans le jardin à la recherche d'un peu d'eau et j'ai aperçu cette jolie petite maison. J'ai joué un peu avec votre oiseau et puis... je me suis allongée et j'ai dû m'endormir.

Organsin hocha la tête d'un air entendu :

— Je sais que vous prenez de la rouille. Je vous soupçonne aussi de vous adonner parfois à la boisson. Avez-vous bu aujourd'hui ?

— Pas à l'enterrement d'Orpin, quand même !

Musc poussa un gloussement. Il était occupé à se curer les ongles avec son couteau.

— Possible, concéda Organsin. Si vous aviez apporté une bouteille, je l'aurais certainement remarquée, à moins qu'elle fût très petite. Mais vous pourriez avoir eu de l'argent sur vous ; ce ne sont pas les débits de boissons qui manquent dans le quartier.

— Combien Orchidée t'a-t-elle donné ? le coupa Musc.

— Vous n'avez qu'à le lui demander. Elle vous connaît et j'imagine qu'elle vous craint — comme la plupart des femmes, dirait-on. Je suis certain qu'elle ne fera aucune difficulté pour vous répondre.

— On raconte qu'elle a craché un paquet. Il y avait des montagnes de fleurs, et assez de bétail pour rassasier tous les dieux de l'Unité Centrale pendant une semaine. Ça fait beaucoup, sans compter cette putain dans ton lit... Et tu as le culot de lui demander ce qu'elle fiche là !

Amarante passa ses mains sur sa robe :

— Tu vois bien que je suis habillée !

— C'est insensé ! gémit Organsin en martelant le sol de sa canne. Silence, vous deux. Amarante, vous prétendez vouloir me parler. Je vous en ai fourni l'occasion cet après-midi, dans le mantéion, mais vous êtes restée muette.

Elle regardait ses pieds avec un demi-sourire, comme si la vue de ses vieux souliers noirs la mettait en joie.

— Expliquez-vous, lui ordonna-t-il, ou sortez immédiatement.

— Je ne me sentais pas prête, pater. J'avais besoin de réfléchir. Alors, j'ai préféré attendre pour faire amende honorable, comme dirait Musc. Je vous le dirai quand on sera seuls.

— Je vois. Et vous, Musc ? Désirez-vous aussi me parler en particulier ? Je vous avertis, j'ai des choses désagréables à vous dire.

Une once de surprise pesa sur les traits de Musc. Durant une fraction de seconde, la pointe de son couteau interrompit son travail d'investigation.

— C'est Sangre qui m'envoie.

— C'est ce que j'avais cru comprendre.

— Il t'avait donné combien ? Un mois ?

— Tout juste quatre semaines, au terme desquelles j'étais censé lui apporter une somme substantielle, préalablement à de nouvelles négociations.

Musc se leva avec l'agilité d'un des lynx de Mucor en dirigeant la pointe de son couteau sur la poitrine d'Organsin. Celui-ci songea à la mise en garde contenue dans les entrailles du bélier.

— Eh bien, ça ne marche plus. Tu as tout juste une semaine, et encore…

— Mauvais homme !

Le couteau traversa la sellaria tel un éclair et alla se ficher, encore tout tremblant, dans les lambris au-dessus du garde-manger. Oreb poussa un cri de terreur et une plume noire tomba lentement au sol.

— Sale oiseau de marle ! siffla Musc. Tu l'as dressé à nous charroyer, pas vrai ? Si tu es chaud pour le garder, tu ferais mieux de lui apprendre à tenir son clapet.

— Si tu as l'intention de le percer, commence donc par apprendre à viser, dit Amarante avec un sourire.

Musc esquissa un geste dans sa direction mais Organsin arrêta son bras avant que le coup partît :

— Cessez vos enfantillages !

Musc lui cracha au visage. Le pommeau ouvragé de la canne heurta sa mâchoire avec un bruit sec, cassant. Sa tête fut projetée en arrière. Il chancela, brisant un guéridon dans sa chute.

— Ah ! s'exclama Amarante, les yeux luisants d'excitation.

Musc demeura immobile pendant quelques secondes qui semblèrent une éternité, puis il ouvrit les yeux et resta un long moment à contempler le vide. Enfin, il se redressa.

— Si vous avez un pointeur, lui dit Organsin en brandissant sa canne, c'est le moment de le sortir.

Musc lui jeta un regard furieux et secoua la tête.

— C'est tout ce que vous aviez à me dire ? Que Sangre ne m'accordait plus qu'une semaine pour le payer ?

De sa main libre, Organsin tira son mouchoir de

sa poche et essuya le crachat de Musc sur son visage.

— Une semaine... ou moins, grinça Musc en remuant à peine les lèvres.

— Autre chose ?

— Non.

Musc se releva avec effort en s'aidant du mur.

— Dans ce cas, à mon tour de parler. Orpin a été enterrée aujourd'hui. Vous la connaissiez. Vous étiez au courant de son décès. Pourtant, vous n'avez pas assisté à la cérémonie ni offert de victime en sacrifice. Une fois la tombe refermée, j'ai demandé à Orchidée si elle avait reçu quelque message de sympathie de votre part ou de celle de Sangre. Elle m'a assuré que non. Avez-vous quelque chose à objecter ?

Musc garda le silence mais lança un coup d'œil oblique vers la porte.

— N'essayez pas de nous fausser compagnie ; je ne vous le conseille pas.

Musc releva la tête, bravant le regard d'Organsin.

— A moins que vous n'ayez compté sur Sangre pour faire un geste en vos deux noms ?

Quand Musc secoua la tête, les lumières fanées de la sellaria allumèrent des reflets sur ses cheveux pommadés.

— Fort bien. Vous avez failli à votre devoir ; le mien est de vous le rappeler... et aussi de vous apprendre à vous conduire en homme. La prochaine fois la leçon sera moins douce, je vous en avertis.

Organsin passa devant Musc pour lui ouvrir la porte :

— Maintenant, allez en paix.

Musc sortit sans un mot ni un regard et Organsin referma la porte sur lui. Comme il remettait la barre en place, Amarante déposa un baiser furtif sur sa nuque.

— Ne faites plus jamais ça ! protesta-t-il.

— J'en mourais d'envie et je me doutais que vous ne me laisseriez pas vous embrasser de face. Il avait un pointeur, vous savez.

— Je m'en doutais. Moi aussi j'en ai un. Voulez-vous vous asseoir, je vous prie ? N'importe où. Ma cheville me fait mal et je n'ai pas le droit de m'asseoir avant vous.

Elle se posa sur la chaise en bois que Licorne avait occupée la veille. Plein de reconnaissance, Organsin se laissa tomber dans son fauteuil. Le bandage d'Héron était tout à fait froid. Il le déroula et en frappa le repose-pied.

— Ça n'a pas l'air de faire beaucoup d'effet, remarqua-t-il. Sans doute l'ai-je trop laissé refroidir. Vous avez dit que vous désiriez me parler. Me permettez-vous de vous poser d'abord une question ?

— Allez-y. Mais je ne sais si je pourrai y répondre.

— Tout à l'heure, pendant que je fixais le couvercle du cercueil d'Orpin, vous avez insinué que celle-ci était une espionne. Quand je vous ai demandé de vous expliquer, vous avez refusé de parler. Il y a quelques minutes de cela, une de mes sibylles m'a mis en garde contre les manœuvres de certaines gens pour me compromettre politiquement. Si on apprend que j'ai procédé au rite funèbre d'une espionne, j'encourrai de grands risques...

— Je n'ai pas dit ça, pater ! Orpin n'était pas une espionne. Je parlais de moi... à la troisième personne. C'est une sale manie que j'ai.

— De *vous* ?

Elle approuva avec véhémence :

— Jusque-là, je ne m'étais pas bien rendu compte de ce qui m'arrivait... du rôle que je jouais. Mais tout à coup, pendant la cérémonie, j'ai senti qu'un voile se déchirait. C'est dur à expliquer.

— Vous avez espionné notre bonne cité de Viron ? demanda Organsin en bandant sa cheville. S'il vous plaît, ma fille, n'essayez pas de biaiser ; ce que vous me dites là est très grave.

Amarante baissa les yeux sur les chaussures d'Organsin. Au bout d'un long moment, la tête d'Oreb réapparut au-dessus du garde-manger :

— Homme, parti ?

— Oui, lui répondit Amarante. Mais il pourrait revenir. Aussi, prudence.

L'oiseau s'en prit alors au couteau de Musc, tirant sur le manche avec son bec, puis il se percha sur la poignée et poussa sur le lambris de sa patte écarlate. Amarante l'observait, visiblement amusée... ou à tout le moins ravie de cette diversion. Organsin toussa :

— De quoi désiriez-vous m'entretenir ?

— Je risque de gros ennuis, reprit-elle en se retournant vers lui. Je ne sais pas jusqu'où vous êtes mouillé, pater, mais moi je le suis jusqu'au cou. Si les gardes apprennent ce que j'ai fait, mon compte est bon. Pour commencer, il me faudrait une cachette où lui ne puisse pas me trouver. Je ne sais pas où aller mais il n'est pas question que je retourne chez Orchidée ce soir.

— « Lui » ? Vous voulez dire le docteur Héron ?

— Oui, répondit Amarante en écarquillant les yeux. Comment le savez-vous ?

— Simple supposition.

— C'est parce qu'il est entré dans ma chambre, hier, pendant que vous y étiez ?

— Entre autres raisons. Et aussi parce qu'il vous

a offert un poignard, parce que c'est toujours vous qu'il visite en premier chez Orchidée, parce qu'il lui arrive de vous fournir de la rouille... Il est possible qu'il vous ait examinée la première pour vous libérer plus vite, comme vous me l'avez soutenu hier. Mais il se pourrait aussi qu'il ait été impatient d'obtenir de précieux renseignements de votre part.

Il fit une pause, se frotta la joue :

— Et puis, il y a ce poignard que vous cachiez sur vous quand vous avez rencontré Orpin. En général, les femmes s'arment pour sortir la nuit. Pourtant, on vous attendait pour dîner chez Orchidée et vous-même, plus tard, vous m'avez confié que vous escomptiez beaucoup travailler ce soir-là. Puisque vous n'étiez pas censée vous trouver à l'extérieur après la tombée de la nuit, vous aviez d'autres motifs d'avoir peur. Je crois pouvoir avancer que l'homme qui vous a offert ce poignard et celui qui vous exposait au danger n'en sont qu'un. Vous plaît-il de me dire où vous vous rendiez ?

— J'allais prendre... Non. Pas encore.

Elle se pencha en avant, en proie à une émotion sincère et profonde. Organsin aurait juré qu'elle ignorait à quel point elle était belle à cet instant.

— Tout ça est faux. Ou plutôt les faits sont vrais mais les apparences trompeuses. A vous entendre, on croirait que je suis une étrangère. Mais je suis aussi vironaise que vous... C'est ici que je suis née. Je vendais du cresson au marché quand je n'étais pas plus grande que ce tabouret, là, sous vos pieds.

Organsin se demanda si elle était consciente du désir qu'il avait de la toucher.

— Je vous crois, ma fille. Mais si vous souhaitez que je sache la vérité, il faut tout me dire.

— Comme je vous l'ai dit, Héron était un ami. Il était gentil, il me faisait des cadeaux, même sans y être obligé. Vous vous rappelez le bouquet d'amarantes ? Il était plein de petites attentions de ce genre. La plupart des filles l'aiment bien et il m'arrivait de le faire monter à l'œil. Il a un faible pour les filles grandes. On dirait que ça l'amuse.

— Il est très préoccupé par sa taille. Il a abordé le sujet dès notre première rencontre. Peut-être se sent-il moins petit auprès d'une femme de grande taille. Mais poursuivez.

— Il ne m'a jamais dit : je vais faire de toi une espionne... promets-moi de trahir ta ville et je te donnerai un uniforme. Il y a quelques mois, on était quatre ou cinq à causer dans la grande salle. Héron était là. On a commencé à plaisanter sur les trucs qu'il nous fait quand il nous examine... Vous savez quoi.

— Pas le moins du monde, admit Organsin avec une pointe de regret. Mais je crois pouvoir l'imaginer.

— Quelqu'un a lâché qu'on avait eu la visite d'un commissaire. Héron a demandé laquelle avait mis le grappin dessus. C'était moi. Il a demandé s'il m'avait laissé un gros pourboire. Plus tard, en m'examinant, il a voulu savoir si le commissaire avait fait allusion au caldé devant moi.

— Le caldé ? s'étonna Organsin.

— C'est ce qu'il m'a semblé comprendre, pater. Je lui ai dit que non et que d'ailleurs, je croyais que le caldé était mort. Il m'a assuré qu'il l'était. Mais plus tard, pendant que je me rhabillais, il m'a dit que si ce commissaire ou un autre venaient à parler du caldé ou de la Charte en ma présence, il me serait très reconnaissant de bien vouloir le lui rapporter. Justement, mon commissaire avait dit quelque chose au sujet des conseillers...

— Quoi ?

— Qu'il avait été au lac avec deux d'entre eux, Tarsier et Loris. J'avais poussé des oh ! et des ah ! comme il se doit, même si je m'en fichais éperdument. Mais Héron a sursauté quand je le lui ai répété. Un peu plus tard, comme je sortais, je l'ai croisé devant chez Violette et il m'a refilé un papier. Il l'a glissé ici, vous voyez, pater ? Une fois seule, je l'ai regardé. C'était une lettre de change au porteur d'un montant de cinq cartes, signée d'un macque dont le nom m'était inconnu. J'ai pensé qu'elle ne valait rien mais comme c'était sur mon chemin, je suis quand même passée au fisc. Ils m'ont donné cinq cartes, sans me demander qui j'étais ni d'où je tenais ce papier. Cinq cartes, comme ça, sur le comptoir.

Elle s'interrompit, guettant sa réaction :

— Croyez-vous que ça m'arrive souvent de gagner cinq cartes d'un coup ?

Organsin haussa les épaules :

— Je dirais... une fois par mois, puisque vous avez les faveurs d'un commissaire.

— En comptant celle-ci, ça m'est arrivé deux fois dans ma vie, tout blanc ! Chez Orchidée, c'est dix bits pour entrer et reluquer les filles. Après, le macque me donne une carte que je partage avec Orchidée. Quant à mon commissaire, on le fait rentrer à l'œil, histoire d'éviter les ennuis. Il faut lui sortir le grand jeu, lui répéter combien il est formidable, et la plupart du temps il ne laisse rien du tout. Pour les autres, c'est une carte. Si le premier décide de rester, comme il en a le droit, et qu'il ne laisse pas de pourboire, je me fais à peine une demi-carte dans la nuit.

— Je connais beaucoup de gens qui travaillent dur toute la semaine pour moins que ça, objecta Organsin.

— Je sais bien. Pourquoi croyez-vous qu'on fasse ce métier ? Ce que je veux dire, c'est que je gagne au maximum cinq ou six cartes dans ma semaine, pourboires compris. Cette fois-là, j'avais gagné en un jour autant que dans une semaine, juste pour avoir rapporté à Héron ce que m'avait dit un commissaire. L'aubaine ! Vous allez me dire que j'aurais bien dû me douter de quelque chose, mais je vous jure que je n'y ai vu aucun mal.

Elle s'interrompit de nouveau, prête à essuyer ses reproches.

— C'est donc ainsi que tout a commencé, murmura Organsin. Et après, ma fille ?

— Depuis, j'ai dû lui répéter sept ou huit bricoles et faire une ou deux courses pour lui. Mais s'il vient un commissaire ou un colonel, je suis très gentille avec eux et je ne fais pas comme les autres filles, qui sont toujours à rouspéter après un pourboire ou un cadeau. Au point qu'ils me réclament quand je suis déjà prise.

L'oiseau s'agita alors sur son meuble ; il tendit le cou d'un air inquiet en entrouvrant son long bec pourpre.

— Depuis que j'ai vu Orpin sur son lit de glace, j'ai pas mal combergé.

Amarante approcha sa chaise de celle d'Organsin et reprit à voix basse :

— Sangre vous demande vingt-six mille cartes si vous voulez rester ici, c'est ça ?

Organsin inclina imperceptiblement la tête.

— A nous deux, on pourrait essayer de les soutirer à Héron. Qu'en dites-vous, pater ?

— Homme ici, annonça Oreb. Dehors.

Amarante lui lança un regard lourd d'appréhension.

— Ici, insista Oreb. Pas frapper.

4

L'*AMI PROCHAIN* DE SA CONNAISSANCE

Organsin se leva en s'efforçant de faire le moins de bruit possible, instruit par sa précédente et malheureuse tentative pour surprendre Musc et Amarante. Abandonnant la canne de Sangre près de sa chaise, il s'approcha de la porte donnant sur la rue du Soleil, ôta la barre et, gardant celle-ci à la main pour le cas où il aurait à se défendre, il ouvrit sans crier gare.

L'homme en robe noire debout au pied des marches ne manifesta pas le moindre étonnement :

— Je ne vous dérange pas, pater ? s'enquit-il d'une voix nasale. Je me suis fait le plus... discret possible. Peut-être pas assez, toutefois ? J'atteignais votre porte quand j'ai entendu la voix de... la dame ?

Organsin appuya la barre au mur :

— Je sais que c'est contraire au règlement, votre Éminence...

— Oh ! non, non, non... Je suis certain que vous avez d'excellentes raisons, pater.

Le visiteur fit une révérence plongeante :

— Bonsoir, très cher. Que les dieux soient avec vous.

Il gratifia Organsin d'un sourire qui jetait mille feux, même à la pâle lumière des terres célestes.

— J'ai pris soin de demeurer hors d'écoute. J'entendais vos voix, je l'avoue, sauf quand il passait une charrette... Mais je ne distinguais pas un mot de ce que vous disiez. Scylla pourrait en témoigner.

Organsin s'avança sur le seuil :

— Je regrette d'avoir été aussi abrupt, votre Éminence. Nous avons entendu ou plutôt, on nous a signalé...

— Ce n'est rien, pater, assura le visiteur, coupant court à ses excuses. Tout le plaisir est pour moi.

— ...qu'il y avait quelqu'un dehors, mais nous ignorions qui.

Organsin prit une profonde inspiration :

— Seule une affaire urgente peut vous amener à cette heure tardive. Que votre Éminence se donne la peine d'entrer.

Il remit la barre en place sitôt le visiteur à l'intérieur.

— Ceci est notre sellaria... La pièce la plus confortable, je le crains. Je puis vous proposer un peu d'eau ou, euh... une banane ?

Il lui vint à l'esprit qu'il n'avait pas encore inventorié le sac rapporté par Milan.

— Je dois avoir d'autres fruits, par ici.

L'homme en robe noire déclina l'offre d'un geste de la main :

— Vous prodiguiez vos conseils à cette jeune dame, j'imagine ? Bien que je n'en aie pas saisi un mot, il ne m'a pas semblé reconnaître la... cadence ? du pardon de Pas, ni la litanie des noms sacrés. « Au nom de notre père Pas, au nom d'Échidna, au nom de Scylla... » Vraiment, je n'ai rien entendu de tel.

Amarante avait suivi Organsin sur le pas de la porte.

— Vous êtes aussi un augure, pater? demanda-t-elle.

Le visiteur s'inclina et montra la croix qu'il portait en sautoir. Dans le décor miteux de la sellaria, sa chaîne en or semblait briller du même éclat que la Voie Aurélienne.

— Exact, mon enfant. Parmi les plus discrets, sans quoi je n'occuperais pas ma position actuelle. Aussi n'avez-vous rien à craindre de moi... bien que je n'aie pas saisi un mot de votre conversation.

— Je me fie à votre tact, pater. Pater Organsin et moi n'en avons pas encore terminé, mais je peux sortir faire un tour et revenir d'ici une heure ou deux... Le temps que vous estimerez nécessaire.

Organsin la dévisagea, stupéfait.

— Comment? Une jeune personne telle que vous, dans *ce quartier?* Non, non... je ne saurais le souffrir. Je vous demande quelques minutes puis je disparaîtrai.

— Faites comme si je n'étais pas là, votre Éminence, dit Amarante.

L'« Éminence » dépassait Organsin d'une bonne tête et comptait au moins quinze années de plus que lui. Une frange de cheveux fins, aussi noirs que le charbon, recouvrait son front. Il les chassa de ses yeux d'un mouvement de la tête et reprit :

— Pater Organsin, si je ne m'abuse? Je ne pense pas avoir déjà eu le... plaisir de faire votre connaissance. Croyez que je le déplore. Toutefois, je vous ai joué un bien vilain tour, il y a de ça quelques années. J'en suis confus. Mais sachez que je n'ai agi que dans l'intérêt du Chapitre... Après tout, le Chapitre est notre mère à tous, hum? Mon nom est Rémora.

Il tourna son sourire vers Amarante :

— Peut-être cette jeune beauté préfère-t-elle garder l'anonymat? Ce serait plus prudent, hum? Comme il lui siéra...

— Si vous n'y voyez pas d'objection, pater, acquiesça Amarante.

— Pas le moins du méande! Je suis le premier à recommander la plus grande... discrétion?

— Votre Éminence était présente à mon ordination, lui dit Organsin. Vous vous trouviez sur l'estrade, à droite de notre prélat. Je ne pense pas que vous vous en souveniez.

— Mais si! si, si, si! Si nous nous asseyions? Je me rappelle très bien. De tous les drôles qui furent reçus cette année-là, c'était vous le mieux bâti. J'en ai même fait la remarque à Quetzal... Le prolocuteur, très cher — je devrais dire, sa Connaissance. C'est pourquoi on vous a nommé ici. Eh oui! Pour une innocente plaisanterie... La faute m'en incombe seul.

Rémora jeta un regard oblique aux débris du guéridon que Musc avait entraîné dans sa chute et glissa son long corps maigre dans le fauteuil attitré d'Organsin.

— C'est moi qui ai soufflé au cher Quetzal de vous envoyer ici, dans ce quartier.

— Que votre Éminence en soit remerciée. Je ne pouvais pas mieux tomber, ajouta Organsin en s'asseyant à son tour.

— Allons donc, vous n'en pensez pas un traître mot. Je ne puis vous en blâmer; vous en avez connu de dures. Quetzal et moi en sommes parfaitement conscients. Mais ce pauvre, euh... votre prédécesseur, comment s'appelait-il, déjà?

— Pater Bécard, votre Éminence.

— Très juste. Imaginez un peu que nous lui ayons adressé un de ces freluquets... Les gens du quartier n'en auraient fait qu'une bouchée. Vous savez que j'ai raison, pater. Quetzal s'est rendu à la logique de mes arguments. Vous voici tout seul à présent, puisque Bécard nous a quittés pour un séjour plus clément. Vous avez fait merveille, pater... Un travail exceptionnel ; le mot n'est pas trop fort.

Organsin se fit violence pour répondre :

— J'aimerais pouvoir donner raison à votre Éminence.

Les mots avaient du mal à franchir ses lèvres, aussi lourds que les pierres d'un chemin :

— Vous savez certainement que ce mantéion a été vendu. Nous n'avions même plus de quoi payer nos taxes. La ville a procédé à une saisie ; j'imagine que le Chapitre en a été averti, quoiqu'on ne m'en ait rien dit. Le nouveau propriétaire a l'intention de fermer le mantéion et le palæstra, voire de les démolir.

— Si vous saviez le travail qu'il a accompli, ma chère, dit Rémora à Amarante. Vous n'êtes pas du quartier ? Dans ce cas, vous ne pouvez pas vous en rendre compte.

— Je remercie votre Éminence, reprit Organsin. C'est très aimable à vous. Mais je préférerais avoir pu sauver ce mantéion. Quand je vous ai remercié de m'avoir nommé ici, ce n'était pas pure politesse de ma part. Ce n'est pas que j'aime ces vieilles ruines. Mais les gens... Nous avons beaucoup de gens mauvais ici. C'est du moins ce que tout le monde dit, et ce n'est pas faux. Mais le cœur des autres recèle d'incomparables trésors de bonté. Et même ceux qu'on dit mauvais vous étonneraient...

Au même instant, Oreb vint se poser sur les genoux d'Amarante, serrant le poignard de Musc dans son bec.

— Stupéfiant ! Qu'est-ce ?

— Oreb a une aile déboîtée, expliqua Organsin. Un accident, votre Éminence. Un médecin l'a remise en place hier mais il n'est pas encore guéri.

Rémora balaya de la main le récit des malheurs d'Oreb :

— Ce poignard... Vous appartient-il, ma chère ?

Amarante acquiesça sans l'ombre d'un sourire :

— Je l'ai lancé pour illustrer un point du récit que je faisais à pater Organsin, votre Éminence. Oreb est bien aimable de me l'avoir rapporté. Je crois qu'il m'apprécie.

Oreb marqua son approbation d'un coup de sifflet strident.

— Vous l'avez lancé, *vous ?* Je ne puis... Excusez mon scepticisme, ma chère, mais...

Amarante fit un geste en direction du garde-manger et le lambris au-dessus du meuble rendit un son de timbale. Le couteau de Musc ne vibra même pas, la lame à moitié enfouie dans le bois de chêne.

— Oh ! Ô dieux !

Rémora se leva et alla examiner le couteau.

— Jamais je n'aurais cru... C'est réellement...

Il saisit la poignée et tenta d'arracher le poignard d'un coup sec, en vain.

— On ne distingue qu'une marque dans le bois !

— J'ai fait en sorte d'abîmer le moins possible le mur de pater Organsin, expliqua Amarante d'un air modeste.

Rémora parvint enfin à déloger le poignard. Il le rendit à la jeune femme avec une profonde révérence.

— Votre arme, ma chère. Je connaissais la réputation de... dureté ? de ce quartier. Sans compter les débris de cette table. Mais je n'avais pas mesuré à quel point... Nous ne vous en admirons que davantage, pater... Moi, à tout le moins.

Il se rassit :

— A ce propos, pater... Peut-être avez-vous eu l'impression que Quetzal et moi...

Il se retourna vers Amarante :

— Je me trouve être le *prochain ami* de sa Connaissance, ma chère... Son adjudant, comme on dirait dans la Garde. Ou plutôt, son coadjuteur. C'est le terme... officiel ? Nous avons suivi les progrès de pater avec attention et bienveillance. Il a connu de grandes difficultés, ô combien ! Il a rencontré nombre d'obstacles, n'est-ce pas ? Ce mantéion — chéri des dieux malgré son indigence — ne fut pas un champ aisé à labourer, ni un pâturage de tout repos.

— Je comprends, votre Éminence.

— Certes, il a eu tort de ne pas solliciter notre aide, sans détour ni fausse honte. Mais nous sommes encore plus fautifs de ne pas lui avoir accordé le secours du Chapitre, par avance et sans condition. Oui, en vérité, nous avons trop tardé...

— Je n'ai pas pu vous approcher, rétorqua Organsin d'un ton cassant. Votre prothonotaire m'a informé qu'une crise accaparait toute votre attention.

— Indubitablement, reprit Rémora d'une voix rauque. Parfois, il me semble que ma tâche ne consiste qu'à démêler un écheveau continuel et... implacable ? de crises toujours plus graves.

Un grondement de tonnerre s'éleva dans le lointain et s'amplifia jusqu'au passage d'un flotteur de la Garde Civile dans la rue. Rémora reprit :

— Nous avons pour habitude de laisser nos jeunes augures faire leurs preuves, comprenez-vous, pater ?... D'assister de loin à leur envol. De les bouter hors du nid, si j'ose dire. Vous vous êtes brillamment tiré de cette épreuve.

— Votre Éminence me flatte ; je sais pertinemment que je ne mérite pas ces louanges. Mais je profiterai de cette occasion pour témoigner — de manière informelle — de l'immense honneur accordé aujourd'hui même à cet infortuné mantéion par les...

— Infortuné ?

D'un sourire, Rémora parut effacer toutes les difficultés :

— Certes, il a été vendu. Mais cette transaction n'est qu'une pure formalité, me comprenez-vous ? Un stratagème du vieux Quetzal. Le nouveau propriétaire... Ah ! Quel est son nom ?

— Sangre, souffla Organsin.

— Ce n'est pas ça...

— Musc ? murmura Amarante.

— C'est cela même. Un personnage grotesque, si je puis me permettre. Il a acquis le mantéion en payant votre arriéré d'impôts, plus une somme dérisoire. Comme vous l'avez vous-même fait remarquer, pater, ces bâtiments ont grand besoin d'une... remise à neuf ? Laissons-le s'en charger et en assumer les frais. Pour finir, il en fera don au Chapitre. Ce sera un acte méritoire.

— Je ne crois pas que... objecta Amarante.

— Ma chère, vous verrez que le vieux Quetzal ne manque pas de persuasion. Sans compter son influence auprès de l'Ayuntamiento... Il a à sa disposition tout un arsenal de moyens de pression que nous n'hésiterons pas, le cas échéant, à exercer...

— Musc n'est jamais qu'un prête-nom, votre Éminence. C'est Sangre le véritable propriétaire, et il menace de tout abattre.

— Aucune importance, pater.

Rémora les gratifia d'un nouveau sourire étincelant :

— Soyez sans crainte. Même si cela était, les vieux bâtiments seraient remplacés. Ne serait-ce pas encore la meilleure solution ? Il faudra que j'en touche un mot à Quetzal, demain, quand il aura pris son bouillon de poule.

Il se pencha vers Amarante :

— C'est son péché mignon, voyez-vous... Sans doute pater est-il au courant ? Cela fait jaser entre nous. Que voulez-vous, nous sommes pires qu'un bataillon de... lavandières ? Et ça jacasse, ça jacasse... Il n'empêche que le cher vieil homme devrait s'alimenter autrement. Je ne cesse de le lui dire. On ne vit pas de bouillon de poule et de l'air du temps, n'est-il pas ? C'est pourtant ce que fait Quetzal. Le pauvre, il est bien frêle...

Il jeta un coup d'œil à la pendule au-dessus de la minuscule cheminée de la sellaria :

— Je me suis aventuré jusqu'ici, pater, pour vous informer personnellement de... J'ai beau avoir consacré presque la moitié de mon existence à la recherche de la sacro-sainteté, je n'en suis pas moins un fieffé égoïste. Je tenais à vous annoncer moi-même le terme de votre solitude, pater. Je vous répète que vos tracas ne sont pas passés inaperçus. Un acolyte, un jeune augure tout frais émoulu de la schola avec un premier prix de hiérologie, se présentera à votre porte demain matin. Ainsi, vous connaîtrez la joie de guider un néophyte prometteur sur le sentier que vous avez vous-même suivi, et avec quel succès ! Je crois savoir que vous disposez de deux chambres à l'étage ? Soyez assez aimable pour préparer la plus... modeste ? à l'intention de pater Gulo.

Sur ce, Rémora se leva et tendit la main à Organsin :

— J'ai eu grand plaisir à vous connaître, pater...

Un plaisir et un honneur trop longtemps retardés. Par ma seule faute, je le confesse. Mais l'abnégation a ses limites, n'est-il pas ?

Organsin se leva en s'aidant de la canne de Sangre et ils échangèrent une solennelle poignée de main.

— Ma chère, je suis confus d'avoir interrompu votre entretien avec votre... guide spirituel ? avec ce jeune et pieux augure. Veuillez accepter mes excuses. Je crains que notre petit tête-à-tête ne vous ait paru bien ennuyeux...

— Oh ! mais pas du tout...

Le sourire d'Amarante respirait la sincérité.

— Du moins fut-il bref... Succinct, même. A présent, veuillez recevoir ma bénédiction, quels que soient vos problèmes.

Rémora traça le signe de l'addition dans le vide :

— Bénie sois-tu au nom de Pas, au nom de la Gracieuse Échidna, Son épouse, au nom de leurs fils et de leurs filles, au nom de leur aînée, Scylla, patronne de notre sainte ville de Viron, maintenant et jusqu'à la fin des temps.

— Le nouveau propriétaire, insista Organsin, exige que les éventuels bénéfices du mantéion lui soient reversés, une fois réglées les dépenses courantes. Avec ce qui est arrivé aujourd'hui — il est impossible que votre Éminence ne soit pas au courant...

Rémora grogna :

— Beaucoup de choses ici ont besoin d'être réparées, pater, voire remplacées. Ou... disons, augmentées. N'attendez pas de Musc qu'il y pourvoie. A commencer par votre... garde-robe. Quant au reste, je ne doute pas que vous fassiez le meilleur usage de ce... surplus ? purement présomptif. Sans compter les emprunts que vous avez pu contracter… Sa Connaissance et moi-même avons eu vent de la chose.

La porte se referma sur lui avec un claquement sec.

— Homme, mauvais, siffla Oreb.

Amarante tendit le bras et l'oiseau vint se percher sur son poignet.

— Pas vraiment, Oreb, lui dit-elle. C'est juste qu'il est très épris de sa propre intelligence.

Ses lèvres avaient un pli moqueur quand elle ajouta, à l'intention d'Organsin :

— Tout ça pour une déesse mineure qui ne fait même pas partie des Neuf… C'est bien ce que vous avez dit ce matin, au mantéion ?

Organsin remit la barre en place et se retourna afin de lui répondre, mais elle le fit taire d'un geste :

— Je sais ce que vous allez dire. Mon nom est Amarante. Vous devez l'admettre sans réserve ni discussion. Vous devez m'appeler Amarante, même quand nous sommes seuls, et me traiter comme telle.

— Mais…

— *Parce que je suis Amarante.* C'est un fait que vous ne pouvez pas appréhender, malgré toute votre science. Maintenant, asseyez-vous. Je sais que votre jambe vous fait souffrir.

Organsin se laissa tomber dans son fauteuil.

— Vous vouliez me dire autre chose ?

— J'ai peur de vous offenser, bien que ce ne soit pas mon intention.

Il hésita, déglutit, puis :

— Amarante, vous vous exprimez très différemment d'un moment à l'autre. Hier, chez Orchidée, vous parliez comme une jeune femme illettrée qui aurait acquis des rudiments de grammaire au contact de personnes mieux éduquées. Ce soir, vous parliez l'argot des voleurs, comme Alque. Mais devant son Éminence, vous vous êtes exprimée avec une certaine recherche.

Le sourire de la jeune femme s'épanouit :

— Vous me demandez de vous rendre des comptes sur mon langage, pater ? C'est indigne d'un gentilhomme et plus encore d'un homme de robe.

Organsin demeura un instant à se caresser la joue en silence. Oreb gagna l'épaule d'Amarante, puis la tablette près du fauteuil d'Organsin.

— Si vous aviez parlé à son Éminence comme vous le faisiez jusque-là avec moi, il aurait supposé que je vous avais louée pour la nuit. Vous avez préféré trahir votre véritable nature plutôt que de m'infliger cette honte. Je ne sais comment vous en remercier, Amarante.

— Vous avez prononcé mon nom comme s'il s'agissait d'un mensonge poli. Pourtant, je vous assure que c'est la vérité.

— Mais si j'en employais un autre — vous savez aussi bien que moi lequel —, ne serais-je pas aussi dans le vrai ?

— Bien moins que vous ne l'imaginez, et puis cela donnerait lieu à trop de complications.

— M'autorisez-vous à vous dire que vous êtes plus belle ce soir qu'hier, chez Orchidée ?

— Je faisais moins d'efforts pour l'être alors. Les hommes croient que c'est une affaire de morphologie et de maquillage, mais cela tient beaucoup à... des trucs. Mes yeux, mes lèvres, ma façon de me mouvoir... Vous faites pareil, Organsin, sans vous en apercevoir. J'aime vous regarder bouger quand vous ne vous doutez de rien.

Elle bâilla et s'étira ; son corsage donnait l'impression d'être tendu à craquer sous la pression de ses seins ronds.

— Voilà. Ce n'était pas très joli, hein? Pourtant, il aimait bien me voir bâiller; il me baisait la main alors. Il m'arrivait de le faire rien que pour son plaisir. C'est tellement bon... Il me faut un endroit où dormir ce soir, Organsin. J'adore ton nom. Je pourrais passer la nuit à le prononcer. La plupart des noms sont si laids. Tu veux bien m'aider?

— Bien sûr. Je suis votre esclave.

— Amarante.

— Je ferai mon possible, Amarante. Vous ne pouvez pas rester coucher ici, mais nous trouverons une solution.

Brusquement, elle redevint la femme qu'il avait connue chez Orchidée:

— On verra ça plus tard. Mais d'abord, comprenez-vous ce que cet affreux bonhomme est venu faire ici? et pourquoi on vous colle cet acolyte dans les pattes?

Organsin acquiesça d'un air sombre:

— Je suis naïf, mais pas à ce point. J'ai failli lui demander de cesser cette comédie.

— Ça l'aurait rendu méchant, j'en suis sûre.

— Moi aussi.

Organsin prit une profonde inspiration et soupira avec un mélange de dégoût et de soulagement:

— Cet acolyte a pour mission de me surveiller. J'aimerais bien savoir ce qu'il a fait cet été, depuis qu'il a quitté la schola.

— Vous croyez que c'est un protégé de Rémora?

— Probablement un aide de son prothonotaire. Ses anciens condisciples devraient pouvoir m'éclairer.

— Vous comptez espionner l'espion? demanda Amarante avec un sourire. Au moins, votre mantéion est sauvé.

— J'en doute. Premièrement, je ne me fie guère à

la capacité de sa Connaissance à manipuler Sangre. Moins que son Éminence, en tout cas. Chacun sait que l'influence du Chapitre sur l'Ayuntamiento est bien moindre qu'autrefois, même si la théophanie de Kypris peut contribuer à la restaurer en partie. Ensuite...

— Oui ? Quoi encore ?

Amarante caressait le dos d'Oreb. L'oiseau étira le cou et frotta son bec contre son avant-bras.

— Même s'ils parvenaient à manipuler Sangre, ils ne me garderaient pas ici. Ils me muteraient à un poste administratif et ce pater Gulo prendrait ma place.

— Je suis fière de vous, susurra Amarante sans quitter l'oiseau des yeux. Maintenant, êtes-vous toujours intéressé à connaître mon avis ?

— Vous allez me suggérer d'espionner Viron ?

Organsin agrippa la canne de Sangre à deux mains, comme s'il avait eu l'intention de la briser.

— Il n'en est pas question, à moins que vous ne m'y forciez. Quant à vous, Amarante... Vous êtes bien Amarante ?

Elle inclina la tête d'un air grave.

— Toute question de loyauté mise à part, je ne peux vous laisser risquer ainsi votre vie.

— Vous êtes en colère. Je ne peux vous en vouloir, Organsin, quoique vous feriez mieux de garder la tête froide. Quelqu'un a dit un jour de celui que vous nommez Pas qu'il gardait toujours la tête froide, même dans ses pires moments de fureur.

Elle s'humecta les lèvres :

— Ce n'est pas tout à fait exact, mais presque. C'est comme ça qu'il est parvenu à régner sur notre méande, à la surprise de tous.

— Je crains de ne pas être doué pour les colères froides, mais je ferai de mon mieux. Dites-moi : que se passerait-il si nous arrivions à nos fins ? Supposez que nous extorquions vingt-six mille cartes à Héron pour les offrir à Sangre — je doute que ce soit possible, mais bref... A part Sangre, nul n'en profitera.

Organsin enfouit son visage dans ses mains et s'abîma dans le silence.

— Je devrais souhaiter tout le bien possible à Sangre, reprit-il, comme à tout être humain. Je me suis rendu chez lui en partie pour l'empêcher de commettre un péché en faisant mauvais usage du bien qu'il venait d'acquérir. Mais lui offrir un argent dont il n'a nul besoin ne peut être considéré comme un bienfait, au contraire...

Il sursauta quand Oreb s'abattit sur son épaule, le forçant à relever la tête. L'oiseau saisit une mèche de ses cheveux dans son bec et tira dessus.

— Il est conscient de votre désarroi, expliqua Amarante. Il cherche à vous égayer.

— C'est un brave oiseau. Ce n'est pas la première fois qu'il a de ces élans envers moi.

— Vous l'emmèneriez, si vous étiez muté dans l'administration ? A moins qu'on ne vous permette pas d'avoir un animal de compagnie ?

— Rien dans le règlement ne l'interdit.

— Dans ce cas, vous n'auriez pas tout perdu.

Amarante se leva, gracieuse, et vint se glisser près de son fauteuil.

— Je pourrais aussi vous apporter un peu de réconfort. Tout de suite, si vous le souhaitez.

— Non, répéta-t-il.

Le silence s'abattit sur la minuscule sellaria. Au bout de quelques minutes, Organsin reprit :

— Merci quand même. Votre proposition devrait me navrer, pourtant je me sens beaucoup mieux. Soyez à jamais assurée de ma reconnaissance.

— Je ne me priverai pas de te le rappeler, tu sais.
— Je l'espère.
— Tu n'aimes pas les filles dans mon genre.
— Ce n'est pas ça.
Il réfléchit un moment en silence :
— Ce que je n'aime pas, ce sont les choses qui se font toutes les nuits chez Orchidée. Ceux qui y prennent part en retirent plus de mal que de bien, et la souillure en retombe sur nous tous. Je n'ai rien contre vous, ou Pavot, ou aucune des autres... A dire vrai, je vous aime. Tout comme j'aime Orchidée, et les dieux savent (il fut tenté de se taire, mais il était trop tard) combien j'ai souffert pour elle aujourd'hui.
Amarante rit à mi-voix :
— Tous les dieux ne le savent pas, Organsin... Un ou deux, tout au plus. Tu crois que ces hommes ne se marient pas à cause de nous, mais beaucoup ont déjà une femme. Tu as remarqué combien nous sommes jeunes pour la plupart. Que penses-tu qu'il advienne des autres ?
— Je ne me suis jamais posé la question.
Il faillit répondre que beaucoup, sans doute, finissaient comme Orpin mais eut le bon goût de se raviser.
— Tu crois peut-être qu'elles deviennent comme Orchidée, ou qu'elles meurent d'une surdose de rouille dans d'atroces convulsions... En fait, la plupart se marient, voilà tout. Que tu le croies ou non, c'est la pure vérité. On finit toutes par épouser l'un ou l'autre de nos clients.
Elle s'était mise à lui caresser les cheveux. Il eut l'impression étrange que ses doigts étaient ceux d'un fantôme et qu'il ne verrait personne en se retournant.
— Hier, tu as dit à quelqu'un que tu ne voulais

pas parce que tu espérais voir un dieu. Et maintenant ?

— Maintenant, je ne sais plus, avoua-t-il.

— Tu as peur que je ne me moque de toi, de ta maladresse. Tous les hommes ont peur, Organsin. Peur de notre rire.

— C'est vrai.

— Tu serais capable de me tuer pour ça ? Certains le font.

Il ne répondit pas tout de suite. Les mains de la femme reposaient à l'endroit où Musc l'avait touché, mais il savait que celles-ci ne lui feraient aucun mal. Il attendit qu'elle parlât à nouveau mais seul le pétillement du feu agonisant dans la cuisinière et le tic-tac de l'horloge sur la cheminée vinrent troubler le silence. A la fin, il demanda :

— Est-ce pour ça que certains hommes frappent les femmes pendant l'amour ? Pour éviter qu'elles rient ?

— Parfois.

— Est-ce que Pas te frappe ?

Un nouvel éclat de rire jaillit de sa gorge, telle une cascade argentée. Il n'aurait su dire qui, de Pas ou de lui, était visé.

— Non, Organsin. Il ne frappe jamais. Avec lui, c'est la mort... ou rien.

— Mais toi, il ne t'a pas tuée ?

Les parfums qui se mêlaient sur elle, l'odeur de moisi de sa robe emplissaient ses narines.

— Je n'en sais rien.

Le sérieux de sa réponse le déconcerta. Avec un cri strident, Oreb sauta alors de son épaule sur le dessus de la table :

— Elle, revenue ! Ici.

Il se jucha sur l'abat-jour d'une lampe hors d'usage et, de là, gagna le dessus du meuble.

— Fille en fer !

Organsin se leva et boitilla jusqu'à la porte donnant sur le jardin.

— Je n'ai pas proposé d'espionner pour le compte d'Héron, murmura Amarante. J'ai juste suggéré de lui soutirer de l'argent.

Elle bâilla, mettant sa main devant sa bouche.

— Il paraît en avoir beaucoup, ou du moins en *contrôler* de grandes quantités. Alors, pourquoi ne pas se servir ? Si ce mantéion vous appartenait, il serait difficile de vous transférer ailleurs, non ?

Organsin resta bouche bée à la dévisager.

— Mais n'espérez pas un plan détaillé de ma part : je ne sais pas y faire, et puis je suis trop fatiguée pour y penser maintenant. Vous n'aurez qu'à y réfléchir vous-même, puisque nous ne dormirons pas ensemble. J'en ferai autant à mon réveil.

— Amarante...

Les phalanges d'acier de mater Marbre toquèrent à la porte.

— Encore cette femme mécanique ? Comment les appelle-t-on, déjà ? Robotas ? Robotniks ? Il y en avait davantage, autrefois.

— Chimios, souffla-t-il tandis que mater Marbre recommençait à frapper.

— Qu'importe. Ouvrez-lui donc, qu'elle me voie.

Il s'exécuta. Mater Marbre leva vers l'intruse aux cheveux flamboyants un regard empli de surprise.

— Pater m'a confessée, expliqua Amarante. Maintenant, je cherche un endroit où passer la nuit. Je ne crois pas qu'il me garde à coucher ici...

— Ici ? Non, non...

Les yeux de mater Marbre parurent s'agrandir, bien que ce fût impossible. Organsin décida d'intervenir :

— J'ai pensé que vous pourriez la loger au cénobion pour cette nuit. Je sais que nous avons des cellules vacantes. Je m'apprêtais à aller vous le demander. Il faut croire que vous avez lu dans mes pensées, mater.

— Oh ! non, pater. Je vous rapportais votre plat, dit-elle en lui tendant celui-ci. Mais...

— Vous m'obligeriez fort, insista-t-il en prenant le plat. Je vous promets qu'Amarante ne vous causera aucun dérangement. Et peut-être l'une de vous saura-t-elle lui donner des conseils qu'un homme ne... Mais bien sûr, si mater Rose refusait, Amarante irait coucher ailleurs. Malgré l'heure tardive, je tâcherais de trouver quelqu'un pour l'accueillir sous son toit dans le quartier.

— Je ferai mon possible pour la convaincre, pater, assura mater Marbre d'un ton humble.

— Je n'en doute pas, acquiesça-t-il avec un sourire.

Adossé au montant de la porte, le plat à la main, il regarda Marbre et Amarante s'éloigner d'un pas lent en suivant le sentier. Avec leurs robes noires, elles étaient étrangement semblables, quoique tellement différentes. Quand elles atteignirent la porte du cénobion, la seconde se retourna et lui adressa un salut de la main.

Il lui sembla alors apercevoir un visage d'une beauté époustouflante, bien supérieure à la joliesse conventionnelle d'Amarante.

Lièvre attendait à la porte du hangar des flotteurs.

— Il est terminé, annonça-t-il.

— Est-ce qu'il volera ?

Lièvre haussa les épaules. Il avait remarqué l'ecchymose sur le menton de Musc mais avait jugé plus sage de ne pas y faire allusion.

— Est-ce qu'il *volera?* répéta Musc.

— Comment voulez-vous que je le sache? Je n'y connais rien.

Musc fit un pas vers Lièvre qui le dépassait d'une bonne tête.

— Pour la dernière fois, est-ce qu'il volera?

— Bien sûr.

Lièvre hocha la tête, d'abord timidement, puis avec une assurance croissante.

— Qu'est-ce que tu en sais, scurile?

— Il assure que oui. Ça fait cinquante ans qu'il en fabrique, alors il doit savoir de quoi il cause.

Musc ne répondit pas. Le visage crispé, il serrait et desserrait machinalement les poings.

— Avec ça, il est beau, ajouta Lièvre en reculant d'un demi-pas. On dirait qu'il est vrai. Je vais vous le montrer.

Musc acquiesça, presque à regret, et se dirigea vers une porte latérale. Lièvre se précipita pour lui ouvrir.

Le garage était trop récent pour être équipé de ces lampes verdâtres, sensibles au bruit, que les premiers colons avaient apportées avec eux — ou qu'ils avaient eux-mêmes fabriquées. Des chandelles de cire et une demi-douzaine de lampes à huile éclairaient son intérieur caverneux. Une puissante odeur de banane mûre dominait le parfum de la cire chaude et les relents de poisson. Penché sur sa création, le constructeur de cerfs-volants ajustait la tension du fil presque invisible reliant ses deux immenses ailes.

— Je croyais qu'il était terminé? interrogea Musc.

Le constructeur de cerfs-volants releva la tête. Il était plus petit encore que Musc mais sa barbe grise et ses sourcils broussailleux indiquaient qu'il était dans l'automne de sa vie.

— Il l'est, dit-il d'une voix douce, légèrement voilée.

— Tu pourrais le faire voler tout de suite ?

— Oui, s'il y a du vent, répondit l'artisan.

— Il pourrait porter un lapin ?

— Oui, s'il n'est pas trop lourd. Je vous avais prévenu.

Musc hocha distraitement la tête et se tourna vers Lièvre :

— Cours chercher un lapin blanc ; pas le plus petit, la taille juste au-dessus.

— Mais il n'y a pas de vent...

— Un des blancs, répéta Musc. Tu nous retrouveras sur le toit. Quant à toi, lança-t-il à l'adresse de l'artisan, amène tout ce dont tu as besoin.

— Je vais devoir le démonter, puis le remonter une fois là-haut. Il y en a pour au moins une heure.

— Donne-moi le fil. Je monterai le premier et je le laisserai pendre. Toi, tu n'auras qu'à y accrocher le cerf-volant afin que je le hisse jusqu'à moi. Lièvre te montrera le chemin pour me rejoindre.

— Les gros chats ne sont pas dehors ?

Musc secoua la tête, s'approcha du banc et s'empara du moulinet :

— Allons-y.

Dehors, la nuit était chaude et paisible. Nulle feuille ne bougeait dans la forêt par-delà le mur d'enceinte.

— Tu te tiendras là, dit Musc à l'artisan en lui désignant un point précis. Au pied du corps de logis. Moi, je serai sur ce toit.

Le bonhomme fit signe qu'il avait compris et retourna au hangar dont il ouvrit en grand la porte principale, assez large pour livrer passage à trois flotteurs. Bien qu'il ne l'ait pas lesté, le cerf-volant lui parut lourd quand il le souleva, presque autant que le cerf-volant de combat avec lequel il avait inauguré sa carrière, celui qui avait un taureau noir peint sur les ailes.

Celui-ci ne décollerait jamais, à moins d'une tempête.

Il longea l'allée de pierres blanches puis traversa la pelouse pour rejoindre le poste que Musc lui avait assigné. Il ne vit pendre aucun fil et n'aperçut Lièvre nulle part. Il renversa la tête en arrière et scruta les merlons dont la noirceur tranchait sur la joyeuse mosaïque des terres célestes. Personne là-haut.

Un peu derrière lui, les grands chats arpentaient leur enclos d'un pas nerveux, soupirant après leur liberté confisquée. Sans les entendre, il avait une conscience très nette de leur présence, de leurs griffes et de leur regard d'ambre, de leur fringale et de leur frustration. Et si le talus s'avisait de les relâcher sans attendre l'ordre de Musc ? A moins qu'ils ne fussent déjà tapis dans les buissons, prêts à bondir...

Quelque chose frôla sa joue.

— *Et alors, ça roupille, là-dessous ?* appela la voix rauque, presque féminine, de Musc depuis le toit.

L'artisan saisit le crochet qui se balançait à l'extrémité du fil et l'attacha au cerf-volant. Puis il recula afin d'admirer son enfant tandis qu'il escaladait le mur de pierre. Il avait presque l'air d'un homme, mais un homme incroyablement frêle, léger et doté d'une paire d'ailes arachnéennes.

Il vit approcher Lièvre, serrant une forme blanche dans ses bras.

— Montre-le-moi ! lui cria-t-il en trottinant à sa rencontre.

Il saisit le lapin par les oreilles et le soupesa :

— Trop lourd.

— J'ai pris celui qu'il disait, se récria Lièvre en récupérant son lapin.

— Il ne pourra pas le porter.

— De toute manière, il n'y a pas de vent. Tu montes ?

Ils pénétrèrent dans le corps de logis par l'arrière, grimpèrent deux étages, puis l'escalier métallique en colimaçon qu'Organsin avait emprunté deux nuits plus tôt. Lièvre ouvrit la trappe.

— On avait un grand busard sur le toit, expliqua-t-il. Il s'appelait Hiérax, mais il est mort.

Quoique essoufflé, le constructeur de cerfs-volants se crut obligé de ricaner. Ils s'avancèrent sur les tuiles. Le constructeur de cerfs-volants avait repris le docile rongeur ; il le rendit à Lièvre quand celui-ci se fut hissé sur le toit de l'aile et accepta la main secourable qu'il lui tendait.

Musc était assis sur le créneau, presque caché par le cerf-volant :

— Pas trop tôt ! Ça fait une heure que j'attends. C'est toi qui vas courir pour le lancer ?

— Je tiendrai le dévidoir pendant que Lièvre courra, répondit le vieil artisan. Mais s'il n'y a pas de vent, il ne volera pas.

— Il y a du vent, décréta Musc.

Le vieil homme mouilla son index et le tint dressé. Il y avait bien un peu d'air là-haut, à vingt-cinq mètres du sol.

— Insuffisant, dit-il.

— Je l'ai senti frémir, insista Musc. Il brûlait de décoller.

— Évidemment, se rengorgea l'artisan. C'est moi qui l'ai construit. Mais il n'empêche qu'il n'y a pas assez de vent.

— J'attache le lapin ? s'enquit Lièvre.

— Fais-le voir, d'abord.

Musc souleva à son tour le lapin, lui arrachant un couinement indigné.

— Imbécile, c'est le plus petit !

— Je les ai pesés. Je vous jure qu'il y en a encore deux après celui-ci.

— Je ne sais pas ce qui me retient de le balancer par-dessus bord... Et toi avec, fretin !

— Vous voulez que j'aille les chercher ? Comme ça, vous jugerez par vous-même. J'en ai pour une minute.

— Et s'il tombe ? Lequel prendrons-nous demain ? enragea Musc en rendant le lapin à Lièvre.

— Puisque je vous dis qu'il y en a encore *deux*, par la bave de Scylla ! Je ne me permettrais pas de vous mentir.

— Ce n'est pas un lapin, mais un rat marleux !

Une brise passagère ébouriffa alors les cheveux de l'artisan, tels les doigts d'une déesse invisible. Il lui sembla qu'il aurait pu l'apercevoir en se retournant... Molpe, déesse du vent et de tout ce qui était léger ; Molpe, dont il était le fidèle serviteur. *Molpe, fais que le vent souffle pour moi. Épargne-moi la honte, moi qui t'ai toujours honorée. Je te promets un couple de bouvreuils...*

— Attache-le, aboya Musc.

Lièvre s'agenouilla sur le goudron ramolli, passa la première corde autour de l'infortuné rongeur et serra jusqu'à lui faire mal.

— On n'y voit rien, ici, se plaignit-il. On aurait dû apporter une lanterne.

— Assure-toi qu'il ne puisse pas se détacher.

— C'est bon, dit Lièvre en prenant le cerf-volant des mains de Musc. Je le tiens à bout de bras au-dessus de ma tête ?

L'artisan acquiesça. Le rouleau de fil à la main, il mouilla de nouveau son doigt.

— Je dois courir par là ?

— Non, écoute-moi. Tu vas courir vers moi, dans le sens du vent — si on peut appeler ça du vent... Ta vitesse le fera paraître au cerf-volant plus fort qu'il n'est en réalité. Avec un peu de chance, cette illusion suffira à l'emporter vers une atmosphère plus agitée. Je vais dérouler le fil pendant que tu t'éloigneras, puis tu reviendras vers nous en courant. A chaque fois que le cerf-volant fera mine de t'échapper, lance-le. Si tu vois qu'il tombe, rattrape-le.

— Il vient de la ville, expliqua Musc. C'est un ignare.

— Tiens-le aussi haut que possible, poursuivit l'artisan à l'intention de Lièvre. Ne cours pas avant que je te l'aie dit.

— On dirait presque un vrai, apprécia Musc. Mais je ne sais pas s'il lui paraîtra assez vrai. Il fera grand jour et leur vue est plus perçante que la nôtre. Seulement, ils ne distinguent pas le vrai du faux. Ils ne raisonnent pas comme nous.

— Vas-y ! cria l'artisan. Cours !

Lièvre se mit à courir de toute la vitesse de ses longues jambes ; les ailes du cerf-volant frémirent, épousant un peu mieux l'air à chaque pas, comme celles d'un oiseau. A mi-parcours, il le lâcha et il prit son envol.

Molpe ! Ô Molpe !

Il interrompit brusquement son ascension, demeura un instant immobile, plongea vers le toit jusqu'à le raser, reprit un peu d'altitude puis retomba, inerte, sur le goudron.

— Rattrape-le ! hurla Musc. Tu veux qu'il se brise le cou ?

— Vous vous faites du souci pour votre lapin, remarqua l'artisan. Pourtant, il vous en reste d'autres et vous pourriez en racheter une douzaine dès demain matin. Moi, c'est mon cerf-volant qui m'inquiète. S'il se casse, il me faudra peut-être deux jours pour le réparer. Et s'il est plus gravement endommagé, tout sera à recommencer.

— Le lapin est sauf! leur cria Lièvre depuis l'autre bout du toit. On le relance?

— La corde n'est pas assez serrée, dit le constructeur du cerf-volant. Amène-le par ici.

Lièvre obtempéra.

— Tiens-le, ordonna l'artisan en s'agenouillant. Je ne veux pas qu'il repose sur ce goudron.

— Et si on le faisait remorquer par un des flotteurs? suggéra Lièvre.

— Trop risqué. S'il retombait, il serait mis en pièces avant qu'on puisse intervenir.

Il défit le nœud d'un simple effleurement de la main.

— On procédera à un nouvel essai dès que tu auras terminé, prévint Musc.

— Il y aura peut-être davantage de vent demain matin.

— Demain, je fais voler Aquila. Je veux que tout soit au point d'ici là.

— C'est bon.

Le constructeur de cerfs-volants se releva, mouilla son index et fit signe à Lièvre de rejoindre son poste.

Cette fois, l'énorme cerf-volant s'éleva sans hésiter, bien qu'il semblât à son créateur que le vent était tombé. Il monta à huit, dix, quinze mètres, piqua du nez avec une soudaineté qui arracha un cri de terreur à son passager, puis s'efforça de se redresser.

— S'il descend plus bas que le toit, la maison lui coupera le vent.

— Exact, approuva l'artisan d'un ton posé. J'y ai déjà pensé.

— Vous le tirez vers le bas ! Pourquoi ? Il allait voler, cette fois.

— Il faudrait donner du mou à la bride, expliqua le bonhomme. A peu près comme ça, dit-il en écartant les mains. Rattrape-le ! cria-t-il à Lièvre.

— Ça suffit ! glapit Musc en brandissant son pointeur. On fera un nouvel essai demain matin, quand il y aura davantage de vent. Et alors, il aura intérêt à voler correctement... *Tu entends, vieux caduc ?*

Lièvre ayant récupéré le cerf-volant, l'artisan lâcha la manivelle du dévidoir.

— Vous l'avez vu plonger ? demanda-t-il. S'il tombait comme ça sur ce toit ou sur le sol, il se briserait en mille morceaux.

Pendant que Lièvre tenait le cerf-volant, l'artisan desserra la bride et donna du mou au fil.

— On arrête les frais pour ce soir, dit Musc à Lièvre.

— Silence...

Les mains du vieil homme avaient suspendu leurs gestes. La forêt assoiffée avait murmuré, agitant ses vieilles feuilles ocre, frottant l'une contre l'autre ses millions de brindilles sèches. Il tourna vers le lointain un regard d'interrogation aveugle.

— Qu'est-ce qu'il y a ? questionna Lièvre.

— Cette fois, tu partiras de l'autre coin, dit le constructeur de cerfs-volants en se redressant.

— Je te souhaite qu'il tienne bon, menaça Musc en glissant son pointeur sous sa tunique.

— Et même s'il casse, je ne risque rien. L'un comme l'autre, vous seriez incapables de le réparer.

— Tu risques d'autant moins qu'il volera droit, gronda Musc.

— C'est bon ? demanda Lièvre à deux chaînées de là.

Le constructeur de cerfs-volants baissa les yeux vers le moulinet. Les arbres s'étaient tus mais les doigts fantomatiques de Molpe jouaient avec ses cheveux et sa barbe.

— *VAS-Y!*

Lièvre garda le cerf-volant jusqu'au milieu du toit, puis le lâcha en exerçant une poussée verticale. Il s'éleva instantanément à vingt-cinq, puis trente mètres. Là, il fit une pause, comme pour rassembler ses forces.

— Plus haut ! murmura Musc.

Pendant deux longues minutes, le cerf-volant demeura immobile, ses ailes transparentes presque invisibles devant les terres célestes, son corps humain aussi noir que l'ombre elle-même. Le lapin gigotait sur sa poitrine, à peine plus gros qu'un point. Enfin, son créateur sourit et le laissa filer. Il s'éleva de plus en plus haut, plein de confiance, et bientôt on put craindre qu'il n'allât se perdre parmi les champs en mosaïque et les rivières qui étincelaient de l'autre côté du méande.

— Ça vous suffit ? demanda l'artisan. Je peux le redescendre ?

Musc secoua la tête. Lièvre s'était joint à eux pour suivre les évolutions du cerf-volant.

— Il a de la gueule, hein ? remarqua-t-il. Tout à fait comme un vrai.

— Je voudrais être payé, déclara l'artisan. C'est ce qui était convenu. Je l'ai construit, il vous agrée et il est capable de porter un lapin.

— Seulement la moitié, murmura Musc sans détacher son regard du cerf-volant. Le reste demain, si l'expérience est concluante.

— Pauvre lapineau ! pouffa Lièvre. Il doit se sentir bien seul là-haut !

Musc leva les yeux vers le lapin, un sourire amer aux lèvres :

— On lui enverra de la compagnie demain matin.

La brise froissait sa tunique brodée et barrait son front parfait d'une longue mèche de cheveux bouclés.

— Si vous craignez qu'il ne suffise pas à abuser votre aigle, dites-moi quelles modifications je dois lui apporter. Je tâcherai d'avoir terminé au lever du jour.

— Il est très bien comme ça, lui concéda Musc. On dirait tout à fait un aérien transportant un lapin.

Organsin se tournait et se retournait dans son lit. Il menait le corbillard à travers un paysage de rêve morne et désolé, à la frontière de la vie et de la mort. Le vent s'était levé, gonflant les rideaux jaunis des fenêtres de la chambre, faisant claquer les pendrillons de velours du corbillard comme des drapeaux noirs. Comme l'affiche déchiquetée du conseiller Lémur, ses yeux crevés, son nez et sa bouche flottant au vent dans la rue du Soleil... Comme le visage bienveillant du vieux conseiller Loris gisant en lambeaux dans le caniveau... Comme l'ample vêtement empesé de deuil de mater Rose, imitant le mouvement oscillant des longues plumes noires. Le vent faisait dévier le fouet virevoltant d'Organsin, de sorte qu'il s'abattait sur le cheval de droite quand il désirait cingler l'autre. Le cheval de gauche renâclait, freinait des quatre fers, s'ébrouait dans un nuage de poussière ocre sans jamais connaître l'injure de la cravache. Il la méritait pourtant, pour sa conduite déloyale envers son frère qui suait et peinait sous le harnais, les flancs incrustés d'une poussière souillée d'écume.

A l'arrière du corbillard, le corps blanc et nu d'Orpin était agité de soubresauts. Le vieux mouchoir d'Organsin glissait sans cesse de son visage. Les vitres chantaient sous la morsure du vent; la poussière s'insinuait par tous les orifices. Sa main était crispée sur le poignard d'Amarante qui dépassait de ses côtes; ses ongles labouraient l'image du chat à la queue ardente sur la poignée. Sous le mouchoir sanglant, elle avait à jamais le visage de Mucor, la fille folle de Sangre. Après l'avoir lavée, Bruyère avait rasé ses cheveux bruns. Son crâne apparaissait couvert de balafres où perlaient des gouttes de sang tandis qu'un filet de lait s'écoulait de ses seins ronds sur le velours noir. La tombe seule l'attendait désormais. Une tombe parmi tant d'autres, placée sous la protection d'Hiérax, dieu et caldé des morts, et de l'autre Hiérax, celui dont la tête était blanche, qui tenait son âme neigeuse entre ses serres après l'avoir trépanée.

Organsin, assis sur la banquette capitonnée du cocher, se sentait dépassé par ces mystères. Tout ce qu'il savait, c'est qu'il se dirigeait vers le cimetière et qu'il était en retard, comme à l'accoutumée. Il arrivait toujours trop tôt ou trop tard, qu'il cheminât dans la nuit d'encre ou sous un soleil qui calcinait la poussière et la transmutait en or plus sûrement qu'en un creuset. Les plumes noires tournoyaient, de même que la lanière du fouet au-dessus de l'échine du cheval fourbu. Il succomberait avant d'être arrivé si l'autre refusait de s'y mettre. Qu'allait devenir Orpin si le cheval lui volait sa tombe?

— Huhau! cria-t-il, mais les chevaux n'y prirent pas garde.

Ils s'étaient arrêtés au bord de la tombe. Le soleil

s'était consumé dans l'attente de sa prochaine résurrection.

— Trop profonde, dit Amarante, debout auprès de la fosse.

— Trop profonde, répétèrent les grenouilles en écho — les grenouilles qu'il capturait l'été qu'il avait passé à la campagne avec sa mère, pour une raison inconnue, avant de regagner la ville ; les grenouilles qu'il avait tuées à force d'amour.

— *Trop profonde !*

De fait, la tombe était trop profonde. Elle était tendue de velours sombre, pour éviter que la morte touchât le sable et l'argile glacée. Jamais les eaux souterraines ne baigneraient le corps d'Orpin, ni n'offriraient sa chair aux arbres et aux fleurs. Jamais elles ne laveraient le sang de Sangre, ni le chat à la queue ardente serrant une souris rouge entre ses mâchoires, ni les jacinthes dorées. Jamais elles n'empliraient la mare au bord de laquelle un héron guettait un poisson d'or pour l'éternité. Ce n'était pas une bonne année pour les poissons d'or, ni pour ceux d'argent.

— *Trop profonde !*

Si profonde que la poussière jaune ne pourrait jamais la combler. Le velours au fond était parsemé d'étincelles. Mater Marbre lui fit remarquer qu'elles ne scintillaient pas. Elle avait désormais le visage de mater Menthe et des gants de chair recouvraient ses doigts d'acier, si durs à la tâche.

— *Trop loin !* dit-il aux chevaux.

Alors, celui qui n'avait fait aucun effort jusque-là s'arc-bouta et tira de toutes ses forces bien qu'il eût le vent en face, ainsi qu'une nuit plus noire que la plus noire des encres, sans la moindre parcelle de terres célestes pour l'éclairer. Les tourbillons de poussière ocre avaient fini d'engloutir la route interminable.

— *Trop loin!*

Jacinthe avait pris place à ses côtés sur la banquette de cuir. Il lui offrit son vieux mouchoir taché de sang pour couvrir son nez et sa bouche. Le vent avait beau hurler à leurs trousses comme une meute de chiens jaunes, le vieux corbillard bringuebalant tenait bon son fantôme de route. Organsin n'aurait pu rêver meilleure compagnie.

5

L'ESCLAVE DE SPHIGX

A son réveil, Organsin se rappela qu'on était molpedi. Ce jour-là, on était censé aller d'un pas plus léger que d'ordinaire ; on chantait et dansait après le travail. Pour tout dire, Organsin ne se sentait pas le pied particulièrement léger. Il s'assit, tira les jambes hors du lit, frotta ses paupières et sa barbe naissante. Il avait dormi... Trop longtemps, sans doute. En faisant vite, il pouvait encore rejoindre les sibylles pour la prière matinale. Il n'avait pas connu une vraie nuit de sommeil depuis...

Depuis thelxdi dernier.

Il s'étira. Tant pis pour le petit déjeuner ; il le prendrait plus tard ou pas du tout, même s'il lui restait des fruits et des légumes en quantité suffisante pour la moitié du quartier.

Il se leva, résolu à s'activer, mais un élancement dans la cheville droite le força à se rasseoir. La canne de Sangre était appuyée à la tête du lit et le bandage d'Héron gisait par terre. Il le ramassa et frappa le sol avec.

— Que Sphigx m'anime et me soutienne tout au long de cette journée, murmura-t-il en traçant le signe de l'addition. Ô Sphigx, lionne et amazone, donne-moi le courage d'affronter les épreuves qui m'attendent.

Le bandage brûlant serra sa cheville comme un étau. Il descendit l'escalier d'un pas alerte et alla emplir sa bassine à la pompe de la cuisine sans éprouver la moindre douleur. Oreb dormait sur le garde-manger, la tête glissée sous son aile valide.

— Réveille-toi, l'oiseau, l'appela Organsin. Veux-tu manger, boire de l'eau fraîche ? C'est le moment de demander.

Oreb poussa un cri de protestation, sans montrer la pointe de son bec.

Il restait des débris de cage dans le bûcher et quelques braises rougeoyaient encore dans l'âtre. Organsin les recouvrit de brindilles, souffla et se frotta les mains de satisfaction en voyant naître des flammes. Il n'avait pas eu besoin de sacrifier son précieux papier.

— Le jour est déjà levé, reprit-il à l'adresse de l'oiseau. Je te conseille d'en faire autant.

Pas de réponse. Oreb l'ignorait superbement.

— J'ai une entorse à la cheville, lança-t-il d'un ton enjoué. Et un bras meurtri... Avec ça, j'ai une belle ecchymose sur la poitrine, là où Musc m'a frappé avec le manche de son poignard. Mais tout ça m'est bien égal. C'est aujourd'hui molpedi et je me sens d'une humeur radieuse. Si tu souhaites que nous restions amis, Oreb, tu devrais adopter la même.

Il rabattit le couvercle du bûcher et mit de l'eau à chauffer pour se raser.

— Têtes poisson ?

— Non, je n'ai pas eu le temps de m'en procurer, mais il doit me rester une jolie poire. Ça te dit ?

— Poire, bon.

— Dans ce cas, nous allons la partager.

Il repêcha dans l'évier le couteau avec lequel il avait tranché les tomates, essuya la lame (à sa grande honte, il remarqua qu'elle commençait à s'oxyder) et divisa la poire par moitié. Tout en mordant dans sa part, il vida l'évier, actionna la pompe et aspergea son visage, son cou et ses cheveux.

— Tu n'aimerais pas te joindre à nous pour les prières du matin, Oreb ? Tu n'y es pas obligé, mais j'ai le sentiment que ça te ferait du bien.

Il éclata alors de rire, imaginant la réaction de mater Rose...

— Moi, dormir.

— Pas avant d'avoir terminé ta poire, je suppose. Si je la trouve encore là à mon retour, c'est moi qui la mangerai.

Oreb voleta jusqu'à la table :

— Manger !

— C'est une sage décision, approuva Organsin en mordant dans son fruit.

Il repensa alors à son rêve et au lacis de sutures jaunâtres sur le crâne de Mucor. Les avait-il réellement vues ou imaginées ? Il songea alors à Héron. En tant que médecin, c'était certainement lui qui avait implanté les embryons de chats dans la matrice de la jeune folle... Sans doute deux ou trois à la fois.

Pendant qu'il savonnait ses joues, la proposition qu'Amarante lui avait faite d'extorquer de l'argent à Héron lui revint à l'esprit. Une idée extravagante, qu'il aurait catégoriquement rejetée en d'autres circonstances. Mais à ce moment-là, Amarante n'était pas tout à fait Amarante même si, par politesse, il avait feint de n'en pas douter. Il avait supplié l'Aimable Kypris de revenir, et elle avait fait mieux que l'exaucer : elle n'était pas partie ou, plutôt, elle avait quitté la Fenêtre Sacrée pour s'emparer d'Amarante.

C'était faire beaucoup d'honneur à la jeune femme. Pendant une seconde, Organsin se surprit à l'envier. Mais l'Autre lui avait accordé une faveur encore plus grande en l'illuminant. Après ça, comment jalouser quiconque ? Kypris était la protectrice des putains... Amarante s'était-elle à ce point distinguée dans l'exercice de son art que la déesse avait décidé de l'en récompenser ? Elle, ou Amarante — ou peut-être les deux — avait dit qu'elle ne retournerait pas chez Orchidée.

Il essuya son rasoir et inspecta son visage dans le miroir.

Kypris aimait-elle ses protégées sans pour autant approuver leurs actes ? Hypothèse très plausible et ô combien inspirante. Malheureusement, Kypris lui était à peu près inconnue et sa méconnaissance de l'Autre toujours aussi patente. Pourtant, celui-ci l'avait illuminé et celle-là s'était quelque peu confiée à lui la nuit précédente... Notamment sur la nature de ses relations avec Pas.

Organsin épongea son visage et s'approcha de la penderie. Pater Rémora l'avait exhorté à renouveler sa garde-robe. Ce serait bientôt chose faite, grâce aux funérailles d'Orpin.

Jacinthe l'avait aidé à enfiler sa tunique. Au lieu de courir rejoindre les sibylles au mantéion, il s'assit sur le lit, la tête entre les mains, saisi de vertige au souvenir de Jacinthe. Comme elle était belle, et douce... Quelle merveille que sa présence à ses côtés dans le corbillard ! Comme tous les hommes, il était voué à mourir un jour, et elle aussi... Mais il n'était pas dit qu'ils mourraient seuls. Il éprouva un saisissement à l'idée que son rêve n'était pas un pur fantôme né de la nuit mais le message d'un dieu, vraisemblablement Hiérax. Celui-ci l'avait d'ailleurs signé de sa présence, sous les traits de l'oiseau serrant l'âme blanche d'Orpin entre ses pattes.

Le cœur empli d'allégresse, Organsin se releva d'un bond et prit une tunique propre dans la penderie. Sangre avait commis un blasphème en donnant le nom d'Hiérax à un oiseau. En tuant celui-ci — ou du moins en causant sa mort — Organsin s'était attiré les faveurs du dieu. Non seulement il lui avait adressé un rêve symbolique, mais il lui avait adjugé les funérailles — ô combien lucratives — d'Orpin. On ne pouvait pas dire qu'il se soit montré ingrat!

Sa robe de la veille était sale et maculée de sang séché mais il n'en avait pas de rechange. Alors il s'acharna dessus avec la brosse à habits, jusqu'à soulever un nuage de poussière.

A l'origine (s'il fallait en croire un passage quelque peu discutable des Écritures) l'Autre avait façonné les hommes et les femmes avec un peu de boue. Leur destin commun était de retourner en poussière. Beaucoup trop vite, à dire vrai. Cette même pensée lui avait traversé l'esprit pendant qu'il vissait le couvercle sur le cercueil d'Orpin. C'est alors qu'Amarante l'avait interrompu. Elle s'était dressée devant lui tel... telle... Il se remémora la scène: Amarante, ses boucles flamboyantes, ses pommettes aiguës, ses seins opulents, son visage inexpressif, sa robe bleue toute simple...

Non. Étant donné les circonstances, elle était en noir. Quand donc l'avait-il vue en bleu? Lors de leur première rencontre, chez Orpin? Non. S'il se rappelait bien, elle était alors en vert.

Le jouet de Licorne! Évidemment... Sans l'avoir jamais vu, il se représentait parfaitement le pantin actionné par des fils tendus. Licorne avait évoqué la couleur bleue de son vêtement. A ce moment-là, Amarante bougeait comme une marionnette. Sans doute la déesse ne savait-elle pas encore bien la manipuler. Les dieux eux-mêmes avaient donc besoin d'un temps d'apprentissage ? Cette idée lui parut très audacieuse.

A l'évidence, ils apprenaient vite. Devant pater Rémora, Amarante s'était avérée meilleure lanceuse de couteau que Musc lui-même. Lequel Musc lui avait accordé à peine une semaine pour racheter le mantéion...

Il n'y avait pas de temps à perdre. Il tâta la poche de son pantalon. Le pointeur de Jacinthe s'y trouvait toujours. Il s'agenouilla et tira la cassette de dessous le lit. Il l'ouvrit et en sortit l'azoth. Ayant glissé celui-ci sous sa tunique, il referma la cassette maintenant vide et la rangea dans sa cachette.

— Sphigx, ô maîtresse du sabre, murmura-t-il, n'oublie pas tes serviteurs qui vivent et meurent l'épée à la main.

C'était la prière des gardes, mais elle lui convenait on ne peut mieux.

Organsin sortit du mantéion en compagnie des trois sibylles et découvrit Amarante qui attendait dans le jardin.

— Organsin, bon ! siffla Oreb en quittant l'épaule de la jeune femme pour la sienne.

Comme mater Rose lui tournait le dos, il ne put voir son expression... Avait-elle seulement remarqué la présence de l'oiseau ?

— Je pensais vous inviter à vous joindre à nous, Amarante, dit mater Marbre. Mais vous dormiez d'un sommeil si profond...

— Je vous suis reconnaissante de m'avoir laissée, répondit Amarante en souriant. J'étais affreusement fatiguée. Mais tout à l'heure, j'ai jeté un coup d'œil par la fenêtre. J'espère que je ne vous ai pas dérangés.

Mater Marbre lui rendit son sourire, la tête légèrement penchée de côté.

— Vous auriez dû entrer.

— Je me trouvais avec Oreb et il avait peur. De toute façon, vous en étiez déjà à l'anamnèse.

On ne voyait plus trace de Kypris dans les traits d'Amarante. D'ailleurs, l'éclat du jour déjà brûlant ne flattait guère celle-ci. Pourtant, il paraissait douteux qu'Amarante connût un terme aussi savant.

— J'espère qu'Amarante ne vous a pas causé un trop grand dérangement, mater ? s'enquit Organsin.

— Pas du tout. Mais je vous prie de m'excuser... Les enfants vont bientôt arriver. Il faut que je leur ouvre la porte et que je prépare ma leçon.

Pendant qu'elle s'éloignait d'un pas pressé, Amarante remarqua :

— Je crains de la mettre mal à l'aise. Elle voudrait m'aimer, mais elle a peur que je ne vous aie corrompu.

— Moi aussi, vous me mettez mal à l'aise, Amarante, avoua Organsin.

Au même moment, ils aperçurent mater Menthe. Les yeux rivés au sol, elle s'abritait dans l'ombre diffuse de la charmille. Organsin demanda de sa voix la plus douce :

— Vous désiriez me parler, mater Menthe ?

Elle secoua la tête et garda les yeux baissés.

— Peut-être souhaitiez-vous dire adieu à notre invitée ? Pour être franc, je ne crois pas qu'elle passe une seconde nuit ici.

Mater Menthe lui causa alors une grande surprise : elle s'avança bravement et leva vers Amarante un regard empli d'un désir infini.

— Moi, vous ne me mettez pas mal à l'aise et je

tenais à vous le faire savoir. Au contraire, je me sens attirée par vous. Vous êtes la seule personne adulte dont je n'aie pas peur.

— Moi aussi, je vous aime, lui murmura Amarante. Beaucoup, même.

Mater Menthe lui exprima son consentement d'un signe de tête bienveillant :

— J'ai au moins quinze ans de plus que vous… Je vais sur mes trente-sept ans. Pourtant, vous m'apparaissez… Mais ça doit tenir à votre taille.

— Oui ? souffla Amarante pour l'encourager.

— Je vous considère un peu comme la grande sœur que je n'ai jamais eue. Je vous aime.

Sur ce, mater Menthe tourna les talons dans un tourbillon d'étoffe noire et partit presque en courant vers le cénobion. A mi-chemin, elle changea brusquement de cap et coupa à travers la pelouse jaunie pour rejoindre le palæstra.

— Au revoir ! lui lança Oreb.

— Si je m'attendais à ça… dit Organsin en secouant la tête.

— Dommage, soupira Amarante. Il faut que je vous explique, Organsin… pater. Cette pauvre mater Menthe me pose un problème. Dans un sens, c'est ma faute.

— J'espère que ça n'est pas sérieux, s'alarma Organsin. Je me sens responsable de sa personne.

— Moi aussi. Si nous allions chez vous ? Pour parler.

— Aucune femme n'est censée pénétrer dans le presbytère, sauf exception… Quand un augure est malade, on lui permet la présence d'une infirmière. Lorsque je souhaite m'entretenir avec mater Marbre, nous nous installons sous la charmille ou dans sa cellule, au palæstra.

— Parfait.

Amarante entra en se baissant pour éviter les grappes pendantes.

— Et les deux autres, où leur parlez-vous ?

Organsin tira le vieux trépied en bois de mater Marbre en face d'Amarante.

— Pour être honnête, je m'entretiens rarement avec elles. Mater Menthe est trop timide pour soutenir une conversation et mater Rose ne songe qu'à me sermonner. Sans doute devrais-je prêter plus d'attention à ses conseils mais au bout de quelques minutes, je n'ai plus qu'une idée en tête : lui échapper. Mais cela n'ôte rien à leurs qualités respectives...

— Mater Menthe est bonne. (Amarante passa la langue sur ses lèvres.) C'est pourquoi je me sens si mal, Organsin. Je... je n'étais pas moi.

— Bien sûr ! Elle perçoit la divinité en vous. J'aurais dû comprendre tout de suite. Et vous répugnez à lui dire...

— Non, ce n'est pas ça. Elle-même n'en est pas consciente.

Organsin se gratta la gorge :

— Si vous pensez qu'il existe une attirance physique — je sais que ces choses-là se font aussi entre femmes —, je pense qu'il vaudrait mieux que vous dormiez ailleurs ce soir.

Amarante balaya ses objections d'un geste :

— Ce ne serait pas si grave, mais ça n'a rien à voir non plus avec ça. Elle... elle n'attend rien de moi. Elle désire seulement m'aider... me faire des cadeaux. Je le comprends très bien. Ça n'a rien de... blâmable. C'est bien ainsi qu'il faut dire ?

— Sans doute.

— Mais tout ça n'est rien encore... Il faut que je vous dise... La possession... nous en avons parlé hier soir, vous vous rappelez ? Vous êtes persuadé qu'un dieu... moi? je veux dire Kypris... ou un autre, comme cette affreuse mégère avec ses serpents... vous croyez que nous nous emparons des hommes, comme une poussée de fièvre?

— Je ne l'aurais certes pas formulé ainsi.

Amarante le dévorait du regard sous ses paupières lourdes. Ses yeux paraissaient plus grands qu'au-dehors. Dans l'ombre, ils ne propageaient que leur propre lumière.

— C'est pourtant ce que vous croyez, je le sais. Nous... Ça passe par le regard. Nous autres, les dieux, nous ne sommes pas... visibles? Juste des formules. Sans cesse en évolution. On grandit, on apprend. Quand même, toujours des formules. Et puis, je ne suis pas Kypris. Je vous l'ai déjà dit... Vous ne m'avez pas crue.

— Fille, triste! modula Oreb.

Organsin aperçut alors des larmes dans ces yeux sombres dont il redoutait et désirait à la fois l'empire. Il lui tendit son mouchoir et revit mater Marbre lui donner le sien, sous cette même charmille, juste avant son expédition chez Sangre.

— C'était la vérité. Je ne mens jamais. Rarement. Sauf quand j'y suis forcée. Ce n'était pas le cas. Quant à ce que vous appelez possession... Kypris n'a copié qu'une toute petite partie d'elle-même.

Elle se moucha délicatement.

— Je n'en ai pas pris une seule pincée. Pas depuis qu'Orpin... Vous voyez les effets du manque, pater?

— Ça va passer, assura Organsin en espérant que ce fût vrai.

— C'est l'affaire d'une semaine. Peut-être deux. Ça m'est déjà arrivé, une fois. Seulement... Bah! Ça ne fait rien. Je n'en veux plus. Si vous m'en présentiez une pleine coupe en me disant d'y puiser à volonté, je la refuserais.

— C'est merveilleux ! s'écria-t-il, et il était sincère.

— C'est à cause de la formule... de ce petit bout de Kypris qu'elle a fait entrer en moi par mes yeux, hier. Vous me suivez ? Je me doute que non.

— C'est cette histoire de formule qui m'échappe. Pour le reste, je crois comprendre.

— Prenez votre cœur : il bat selon une formule. Oui, oui, non, non, non, oui, oui... On a tous cette chose au fond des yeux. Moi non plus je ne comprends pas tout. Voyez Marbre... Quelqu'un de trop intelligent s'est aperçu un jour qu'on pouvait modifier les programmes de ses semblables pour en faire des esclaves. Pas... Il a fait pareil avec les hommes. C'est plus difficile mais c'est possible. Ça passe par les terminaux... les yeux.

— Là, je ne vous suis plus du tout, confessa Organsin.

— C'est sans importance. Imaginez une lumière invisible... Ses pulsations composent un programme, un dieu régnant sur l'Unité Centrale. Kypris est un de ces programmes. Seulement, elle a fermé les yeux... Menthe. Et je n'avais pas terminé.

Organsin secoua la tête :

— Je fais mon possible pour vous suivre. Mais pour être franc, ça reste très confus pour moi.

— Dans ce cas, vous m'obligez à vous mentir.

Amarante se rapprocha jusqu'à ce que leurs genoux se touchent :

— Vous comprendrez mieux si je mens. Moi, Kypris, j'ai voulu posséder mater Menthe ; ne me demandez pas pourquoi.

— Mais à présent, vous êtes Amarante.

— Je n'ai jamais cessé de l'être. Non, j'oubliais

que je mentais : je suis Kypris et je m'exprime par la bouche d'Amarante. Compris ?

— Oui, ô grande déesse.

— Parfait. Depuis la Fenêtre Sacrée, j'ai tenté de m'introduire dans mater Menthe à travers ses yeux. Est-ce clair ?

— Tout à fait.

— La sensation est tellement intense que personne n'a envie de fermer les yeux. Ils en redemandent. Ils sont fascinés au point d'en oublier de cligner.

— Quoi de plus naturel pour un être humain que d'aspirer à partager un peu de votre divinité ?

— Mais Menthe a fermé les siens. Elle n'a absorbé qu'une infime partie de moi... la déesse. J'ignore quel effet cela peut avoir sur elle.

Organsin sentit ses épaules s'affaisser. Oreb, qui avait quitté sa manche afin d'explorer la vigne, marmonna :

— Elle, bonne !

— En effet, Oreb. C'est bien ce qui me tracasse.

Après quelques secondes d'un silence angoissé, Organsin écarta les bras :

— Je n'imaginais pas que les dieux fussent capables de se fractionner.

— Moi non plus.

Elle posa une main sur son genou :

— C'est pourtant ce qui s'est produit, et ça risque de la transformer. Je crains que ce ne soit déjà fait. Je suis toujours Amarante mais j'ai la sensation d'être habitée par quelqu'un d'autre qui m'inspire des pensées et des actes dont j'étais incapable hier encore. Ce n'est pas le cas de Menthe. Elle perçoit le présence de Kypris comme un rêve.

— N'y a-t-il rien à faire ?

Elle secoua la tête, faisant voler ses boucles flamboyantes :

— Seule Kypris pourrait y remédier. Il faudrait qu'elle se trouve devant un terminal — glace ou Fenêtre Sacrée, peu importe — au moment où la déesse y apparaîtrait. Et même alors, il subsisterait toujours quelque chose. A l'inverse, une part de... l'âme de mater Menthe pénétrerait en Kypris.

— Mais Kypris, c'est *vous !* s'exclama Organsin.

— Ce n'est qu'un mensonge, pater. Si j'étais réellement une déesse, comment auriez-vous pu me résister ? Je suis Amarante, avec quelque chose en plus. Tenez, je vais encore vous mentir : n'avez-vous jamais entendu dire d'un ivrogne que le vin parlait par sa bouche ?

— Oui, c'est une expression courante. Je ne crois pas qu'il faille la prendre au pied de la lettre.

— Eh bien, c'est un peu ce qui arrive à mater Menthe, sauf qu'il ne faut pas s'attendre à ce qu'elle dessoûle. Elle restera ainsi jusqu'à la fin de ses jours, à moins que Kypris ne récupère ce qu'elle lui a donné et n'en efface toute trace en elle.

— Dans ce cas, il ne nous reste qu'à être vigilants et à, euh... à faire preuve d'indulgence.

— J'en ai peur.

— Je vais mettre mater Marbre au courant, sans toutefois entrer dans les détails. Mater Rose ne nous serait d'aucune utilité, bien au contraire. Nous pouvons compter sur mater Marbre, sauf qu'il lui sera impossible de se trouver à la fois dans sa cellule et dans celle de mater Menthe. Je vous remercie, Amarante.

— Autre chose encore, dit Amarante en se tamponnant les yeux et le nez. Il va falloir que je trouve un moyen de gagner ma vie. Un commerce, peut-être. Je ferai de mon mieux pour vous seconder, Organsin… On dit moitié-moitié ?

— J'ai besoin de vingt-six mille cartes afin de racheter ce mantéion à Sangre ; c'est une priorité absolue. Mais si par miracle nous parvenions à en réunir davantage, je vous céderais volontiers l'excédent.

Il se tut et l'examina avec attention :

— Vous grelottez. Désirez-vous que j'aille vous chercher une couverture ?

— Ça va passer, pater. J'accepte votre offre… votre offre généreuse. Avez-vous réfléchi à un plan ? J'ai certains… talents ? Mais pas celui-ci. Elle non plus. Est-ce que je parle comme il faut ?

— Il me semble que oui, mais je la connais mal. Ceci dit, j'espérais que vous en auriez un à me proposer. En tant qu'Amarante, vous connaissez Héron mieux que moi. Aussi, vous êtes plus à même de vous faire une idée de la nature de l'espionnage auquel vous prétendez qu'il se livre.

— Le plus simple serait de le menacer de le dénoncer. Regardez !

Elle tira de sa poche une statuette de Sphigx sculptée dans le bois.

— J'étais censée l'apporter à une femme qui tient un éventaire sur le marché. C'est là que je me rendais quand… vous savez quoi. C'est pourquoi je m'étais si vite rhabillée. Mais après ce qui est arrivé, je suis restée chez Orchidée. Après, il y a eu l'exorcisme. Votre exorcisme. Quand je suis arrivée au marché, il n'y avait presque plus personne. La femme était déjà partie.

Organsin saisit l'objet de culte qu'elle lui tendait.

— Sphigx est représentée ici avec une épée, murmura-t-il, comme presque toujours. Elle tient également un objet carré, tablette ou liasse de papiers... Les instructions de Pas ?

Il rendit la statuette à Amarante.

— La femme en question en avait toujours trois ou quatre, mais la plupart étaient un peu plus grandes. Je lui tendais la mienne et elle me disait : « Vous êtes sûre de ne pas en vouloir ? Elle est très belle pour son prix. » Moi, je secouais la tête avant de m'éloigner et elle posait la statuette sur la table avec les autres, pour faire croire que c'était là que je l'avais prise.

— Je vois... Ça vaudrait la peine de faire une visite au marché.

Ignorant jusqu'à quel point il pouvait compter sur la bienveillance de la déesse, il hésita avant de se lancer :

— C'est dommage que vous ne soyez pas vraiment Kypris. Sinon, vous auriez pu m'expliquer la signification de...

— Homme venir ! annonça Oreb depuis le faîte de la tonnelle.

Quelques secondes plus tard, ils entendirent frapper à la porte du presbytère. Organsin se leva et sortit au soleil :

— Par ici, Alque ! Je suis content de vous voir, et je parie que je ne suis pas le seul.

— C'est toi, Alque ? appela Amarante. Nous avons besoin de ton aide.

Alque demeura bouche bée en la voyant :

— Amarante ?

— Oui ! Viens t'asseoir près de moi.

Organsin écarta les branches de la vigne pour faciliter le passage d'Alque. Quand il les rejoignit à l'intérieur, Alque était déjà assis auprès d'Amarante.

— Il me semble que vous vous connaissez ?

Le sourire d'Amarante creusa deux fossettes dans

ses joues, la faisant paraître plus jeune que les dix-neuf ans qu'elle avouait :

— Avant-hier, je vous ai dit qu'il y avait quelqu'un de plus jeune qu'Héron, vous vous rappelez ? Et j'ai ajouté qu'il pouvait peut-être m... nous aider ?

Alque sourit et passa un bras autour de ses épaules.

— Tu sais, je crois bien que c'est la première fois que je te vois en plein jour. C'est moins terrible que ce que je craignais.

— Moi, j'ai toujours su combien tu étais... beau ?

Elle déposa un baiser furtif sur sa joue.

— Alque s'est toujours montré... très bon avec moi, pater. C'était toujours moi qu'il demandait. Depuis... le printemps dernier ?

Elle colla la main d'Alque dans la sienne :

— Je ne retournerai plus chez Orchidée, Alque. Je ne veux plus faire... tu sais quoi. Toujours demander de l'argent aux hommes. Et plus de rouille, non plus. C'était bien, parfois... Quand j'avais peur. Mais ça te donne trop de courage. Ça finit par te posséder. Et quand on en manque, on a peur de tout. Alors, on en prend de plus en plus et on tombe enceinte. Ou on se fait tuer. Moi aussi, j'ai été imprudente... Mais je ne suis pas tombée enceinte. Pater t'expliquera.

— Ton programme me botte, approuva Alque. Je parie que vous avez causé ensemble après l'enterrement, pas vrai ?

— Gagné ! acquiesça Amarante en déposant un nouveau baiser sur sa joue. Ça m'a fait réfléchir. Sur la mort, sur tout... Tu comprends ? J'ai pensé à Orpin, si jeune et bien portante... Est-ce que je parle comme il faut, pater Organsin ? Dites-le-moi sans crainte de me froisser.

— Bien parler! déclara Oreb en émergeant du feuillage jauni.

Organsin hocha la tête, s'efforçant de garder un visage impassible :

— C'est parfait, Amarante.

— Pater m'entraîne à parler comme dans la haute, tu comprends ? J'ai pensé que j'aurais pu me trouver à la place d'Orpin. Alors j'ai attendu le retour de pater et nous avons longuement parlé la nuit dernière. Après, j'ai dormi avec les sibylles, dit-elle en pouffant. Sur un lit dur, et sans avoir dîné. Ça me changeait de chez Orchidée ! Quand même, on m'a donné à déjeuner ce matin. Et toi, Alque, tu as déjeuné ?

— Je ne me suis même pas couché de la nuit, répondit Alque en secouant la tête. Tu te rappelles ce qu'a dit la déesse hier, Rondelle ? Alors, regarde.

Alque ôta son bras des épaules d'Amarante et se souleva du banc. La main qu'il retira de sa poche rutilait de mille feux.

— C'est pour vous, pater. C'est loin de valoir vingt-six mille cartes mais en frappant à la bonne porte, vous devriez en tirer trois ou quatre mille. Je vais vous indiquer quelques adresses.

Comme Organsin ne faisait aucun geste pour prendre l'objet qu'il lui tendait, Alque le lança sur ses genoux. C'était un anneau de cheville en diamants, large d'au moins trois pouces.

— Je ne peux vraiment pas...

Organsin déglutit, puis reprit :

— Eh bien, pourquoi pas ? A vrai dire, je n'ai pas le choix. Toutefois...

Alque se donna une claque sur la cuisse :

— Essayez de refuser ! Vous avez entendu ce qu'a dit la déesse, non ? C'est même vous qui nous l'avez rapporté. Moi, j'y ai cru et je tiens à ce qu'elle sache de quel bois je suis fait. C'est des vrais ; vous pouvez les examiner tout votre soûl. Faites-lui quelques sacrifices, et n'oubliez pas de lui dire qui la régale.

— Je n'y manquerai pas, quoiqu'elle doive déjà le savoir.

— Dites-lui qu'on peut compter sur Alque. Tout ce qu'on lui donne, il le rend au centuple.

Il prit la main d'Amarante et glissa une bague à son doigt :

— Je ne pensais pas te trouver ici, Rondelle, mais voici pour toi. Tu vises comme il rougeoie ? C'est un authentique rubis. Je te parie tout ce que tu veux que c'est la première fois que tu en vois un pareil. Tu comptes le garder ou le revendre ?

— Le vendre ? Pas question !

Sur ce, elle lui donna un baiser si passionné qu'Organsin détourna les yeux et qu'ils faillirent tomber du banc. Quand ils se furent séparés, elle ajouta :

— Je le garderai toute ma vie, parce que c'est toi qui me l'as donné.

Alque s'essuya les lèvres et sourit de toutes ses dents :

— Si jamais tu changeais d'avis, demande-moi conseil avant de le refourguer.

Puis il se retourna vers Organsin :

— Pater, vous avez une idée de ce qui a pu se passer la nuit dernière ? On dit qu'au moins une douzaine de maisons ont reçu de la visite, sur le Palatin. Ce matin, les rues grouillent de sauterelles.

Il baissa subitement la voix :

— Je voulais vous demander, pater... Est-ce qu'elle vous a dit quand elle comptait revenir ?

— Non, elle a juste promis de le faire.

Alque se pencha vers lui, la mâchoire volontaire, les yeux à demi fermés :

— Dans quels termes ?

Organsin se caressa la joue et tenta de se remémorer la brève conversation qu'il avait eue avec la déesse par l'intermédiaire de la Fenêtre Sacrée.

— Excellente question : je vais devoir faire un rapport circonstancié au Chapitre, mot pour mot. Pour être franc, je devrais être en train de le rédiger. Je l'ai suppliée de revenir et elle m'a répondu : « Je le ferai. Bientôt. »

— Ici même ? Dans votre mantéion ?

— Je ne peux pas vous assurer...

Amarante l'interrompit :

— Mais si, vous avez très bien compris. Elle a annoncé qu'elle reparaîtrait bientôt à la même Fenêtre.

Organsin opina comme à regret :

— Elle ne l'a pas dit de façon aussi explicite, mais il m'a semblé que c'était là son intention.

Amarante tournait et retournait sa bague dans un rai de lumière qui la parait de lueurs d'incendie.

— Tu connais Héron ? demanda-t-elle à Alque. Le médicastre de Sangre ?

— Pater m'en a touché un mot hier soir.

Et Alque de lever un regard interrogateur vers Organsin qui précisa :

— J'ai dit que je le soupçonnais d'avoir offert un azoth à une certaine jeune personne nommée Jacinthe. Au fait, la connaissez-vous ?

— Uh-huh... Nous faisons le même métier, sauf qu'elle travaille directement pour Sangre à présent. Elle est partie de chez Orchidée quelques semaines après que j'y suis entrée.

Organsin enfouit le bracelet rutilant dans la poche de sa robe, avec ses scrupules.

— S'il vous plaît, dites-moi tout ce que vous savez d'elle.

— Il y a des filles qui la connaissaient mieux que moi. Mais je l'aimais bien. Elle n'est pas du genre à... Comment vous dire ? Elle ne disait jamais : « Un tel est bon et un tel est mauvais. » Elle prenait les gens comme ils étaient et ne rechignait jamais à rendre service, même à celles qui n'étaient pas toujours tendres avec elle. Son père est chef de bureau au Juzgado. Mais je ne sais pas si je dois...

— Je vous en prie.

— Un des commissaires l'a repérée quand elle avait quatorze ou quinze ans. Il a dit à ses parents : « J'aurais besoin d'une servante. Votre fille n'a qu'à venir habiter chez moi. (Ils avaient quelque chose comme huit ou neuf gosses.) Elle gagnera un peu d'argent et vous aurez une promotion. » A l'époque, le père de Jacinthe était simple employé. Il a accepté, Jacinthe est allée vivre sur le Palatin et vous devinez ce qui est arrivé. Elle n'avait pas grand-chose à faire, à part un peu de ménage et servir à table, et ça lui rapportait pas mal. Mais la femme du commissaire lui menait la vie dure. Après, elle a vécu quelque temps avec un capitaine, puis elle a eu des problèmes. C'est ainsi qu'elle a atterri chez Orchidée.

Elle se moucha un coup :

— Pardon, pater. C'est comme ça quand on reste un ou deux jours sans en prendre. J'ai le nez qui coule et les mains qui tremblent. Il faudra quelques jours pour que ça rentre dans l'ordre.

— Vous êtes résolue à renoncer à la rouille, quelle que soit l'intensité des symptômes ? demanda Organsin en son nom et en celui d'Alque.

— Oui, dans l'intérêt de notre plan. Comme je vous l'ai dit, la rouille rend téméraire. Certains en prennent juste une pincée, histoire de se donner du cœur au ventre. Mais en cas de grosse frayeur, ça ne suffit pas. Au bout d'un temps, on se rend compte que le danger n'était pas là où on croyait... La rouille est pire que Bar ou même que Musc. Mais à ce moment-là, il est déjà trop tard. Je m'y suis laissé prendre et Jacinthe aussi, je crois ?

Organsin acquiesça. Alque donna une tape sur l'épaule d'Amarante.

— C'est tout ce que je sais d'elle. Vous l'avez rencontrée ?

— Oui, phæsdi soir.

— Alors, vous avez vu comme elle est belle. La plupart des types me trouvent trop grande. Jacinthe est juste de la bonne taille. Mais même plus petite, j'aurais toujours moins de succès qu'elle. Elle est devenue tellement célèbre que Sangre l'a prise à son service. Elle rapportait trop pour qu'il continue à la partager avec Orchidée.

— Il possède d'autres maisons comme celle de la rue de la Lampe ?

— Une bonne dizaine. Mais celle d'Orchidée est une des meilleures.

Elle reprit un air songeur :

— Jacinthe était presque aussi plate qu'une sole quand je l'ai connue. Sans doute un cadeau d'Héron... ses deux gros machins.

Alque s'esclaffa.

— J'ai cru comprendre qu'elle était native de Viron ?

— Oui.

— Pater se demande si elle ne pourrait pas vous servir d'informateur, expliqua Alque.

— Pas question que je partage avec elle ! protesta Amarante d'un ton aigre.

— Je n'ai rien proposé de tel. Je crois en effet qu'elle pourrait nous aider à combattre Sangre. Mais il n'est pas sûr qu'elle accepte de nuire à

Héron. Or, c'est là notre premier objectif. Il faut vous dire qu'Amarante soupçonne Héron de se livrer à l'espionnage. Mais nous ignorons pour qui. N'est-ce pas, Amarante ?

— En effet. Note bien qu'il ne s'est jamais présenté à moi comme un espion, seulement il me posait des tas de questions... En particulier sur la Garde. Il demandait si un colonel était venu, et ce qu'il avait dit. Et je suis à peu près certaine que les statuettes contiennent des messages.

Percevant la réprobation d'Alque, elle ajouta :

— Je ne me doutais de rien. Il était gentil avec moi, alors je lui rendais des petits services. Je n'avais rien compris jusqu'à hier.

— Je regrette de ne pas le connaître, ce gaillard-là, grogna Alque. Vous comptez le faire miauler, pater ?

— Oui, si je vous comprends bien.

— Vous espérez lui faire cracher vingt-six mille cartes ?

Amarante opina tandis qu'Organsin précisait :

— Et plus, si possible. Amarante souhaiterait ouvrir une boutique.

— Vous avez songé qu'il pourrait vous allonger tous les deux sur la glace ?

— Oui, bien sûr. Si Héron est réellement un espion, il n'hésitera pas. Il va falloir être prudents.

— Je connais une vingtaine de types qui seraient prêts à le faire pour cent cartes. Si votre charlatan est au service de Sangre depuis...

— ...depuis quatre ans, glissa Organsin. C'est du moins ce qu'il m'a dit.

— Alors, il n'aura aucun mal à trouver quelqu'un. D'après ce que je viens d'entendre, Jacinthe est juste la fille qu'il lui faut pour s'informer sur la

Garde et les commissaires, encore mieux qu'Amarante. Elle est à demeure chez Sangre ?

— C'est ce qu'il m'a semblé. Elle dispose là-bas d'un vaste appartement, et le moniteur de sa glace me l'a présentée comme sa maîtresse.

— Elle vient souvent en ville, intervint Amarante. Mais je ne sais pas quand ni où elle descend. J'imagine que Sangre la fait surveiller alors.

Alque se redressa et serra la garde de sa courte épée :

— Vous vouliez savoir mon avis, pater. Je vais vous le donner, mais j'ai peur que vous ne l'encaissiez mal.

— Je n'en désire pas moins le connaître.

— Je l'aurais parié. Cette fille, Jacinthe... Vous feriez mieux de l'oublier, du moins pour le moment. Trop risqué : il est plus que probable qu'elle ira tout dégoiser à Héron. Rondelle prétend qu'elle ignorait le rôle qu'on lui faisait jouer. Ça se peut, mais vu qu'Héron lui a fourgué un azoth, je vous mets ma main à couper que cette Jacinthe-là sait foutrement bien de quoi il retourne. Si elle était votre seul recours, je vous dirais : « Foncez. » Mais il se pourrait qu'Héron ait des taupes dans chacun des poulaillers de Sangre. Maintenant que Rondelle n'est plus chez Orchidée, il va sûrement tenter d'en ferrer une autre.

— Et si j'y retournais quand même ? proposa Amarante. Si je dis un peu de mal de Viron, Héron me fera davantage confiance.

— Héron a un contact au marché, expliqua Organsin à l'intention d'Alque. Il chargeait Amarante de lui apporter des statuettes de Sphigx.

— Il s'agirait de savoir ce qu'ils en font, suggéra Alque.

— Organsin, bon ! claironna Oreb en se laissant tomber sur ses genoux. Têtes poisson ?

— Possible, acquiesça Organsin comme il sautait sur son épaule. C'est même probable.

Il se tourna alors vers Alque :

— Vous avez raison. Il m'en coûte de renvoyer Amarante chez Orchidée, mais cela vaut toujours mieux que d'approcher Jacinthe sans disposer d'un moyen de pression. Quand nous en saurons un peu plus long, peut-être pourrons-nous envisager de le faire : nous lui dirons que nous détenons la preuve de sa complicité avec un agent de l'étranger. Nous lui offririons alors notre protection, en contrepartie de son aide.

— Héron, un étranger ? s'étonna Amarante.

— J'en suis persuadé, à cause de certaines confidences qu'il m'a faites.

— Que vous a-t-il dit ? demanda Amarante.

Organsin se pencha vers elle :

— De quelle couleur sont mes yeux ?

— Bleus. Si seulement j'avais les mêmes...

— Supposez qu'un client réclame à Orchidée une partenaire aux yeux bleus. Serait-elle en mesure de le satisfaire ?

— Oui, avec Arolle... Non, elle est partie. Mais il y a toujours Campanule.

— Vous voyez, dit Organsin en se redressant. Les yeux bleus sont rares mais pas exceptionnels. Prenez cent personnes ; il s'en trouvera presque à coup sûr au moins une qui ait les yeux bleus. J'y suis attentif parce qu'on m'a souvent plaisanté sur les miens. Héron aussi les a remarqués, mais bien qu'il soit plus âgé que moi, il m'a dit que j'étais la troisième personne qu'il ait rencontrée avec des yeux de cette couleur. J'en déduis qu'il a longtemps vécu dans une cité où les gens sont plus bruns et les yeux bleus plus rares qu'ici. Mais je m'éloigne du sujet... Si je me rappelle bien, Héron avait manifesté un intérêt très vif en apprenant que votre commissaire s'était rendu au lac Limna pour y conférer avec deux conseillers?

Amarante opina.

— Ça m'a fait réfléchir. Savez-vous où résident les membres de l'Ayuntamiento?

— Sur le Palatin, je suppose, dit-elle en haussant les épaules.

— Et vous, Alque?

— Je dirais plutôt au Juzgado. J'ai entendu dire qu'ils y avaient des appartements.

— Ne possèdent-ils pas également des maisons de campagne?

— Ça, c'est un secret. Si ça se savait, les gens seraient toujours à frapper à leur porte ou à lancer des pierres sur leurs volets... S'il est exact qu'ils possèdent des baraques sur le Palatin, je peux vous assurer qu'ils n'y résident pas.

— Et quand ils donnent audience à un commissaire, ce n'est ni sur le Palatin ni au Juzgado mais au lac Limna...

Comme il se cantonnait dans son silence, Amarante le pressa:

— Poursuivez, pater.

Il lui sourit et reprit:

— Je réfléchissais qu'Héron avait eu tout loisir de faire plusieurs visites au lac depuis que vous lui avez rapporté les propos de votre commissaire. Je vais m'y rendre aujourd'hui même et tâcher d'apprendre à qui il a parlé et ce qu'il leur a dit. Si les dieux sont avec moi — comme j'ai de bonnes raisons de le croire —, cette démarche devrait nous fournir des renseignements précieux.

— Je vous accompagne, décida Amarante. Tu viens avec nous ?

Alque secoua la tête :

— Comme je vous l'ai dit, je ne me suis pas couché de la nuit. Le temps de faire un petit somme et je vous rejoindrai là-bas, mettons à quatre heures. Au terminus des voitures.

— Inutile de vous mettre en peine.

— Pas sûr. Si d'ici là vous avez découvert quelque chose, je pourrai peut-être vous aider à creuser. Je connais de bons endroits pour pécher. Je pourvoirai au dîner puis je rentrerai avec vous.

— Je te savais bel homme, plaisanta Amarante en l'étreignant, mais j'ignorais comme tu avais bon cœur !

— Pour commencer, rétorqua Alque, je suis citoyen de cette ville. Ce n'est pas le paradis mais je n'en ai pas d'autre. Et puis, j'ai quelques amis dans la Garde. Qu'est-ce que vous comptez faire de votre carabin, une fois que vous l'aurez lessivé ?

— Le dénoncer, sans doute, hasarda Organsin.

Mais Amarante secoua la tête :

— Il parlerait de l'argent et on serait obligés de le rendre. Il va peut-être falloir le tuer.

— Pour être accusés de meurtre ? objecta Alque. Plutôt le donner aux sauterelles. A condition qu'on ne vous jette pas au trou avec lui après vous avoir fait les poches... Pour toi, Rondelle, ce serait du tout cuit puisque tu l'as aidé... Quant au pater ici présent, Héron a soigné sa patte et l'a reconduit avec son traîne-cul ; c'est assez pour lui faire boire le bouillon.

Ni l'un ni l'autre ne trouvèrent rien à lui opposer.

— La foudre, ce serait de le fourguer à des types au jus, avec quelqu'un dans mon genre pour dire le feu de Pas de vous. Comme ça, à vous les honneurs et à eux la gloire. Pour le coup, ils vous en serreront cinq dans l'espoir que vous leur rapportiez d'autres souris. Faut bien que j'aie des copains pour me tirer de la panade. Vous vous figurez que je ne tombe jamais sur une poisse en fouilletant une carterie ? Vous croyez que je ferme la boutique et que je lui passe le sel ? Non, je l'arrose pour qu'il se tienne coi et s'il ne veut rien entendre, eh bien, je l'envoie rouler.

— Je me doutais que vous seriez de bon conseil et ce n'est pas Amarante qui me contredira, j'imagine ?

Amarante secoua la tête, des étoiles plein les yeux.

— Comment s'appelle ton fricandeau, Rondelle ?

— Simuliid.

— Un gros plein de soupe avec une moustache ?

Elle acquiesça.

— Je suis d'avis de le siffler à notre retour du lac. Comment va votre patte, pater ?

— Beaucoup mieux. Mais quel intérêt aurions-nous à voir ce commissaire ?

— J'espère bien ne pas le voir. C'est juste histoire de jeter un œil, surtout si vous rentrez bredouilles du lac. Possible que les conseillers perchent là-haut comme vous le dites, pater… A moins qu'ils n'aient eu quelque chose à lui montrer là-bas, ou le contraire. Quand on va à la pêche, on doit se munir d'un appât. C'est pourquoi je propose d'appeler ce Simuliid ce soir. A moi l'argenterie, à vous l'appât et tout le monde est gagnant.

— Homme, venir ! prévint Oreb en se laissant tomber sur le dossier du vieux banc de bois.

Organsin se leva et écarta la vigne. Il vit un jeune homme replet en robe d'augure pousser d'un coup d'épaule la porte latérale du mantéion avec l'air d'examiner quelque chose dans sa main.

— Par ici! appela-t-il. Pater Gulo, je présume?

Il boitilla à la rencontre du nouveau venu à travers l'herbe roussie.

— Que les dieux soient avec vous. Très heureux de faire votre connaissance, pater.

— Un homme, dans la rue... bredouilla Gulo en lui tendant un mince objet paré de reflets jaunes et verts. Il a juste... Il n'a pas...

Alque avait suivi Organsin.

— Surtout des topazes, remarqua-t-il. Mais là, on dirait une belle émeraude.

Ayant délesté pater Gulo du bracelet, il l'éleva devant ses yeux afin de l'admirer.

— Permettez-moi de vous présenter Amarante, pater, reprit Organsin en désignant la charmille. Quant à ce gentilhomme, il se nomme Alque. Tous deux font partie de nos plus fidèles ouailles. Je dois bientôt m'en aller avec eux; je compte sur vous pour conduire les affaires du mantéion durant mon absence. Mater Marbre — par ici, dans le cénobion — se fera une joie de vous informer et de vous conseiller.

— Un homme vient de me donner ceci! lâcha Gulo. Il n'y a pas une minute de ça, pater. Il l'a juste plaqué dans ma main!

— Je vois, dit Organsin d'un ton détaché en s'assurant de la présence de l'azoth sous sa tunique. Veuillez rendre ceci à pater Gulo, je vous prie, Alque. Vous trouverez notre cassette sous mon lit, pater. La clé se trouve sous la carafe, sur la table de chevet. Un instant...

Il sortit l'anneau de diamants de sa poche et le tendit à Gulo:

— Rangez-les avec soin, je vous prie. Peut-être

serait-il plus prudent que vous gardiez la clé sur vous. Je serai de retour un peu après l'heure de fermeture du marché.

— Homme, mauvais ! siffla Oreb depuis le faîte de la charmille. Mauvais !

— C'est votre robe noire, pater, expliqua Organsin. Il craint d'être sacrifié. Ici, Oreb ! En route pour le lac. Tu vas les avoir, tes têtes de poisson...

L'oiseau blessé battit furieusement des ailes et atterrit lourdement sur l'épaule d'Organsin, plantant ses griffes dans l'étoffe noire de sa robe.

6

LE LAC LIMNA

— Oui, mon enfant ?

Organsin se pencha vers le petit garçon.

— M'man m'a dit : « Demande-lui de te bénir. »

L'attention de l'enfant semblait écartelée entre Organsin et Oreb.

— Et pourquoi désires-tu ma bénédiction ?

L'enfant ne répondit pas.

— Afin d'attirer sur toi la faveur des dieux ? On a dû t'apprendre cela au palæstra, non ?

Le petit garçon acquiesça comme à regret. Organsin traça le signe de l'addition au-dessus de sa tête et récita la plus courte des formules de bénédiction qu'il acheva de la façon suivante :

— Au nom de leur fille aînée Scylla, patronne de la sainte ville de Viron, ainsi qu'au nom de l'Autre, l'aîné de tous les dieux.

— C'est vrai que vous êtes pater Organsin ?

Parmi la demi-douzaine de personnes qui attendaient la voiture pour Limna, nulle ne broncha. Pourtant, Organsin observa avec un sentiment de gêne que tous les dos se raidissaient. Malgré son animation, la rue du Lac lui parut tout à coup presque silencieuse.

— C'est bien lui ! claironna Amarante.

Un des assistants s'avança et s'agenouilla. Avant qu'Organsin ait pu tracer le signe de l'addition, deux autres l'avaient rejoint. L'arrivée de la voiture — peinte de couleurs gaies, coiffée d'un dais de toile imprimée et tirée par deux chevaux fatigués — le tira d'embarras.

— Un bit pour monter! tonna le cocher en sautant de sa place. Si la maison ne fait pas crédit, tous les voyageurs sont assis.

— C'est moi qui paie, annonça Amarante.

— Non, c'est moi, répliqua Organsin d'un ton inflexible, réduisant au silence les quelques passagers qui s'apprêtaient à réclamer la gratuité pour lui.

Le cocher l'avertit tout en empochant les deux bits :

— Si quelqu'un se plaint de votre oiseau, je vous prierai de descendre.

Une clameur de protestation le fit sursauter.

— Je n'aime pas ça, glissa Organsin à Amarante tandis qu'ils prenaient place sur un long banc de bois. Je n'aime pas davantage ce que j'ai pu lire sur les murs.

Le cocher fit claquer son fouet et la voiture s'ébranla.

— « Organsin pour caldé » ? Une bonne idée, pourtant.

— Ce n'est pas mon avis, rétorqua-t-il en tirant ses perles de sa poche. Je ne suis pas un politicien et rien de ce que vous pourrez dire ne me convaincra d'en devenir un. Quant au caldé, ce n'est rien de plus qu'une superstition populaire, une simple curiosité historique. Ma mère a connu le dernier mais il est mort peu après ma naissance.

— Je me le rappelle. Il me semble.

— Si tout ce que vous m'avez dit est exact, ô Aimable Kypris, il est impossible que vous vous souveniez du caldé, souffla Organsin sans la regarder. Amarante est ma cadette de quatre ans.

— Dans ce cas il s'agit de... quelqu'un d'autre. Ça ne vous dérange pas de vous afficher avec moi ? Tous ces gens savent qui vous êtes.

— Je ne demande qu'à leur ôter leurs illusions, ô déesse... Et à sauver ma vie sans faillir à ma mission sacrée.

Un cahot particulièrement vicieux le projeta alors contre sa voisine de droite qui se confondit en excuses. Sitôt qu'il fut parvenu à lui imposer les siennes, il entama la prière de la croix évidée :

— Ô Pas, concepteur et créateur du méande, gardien et protecteur de la Voie Aurélienne...

La voie qui traversait le ciel de part en part ; l'équivalent spirituel du soleil... La fumée des sacrifices montait vers elle et poursuivait son voyage jusqu'à l'Unité Centrale, point de départ à la fois de la Voie et du soleil, à l'extrême est. Les esprits des morts empruntaient également ce chemin de gloire, quand le poids de leurs péchés ne les tirait pas vers le bas. Selon les Écritures, certains saints théodidactes, de leur vivant même, avaient quitté leur enveloppe charnelle et s'étaient joints à la masse des bêtes mugissantes et des pénitents défunts pour aller s'entretenir, au sein de l'Unité Centrale, avec le dieu qui les avait illuminés. Organsin se rappela alors qu'il était lui-même un théodidacte. Outre la croix, il avait déjà compté quatre grains de son chapelet. En récitant les prières consacrées, il aspirait à quitter son corps et la rue populeuse pour se joindre à la foule pressée de la Voie Aurélienne. Pendant quelques secondes, il lui sembla qu'il avait réussi. Pourtant, ce n'était pas la route dorée qui s'offrait à son regard, mais les ténèbres glacées au-delà du méande et leur semis de lumières.

— A propos d'inscriptions sur les murs… Organsin ? Ouvrez les yeux et regardez.

Il obtempéra et vit une affiche à l'impression grossière, en caractères rouges sur fond noir. Personne ne l'avait encore lacérée ni raturée de dessins obscènes. Compte tenu du quartier, on pouvait en déduire qu'elle était là depuis moins d'une heure :

LA NOUVELLE BRIGADE DE RÉSERVE
RECRUTE DE JEUNES HOMMES ROBUSTES
Vous rêviez d'entrer dans la GARDE ?
Exercice deux fois par semaine
SOLDE et UNIFORME fournis
Possibilité de transfert dans la GARDE RÉGULIÈRE
S'adresser au Colonel Oosik
Q. G. de la TROISIÈME BRIGADE

— Tu es sûr qu'il n'est pas fatigué à cause du cerf-volant ?

Ce n'était pas la première fois que Sangre posait cette question. Excédé, Musc lui rétorqua :

— Je t'ai déjà dit qu'Aquila était une femelle.

L'énorme oiseau encapuchonné se balança sur son poignet au son de sa voix, soit qu'il eût reconnu son nom, soit par pure coïncidence. Musc attendit qu'il se fût calmé pour achever sa pensée :

— Les mâles ne deviennent pas si gros. Pour l'amour de Molpe, écoute-moi quand je te parle !

— C'est bon, c'est bon… Mais s'il était plus petit, il volerait peut-être plus haut.

— Bien au contraire. Tu as déjà vu un moineau voler plus haut que ton crâne pelé ?

Musc avait parlé sans regarder son interlocuteur, occupé qu'il était à surveiller tour à tour son aigle et le ciel.

— Je persiste à dire qu'on aurait dû prévenir les sauterelles.

— Pour qu'ils le confisquent ?

— Ils volent tout près du soleil. Si on en prend un, qui sait où il va retomber ?

— Nous avons trois flotteurs et cinq hommes sur des altimons.

De sa main libre, Musc porta ses jumelles à ses yeux pour scruter le désert lumineux au-dessus de leurs têtes.

— Ne pointe pas ces trucs-là vers le soleil ; ça pourrait t'aveugler.

Ce n'était pas non plus la première fois que Sangre lui prodiguait ce conseil.

— Il peut tomber n'importe où. Tu te rappelles où on a retrouvé le cerf-volant ? Et encore, il était tenu par un fil.

C'était déjà un long discours pour Musc, pourtant il ajouta :

— Tu t'imagines qu'il va atterrir près d'une foutue route. Si tu avais déjà chassé au faucon, tu saurais qu'il a toutes les chances de tomber à vingt, trente ou même cinquante stades de la plus proche.

— Mettons que je n'aie rien dit... C'est juste que je crains qu'un cul-terreux n'aille cafarder auprès des sauterelles.

Comme Musc se taisait, il reprit :

— Ils ne peuvent pas voler jusqu'au soleil ; ils s'y grilleraient les ailes.

— Qui te dit qu'ils ne sont pas ignifugés ? répliqua Musc en abaissant ses jumelles. Qui te dit qu'ils sont seulement humains ?

— Ils sont pareils à nous.

— Dans ce cas, ils ont peut-être aussi des pointeurs.

— Ils n'emportent jamais de superflu.

— Ravi de l'apprendre. C'est eux qui te l'ont dit ?

Aquila fit tinter ses grelots en bougeant une de ses pattes puissantes. Musc reprit ses jumelles.

— J'en vois un ! s'exclama bien inutilement Sangre. Tu lâches l'aigle ?

— Je ne sais pas, avoua Musc. Il est loin.

Sangre braqua ses propres jumelles sur l'aérien.

— Il se rapproche. Il se dirige droit sur nous !

— Je sais. Pourquoi crois-tu que je le surveille ?

— Il vole haut.

Musc fit un effort pour conserver le ton blasé qu'il affectionnait depuis l'enfance :

— J'en ai déjà vu de plus hauts.

Le frisson de la chasse s'était emparé de lui, subit comme une fièvre et bienfaisant comme le printemps. Il laissa ses jumelles pendre sur sa poitrine. Il distinguait parfaitement l'aérien à présent. Le miroir argenté du lac Limna reflétait sa lointaine silhouette.

— Attends qu'il soit plus près, dit Sangre d'une voix pressante.

— Recule. Si elle t'attaque, tu es mort.

De sa main libre, Musc agrippa le plumet écarlate et arracha le chaperon de l'oiseau :

— *Vole, Aquila !*

Cette fois, l'aigle n'hésita pas. Déployant ses ailes immenses, elle s'élança dans un grondement de tornade qui effraya Musc lui-même. Elle prit rapidement de l'altitude et monta en flèche. Sa silhouette noir de jais évoquait une figure héraldique sur le bleu immense du ciel.

— Peut-être que le lapin l'a rassasiée ?

— Cet avorton ? pouffa Musc. C'était le plus petit de la portée. Il n'a fait que lui ouvrir l'appétit.

Pour la seconde fois depuis leur rencontre, il prit

la main de Sangre. Feignant l'indifférence, bien qu'il fût fou de joie, celui-ci demanda :

— Tu crois qu'elle le voit ?

— Elle voit tout. Si elle volait droit sur lui, il aurait peur. Elle va continuer à prendre de l'altitude et lui fondre dessus sans crier gare.

Inconsciemment, Musc s'était dressé sur la pointe des pieds comme pour se rapprocher de son oiseau.

— C'est l'instinct. Regarde bien.

Son beau visage pâle rayonnait de bonheur ; ses yeux démoniaques brillaient tels deux éclats de glace noire.

— Regarde-la, vieux ribaud.

Iolar aperçut l'aigle sous lui, loin au nord. Il reprit de la vitesse. Le front, signalé par une énorme masse de nuages, était intéressant. Mais il se trouvait à quelque deux cents lieues et n'atteindrait peut-être jamais cette zone surchauffée.

Iolar était un homme de petite taille, aussi mince que les pièces de son armature. Son regard était plus perçant que la moyenne. Ceux qui le connaissaient le jugeaient pour la plupart introverti, voire insensible. Il était d'un naturel taciturne. Lorsqu'il prenait la parole, c'était pour parler de masses d'air, de vents dominants, de mesures solaires et, bien sûr, d'ailes, de costumes de vol, d'instruments et modules de propulsion. En cela, il ne différait guère des autres aériens. Sa quasi-conformité à l'idéal de sa race, à la fois physique et mental, lui avait valu trois épouses. La deuxième l'avait quitté au bout d'un an à peine, la première lui avait donné trois enfants agiles et la troisième, cinq autres aussi gais et actifs que des criquets. La dernière, une minuscule fillette aux yeux rieurs nommée Dreoilin, était sa préférée.

— Je vois déjà ses ailes, disait-il parfois à la mère et celle-ci, bien qu'elle ne vît rien, acquiesçait toujours d'un air joyeux.

Cela faisait dix-huit ans qu'il volait.

Son surcroît de vitesse lui avait coûté de l'altitude. Il tenta de se redresser mais la température de l'air avait légèrement baissé et le grand lac l'attirait à lui comme un aimant. Il savait qu'un courant contraire le repousserait sitôt regagné la terre ferme. Il résolut de se laisser porter le plus haut possible. Il n'aurait pas trop de toute l'altitude qu'il pourrait regagner pour affronter ces lointaines nuées orageuses.

Il ne revit l'aigle qu'au moment où elle fondait sur lui. Ses ailes immenses l'entraînaient vers sa proie à la vitesse d'une pierre lâchée du haut d'une falaise. A la toute dernière seconde, elle les replia et se retourna dans le vide. Ses serres aussi puissantes qu'un poing géant le heurtèrent de plein fouet.

Peut-être fut-il un peu étourdi. Le ciel et la terre se mirent à tourbillonner autour de lui. Seule son aile droite était endommagée et son MP ne répondait plus. Il soupçonna qu'il avait une demi-douzaine de côtes cassées. Peut-être la colonne vertébrale était-elle aussi atteinte, mais il n'y prêta que peu d'attention. Avec une agilité qui aurait laissé ses pairs pantois, il transforma sa chute en plongeon et se délesta de son MP ainsi que de ses instruments de navigation. Il avait réduit sa vitesse de moitié quand il entra en contact avec la surface du lac.

— Vous avez vu ce plongeon ? s'écria Amarante en se levant d'un bond.

Elle mit la main en visière au-dessus de ses yeux pour les protéger du miroitement aveuglant des eaux.

— Il y a des poissons énormes dans ce lac ; de vrais monstres. Je me rappelle... Je ne suis pas retournée ici depuis mon enfance. Du moins, c'est ce qu'il me semble.

Organsin tendit le cou pour regarder le soleil. Cette longue strie dorée parcourant le ciel était le symbole visible de la Voie Aurélienne, le modèle de piété et de probité conduisant l'Homme vers les dieux. S'était-il égaré en chemin ? Il répugnait en lui-même à sacrifier Héron, bien que cette suggestion émanât d'une déesse. A coup sûr, les dieux escomptaient une autre attitude de la part d'un augure assermenté.

— Têtes poisson ? demanda Oreb en tirant sur une de ses mèches.

— Je te le promets. Solennellement.

Ce soir, il aiderait Alque à cambrioler le commissaire d'Amarante. Les commissaires s'engraissaient du sang et de la sueur du pauvre peuple ; nul doute que celui-ci parviendrait toujours à sauver quelques bijoux et sa vaisselle d'argent. Toutefois le vol était un péché, même s'il servait une cause juste.

Il marmonna une ultime prière à l'adresse de Sphigx en rangeant ses perles. Elle était la plus à même de le comprendre : Sphigx était à demi-lionne et ses semblables étaient forcés de tuer d'innocentes créatures pour survivre... Telle était la loi implacable de Pas. En achevant sa prière, Organsin s'inclina imperceptiblement vers le visage à la fois féroce et bienveillant qui ornait le pommeau de la canne de Sangre.

— C'est ici qu'on venait ramasser le cresson, reprit Amarante. On commençait avant l'aube. Combien de fois ai-je guetté le lever du jour sur les eaux ! Tant qu'on ne voyait rien, ça voulait dire qu'il y avait encore un long chemin à parcourir. On emportait du papier, tout ce qu'on pouvait trouver. On l'humidifiait avant d'emballer le cresson, puis on se dépêchait de regagner la ville pour le vendre avant qu'il soit flétri. Parfois il nous prenait de vitesse et alors, on n'avait rien d'autre à manger. J'en suis pour toujours dégoûtée. Mais il m'arrive d'en acheter à des petites filles, sur le marché. Elles me rappellent ce que j'ai été.

— C'est très généreux de votre part, approuva Organsin, quoiqu'il eût la tête ailleurs.

— Il se fait rare, ces temps-ci : les meilleurs cours d'eau sont asséchés. De toute façon, je n'en mange jamais. Je le donne aux chèvres ou bien je le jette. Je me demande combien des belles dames qui m'achetaient le mien en faisaient autant.

— Moi, j'en fais des sandwiches avec du fromage blanc, déclara la voisine d'Organsin. Mais d'abord, je le lave avec soin.

Organsin inclina la tête et lui sourit.

— C'est excellent, par temps chaud.

— Vous avez des amis à Limna ? demanda Amarante.

— Non, de la famille, répondit la femme. Ma belle-mère pense que l'air pur du lac est bon pour sa santé. Ce serait merveilleux si nos parents pouvaient être aussi nos amis, non ?

— Je ne vous le fais pas dire ! Nous sommes à la recherche d'un ami, le docteur Héron. Un petit homme d'environ cinquante ans, à la peau sombre, avec une barbiche grise...

— Je ne le connais pas, avoua la femme d'un air dépité. Mais s'il est médecin et vit à Limna, ma belle-mère le connaît sûrement. Je lui demanderai.

— Il vient d'y acheter une maison de campagne, histoire de mettre un peu de distance entre lui et sa clientèle, vous voyez ? Mon mari l'aide à emménager et pater lui a promis de bénir sa villa. Seulement, je ne me rappelle pas où elle se trouve.

— Vous n'avez qu'à demander au juzgado, rue de la Rive, suggéra l'homme assis à sa gauche. Il a dû enregistrer l'acte de vente.

— Ici aussi, il y a un juzgado ? s'étonna Amarante. Je croyais qu'il n'en existait qu'un, en ville.

— Ce n'est qu'une succursale. Il juge les affaires locales et loge une poignée de prisonniers. Nous n'avons pas d'Alambrera ici... Les condamnés à de lourdes peines sont envoyés à Viron. Il collecte aussi les impôts et tient à jour les registres de propriété.

La voiture suivait alors une voie étroite et pavée, bordée de maisons de bois branlantes aux toits pointus. La peinture gris argent s'écaillait par plaques sur la plupart des façades. Le banc d'Organsin et Amarante était orienté vers l'intérieur des terres mais, en se retournant, Organsin apercevait çà et là des bandes d'eau sale et les mâts des bateaux de pêcheurs entre les maisons.

— Moi non plus, je n'étais pas revenu ici depuis mon enfance, dit-il à sa compagne. Cela me fait drôle de songer que j'ai pêché ici il y a quinze ans. On dirait que les autochtones ignorent l'usage de la roche vaissalienne ou même de la brique.

— Il est plus simple d'abattre des arbres sur la grève et de faire flotter les rondins jusqu'à Limna, expliqua le voisin de gauche d'Amarante.

— Bien sûr. J'aurais dû y penser.

— C'est une erreur très répandue, reprit l'homme en lui tendant une carte de visite. Vous permettez, pater ? Mon nom est Goupil, avocat. Mon cabinet se trouve dans la rue de la Rive. Vous connaissez la procédure en cas d'arrestation ?

— D'arrestation ? s'écria Organsin en haussant

les sourcils. Que Molpe me garde de jamais me trouver dans pareille situation !

— Je vous le souhaite. Nous vous le souhaitons tous, reprit Goupil si doucement qu'Organsin l'entendit à peine avec le vacarme de la rue et le grincement des essieux de la voiture. Mais connaissez-vous la procédure ?

Organsin secoua la tête.

— Si vous leur donnez le nom et l'adresse d'un avocat, la loi les oblige à l'envoyer chercher. Dans le cas contraire, vous n'avez personne pour vous assister, à moins que votre famille n'apprenne ce qui vous est arrivé et n'engage quelqu'un.

— Je vois.

— En outre (Goupil se pencha vers Organsin et lui donna une tape sur le genou pour mieux souligner son propos), cet avocat doit exercer dans la ville où a eu lieu l'arrestation. Je les ai déjà vus différer une interpellation, précisément pour cette raison. Rappelez-vous, pater : maître Goupil, à l'enseigne du renard rouge, rue de la Rive à Limna. Ça pourrait vous servir.

Sur ce, la voiture stoppa net et le cocher se mit à brailler :

— Terminus, tout le monde descend ! Pour le retour, départ ici même à quatre, six ou huit heures. Tâchez d'être à l'heure !

Organsin le retint par la manche comme il allait entrer dans la remise :

— Pourriez-vous me renseigner, cocher ? Je ne suis pas un familier de Limna.

Le cocher se pinça le nez et prit un air songeur :

— Ce n'est pas difficile, pater. C'est plus petit que Viron. L'important, c'est que vous repériez bien l'endroit où nous sommes, de sorte à revenir à temps pour le départ. Ici, c'est la rue de l'Eau. On est à peu près au centre de la ville. C'est une des rues principales, avec celles du Dock et de la Rive. La ville a un peu la forme d'un fer à cheval. A l'intérieur, c'est la rue du Dock ; c'est là que se tient le marché. A l'extérieur, la rue de la Rive. Si vous voulez louer un bateau, il faut aller rue du Dock. Je peux vous indiquer quelques adresses. Si vous voulez manger, essayez le Poisson Chat ou la Grand-Voile. La Lanterne Rouillée est bien aussi, à condition d'avoir les poches profondes. Vous comptez rester coucher ?

— Nous aimerions regagner la ville avant la nuit.

— Dans ce cas, il vous faut prendre la voiture de six heures, précisa le cocher en tournant les talons.

Quand il fut loin, Amarante remarqua :

— Vous ne lui avez pas demandé où habitent les conseillers.

— Si ni vous, ni moi, ni Alque ne le savons, c'est qu'ils ne tiennent pas à l'ébruiter. Héron l'aura découvert par lui-même. Le mieux que nous puissions espérer, c'est d'apprendre à qui il l'a demandé. Je doute qu'il soit venu en voiture comme nous. Scyldi dernier, il avait loué une litière.

— On ferait mieux de se séparer, pater. A vous le gratin et à moi la lie.

— Je crains de ne pas comprendre.

— A vous les gens et les lieux respectables, à moi les tavernes. Quand... Alque a-t-il dit qu'il nous rejoindrait ?

— A quatre heures.

— Dans ce cas, retrouvons-nous ici même à quatre heures. Nous recouperons nos informations tout en mangeant un morceau.

— Vous avez joué très finement avec cette femme, dans la voiture. J'espère faire moitié aussi bien que vous.

— Peut-être, mais ça ne nous a rien appris. Contentez-vous de dire la vérité, pater... Organsin, je ne crois pas que vous soyez très doué pour le mensonge. Qu'allez-vous leur dire ?

Organsin se caressa la joue et répondit :

— J'y ai réfléchi pendant le trajet. J'agirai en fonction des circonstances. Par exemple, je raconterai que cet homme a assisté à une séance d'exorcisme pratiquée par moi et que, n'ayant pas eu l'occasion de retourner dans ladite maison depuis lors, je comptais sur lui pour me dire si cela avait marché.

— C'est la pure vérité, approuva Amarante. Je suis sûre que tout ira bien. Organsin ?

Le flux des passants et des charrettes l'avait presque plaquée contre lui. Elle se rapprocha encore, jusqu'à presser ses seins arrogants contre sa tunique.

— Vous ne m'aimez pas, pater. Et pas seulement parce que vous me croyez à... Alque. Mais Jacinthe, vous l'aimez ? Dites-le-moi.

— Je ne devrais pas, répondit-il d'un air piteux. Ce n'est pas bien. Un homme de ma condition — un augure — a si peu à offrir à une femme. Pas d'argent, même pas une maison digne de ce nom. Ce n'est pas seulement sa... Il y a des choses que je ne parviens pas à chasser de mon esprit, malgré tous mes efforts. Jacinthe en fait partie.

— Mais je suis elle aussi...

Les lèvres brûlantes d'Amarante effleurèrent vivement les siennes. Le temps pour lui de reprendre ses esprits, elle s'était fondue dans la foule des porteurs, des vendeurs, des visiteurs pressés et des pêcheurs désœuvrés.

— Au revoir ! lança Oreb en agitant son aile blessée. Bonne chance !

Organsin prit une profonde inspiration et regarda autour de lui. Ici, le lac Limna avait accouché de sa propre ville, dépendante quoique étrangement distincte de la grande cité. Ou, plutôt, le lac avait entraîné un fragment de Viron en se retirant. A une époque lointaine, l'Orilla s'était appelée la rue du Dock... A en juger par son nom, la rue de la Rive s'était un jour confondue avec les quais. Puis le reflux persistant du lac avait donné le jour à la rue de l'Eau. Vingt ou trente ans plus tard, le rivage avait également déserté cette dernière.

Pourtant, le lac était toujours immense. Organsin tenta de l'imaginer tel que l'avaient découvert les premiers colons quand ils avaient pris possession de la ville construite à leur intention à sa pointe nord. Il devait alors faire près du double de sa taille actuelle. Y aurait-il encore un lac à cet endroit dans trois siècles ? Sans doute aurait-il encore perdu la moitié de sa superficie. Sa disparition paraissait inéluctable, que ce fût dans six siècles ou dans mille ans.

Il se mit en marche. Il se demanda ce que la déesse entendait par des « lieux respectables » et où il était le plus susceptible de glaner des renseignements utiles.

Se laissant guider par ses souvenirs, il enfila une ruelle donnant sur la rue du Dock. Ici, une douzaine de bateaux de pêcheurs déversaient leur moisson argentée de truites, d'aloses, de perches et de brochets ; les rôtisseries servaient un poisson plus frais que les meilleurs restaurants de la ville pour un prix dix fois moindre et les auberges pimpantes rivalisaient de séduction auprès d'éventuels clients, prêts à renoncer aux commodités de la ville pour l'assurance d'un souffle d'air au plus fort de l'été, et des amateurs de baignade, de pêche ou de plaisance en toute saison.

L'affiche qu'il avait remarquée au départ de la ville, offrant aux «jeunes hommes robustes» un statut de garde à temps partiel était parvenue jusqu'ici. En relisant le texte, Organsin ne put s'empêcher de songer aux sombres présages exprimés par les entrailles de la génisse. Mais personne n'évoquait encore l'éventualité d'une guerre, à part les dieux et cette affiche. Les deux dernières lignes du texte avaient été biffées à l'encre noire et remplacées par la mention : *au juzgado de Limna.*

Il se fit brusquement la réflexion que Limna aurait fait une excellente base d'opérations pour une armée en campagne contre Viron : elle offrait un rempart contre le sud et le lac constituait une réserve presque inépuisable de nourriture et d'eau potable. Pour le coup, l'intérêt manifesté par Héron à l'annonce de la visite des conseillers et de leur entrevue avec le commissaire n'avait rien d'étonnant.

— Têtes poisson !

Oreb se laissa tomber de son épaule. Avec une agilité surprenante, il se précipita vers la jetée toute proche pour becqueter des rebuts de pêche.

— Enfin des têtes de poisson, murmura Organsin pour lui seul. Et aussi des tripes.

Il s'avança sur la jetée, admirant les évolutions d'un essaim de barques dont les voiles neigeuses émaillaient l'azur parfait du lac, et médita sur le repas d'Oreb : ces poissons étaient à Scylla, patronne et protectrice de la cité. Dans sa magnanimité, celle-ci autorisait ses adorateurs à puiser dans son vivier. Si la dévotion pour Scylla était toujours aussi forte à Viron, bien que sa dernière apparition à une

Fenêtre Sacrée remontât à au moins deux générations, qu'en était-il ici ?

Il rejoignit Oreb, s'assit sur une bitte d'amarrage, ôta son bandage et en cingla les planches gondolées de l'embarcadère.

A supposer qu'Héron ait fait le vœu d'ériger une stèle à Scylla sur la berge du lac... S'il était capable d'offrir un azoth à une de ses informatrices, il avait certainement les moyens de payer une stèle. Organsin estima qu'il était possible d'ériger un monument modeste, quoique très convenable, pour moins de mille cartes. Dans ce cas, Héron aurait très bien pu demander conseil à son directeur spirituel — c'est-à-dire lui-même — pour le choix d'un site. Encore mieux : à supposer que l'heureux bienfaiteur fût le commissaire d'Amarante... Nul ne mettrait en doute la capacité d'un commissaire à financer la construction d'un lieu de piété.

— Bon ! Bon !

Oreb avait fini de festoyer. Debout en équilibre sur une patte, il se grattait le bec de son autre patte.

— Ne salis pas ma robe, le gronda Organsin, ou je vais me fâcher.

Tout en remettant son bandage, Organsin tenta de s'imaginer dans la peau du commissaire : deux conseillers lui avaient donné rendez-vous au lac pour une conférence secrète, peut-être sur des questions militaires. La logique voulait qu'il se rendît à Limna en flotteur et que, une fois sur place, il abandonnât ce moyen de transport pour un autre moins voyant. Pour mieux canaliser ses pensées, Organsin pointa l'index sur son oiseau (une méthode qu'il utilisait fréquemment au palæstra) :

— Peut-être a-t-il loué un âne, comme Alque et moi l'autre nuit.

Un petit bateau se dirigeait vers l'appontement.

Un homme aux cheveux gris tenait la barre pendant que deux jeunes garçons ferlaient sa voile unique.

— Mais bien sûr!

Oreb fixa sur lui un œil interloqué.

— Il a dû louer un bateau, Oreb. Avec peut-être un ou deux membres d'équipage. Un bateau est plus rapide qu'un âne ou même qu'un cheval. Il est susceptible de transporter plusieurs passagers en n'importe quel point du rivage.

— Organsin, bon?

Oreb cessa de lisser les plumes de son poitrail et tourna sa tête fine vers Organsin:

— Va bien?

— Non, je me trompe: il en aurait été de sa poche, et puis l'équipage aurait pu trahir sa confiance. Mais la ville possède sans doute des bateaux. Grimpe sur mon épaule, oiseau sans cervelle. Nous allons au juzgado.

Organsin finit par retrouver la carte de visite de l'avocat dans une de ses multiples poches:

— Rue de la Rive... Son cabinet se trouve dans la même rue que le juzgado. C'est sûrement très pratique, quand il doit plaider.

Quand la porte du grand hangar s'ouvrit, le vieux constructeur de cerfs-volants leva vers elle un visage étonné.

— Excusez-moi, dit le petit homme à la barbe grise, debout sur le seuil. Je ne savais pas que vous étiez là.

— Je ramassais mes affaires avant de m'en aller, expliqua le vieil artisan.

Pendant une seconde, il se demanda si Musc n'avait pas envoyé quelqu'un pour le surveiller, au cas où il aurait eu l'intention de voler.

— J'ai entendu parler du cerf-volant. C'est vous

qui l'avez fait ? Tout le monde dit qu'il était très beau.

— Beau ? Certainement pas, répliqua l'artisan en nouant une corde autour d'un faisceau de baguettes souples. Mais j'ai fait ce qu'on m'a demandé, et c'était un des plus gros que j'aie jamais fabriqués.

— Je suis le docteur Héron, reprit le petit homme. J'aurais dû me présenter plus tôt.

Il souleva une lampe à huile et la secoua délicatement :

— Presque pleine. Vous avez été payé ?

— En totalité, précisa l'artisan en tapotant sa poche. Musc m'a donné une lettre de change pour le fisc. J'imagine que c'est Sangre qui vous envoie ?

— Tout juste. Il m'a prié de passer vous voir avant de partir avec Musc, les gardes et quelques-uns des serviteurs.

— Ils ont pris tous les flotteurs, acquiesça l'artisan. Et aussi les altimons. C'en était plein, là-dedans. Veut-il que j'aille le voir avant mon départ ? Musc ne m'en a rien dit.

— Pas que je sache, répondit Héron en souriant. Le portail est grand ouvert et on a renvoyé le talus. A moins que vous ne préfériez attendre son retour ? Peut-être vous fera-t-il alors raccompagner par un des chauffeurs. Au fait, où sont-ils allés ? Personne ne m'a rien dit.

A force de fourgonner, le constructeur de cerfs-volants finit par dénicher sa tarière sous un ballot d'étoffe.

— Au lac, à ce que j'ai cru comprendre.

— Dans ce cas, je crains qu'ils n'en aient pour longtemps, remarqua Héron sans se départir de son sourire.

Il referma la porte derrière lui et regagna la villa d'un pas pressé. C'était le moment ou jamais ; l'occasion était trop belle. La porte de l'office était restée ouverte, ainsi que celle de la cave.

Celle-ci était profonde et très sombre. Des valets lui avaient un jour confié qu'il en existait une seconde encore au-dessous. Il fit une halte à la moitié de l'escalier et leva sa lampe.

Vide. Des machines rouillées, disparaissant sous la poussière. Et...

Il dévala les dernières marches et s'approcha en courant presque. Des conserves : des pêches au vin et des pickles, sans doute aussi anciens que la villa.

Il y avait longtemps qu'il avait conclu à l'absence de sentinelle à l'entrée des tunnels. En revanche, la porte était certainement verrouillée ou barrée de l'intérieur. Peut-être même était-elle cachée... Il devina un second escalier derrière une rangée d'étagères. Des traces de pas se dirigeaient vers celui-ci, bien visibles dans la poussière.

A peine quelques marches, puis une porte fermée à clé. Pendant quelques secondes qui lui parurent une éternité, son rossignol explora la serrure. Enfin, le pêne coulissa.

Le grincement des charnières activa une lumière que sa perpétuelle torpeur avait réduite à l'intensité d'un lumignon. A la faveur de cet éclairage nébuleux, il distingua au moins cinq cents bouteilles dans des casiers, des caisses de fine, d'eau-de-vie et de rhum empilées, des tonnelets de bière. Il déplaça quelques-uns de ces derniers, examina le sol au-dessous, puis tout autour, et sonda enfin les murs.

Rien.

— Eh bien, eh bien, eh bien, murmura-t-il. Et un coup à boire pour le travailleur de force !

Ayant repéré une bouteille noire apparemment destinée à la dégustation, il la déboucha, but une longue gorgée d'un arac pâle et ardent, la reposa puis procéda à une nouvelle inspection.

Rien.

Il referma doucement la porte de la cave derrière lui et tourna la poignée dans le sens des aiguilles d'une montre. Le couinement assourdi du pêne lui évoqua le souvenir pénible d'un petit chien que Musc avait un jour torturé sous ses yeux.

Un moment, il fut tenté de laisser la porte sans la verrouiller, histoire de gagner du temps. A supposer qu'on s'en aperçoive un jour, on accuserait la négligence de quelque domestique. La prudence, jointe au résultat d'un entraînement intensif, l'incita finalement à tout laisser dans l'état où il l'avait trouvé.

Avec un soupir, il glissa le rossignol dans la serrure et fut récompensé par un léger déclic.

— Très habile...

Il fit volte-face. Quelqu'un (dans la pénombre épaisse de la cave, il distingua un grand et bel homme aux cheveux blancs) l'observait du haut des marches.

— J'espère que vous me reconnaissez ?

D'un mouvement si rapide qu'il en était presque invisible, Héron laissa tomber ses outils, dégaina et tira. Le *crac, crac, crac* de son pointeur retentissait étrangement dans ce lieu exigu.

— Votre arme est impuissante contre moi, l'avertit le conseiller Lémur. Approchez et confiez-la-moi. Ensuite, je vous conduirai là où vous tentiez de vous introduire.

— Au printemps dernier, vous avez dû recevoir la visite d'un commissaire, expliqua Organsin à l'employée rondelette assise derrière son bureau. Vous avez gracieusement mis à sa disposition une embarcation légère. Je ne vous demande pas le même service, ajouta-t-il avec un sourire compréhensif. Je ne prétends pas aux mêmes honneurs qu'un commissaire.

— Vous avez dit au printemps, pater ? Un commissaire de la ville ? demanda la femme d'un air surpris.

Organsin se pencha un peu plus vers elle, regrettant de n'avoir pas soutiré des détails plus précis à Amarante :

— Le commissaire Simuliid ; un homme extrêmement important. Il est grand et, hum... corpulent ? reprit-il en imitant le ton mielleux du *prochain ami* de sa Connaissance. Il porte une moustache.

Devant l'absence de réaction de l'employée, il ajouta en désespoir de cause :

— Une moustache très seyante, je dois dire. Quoique...

— Le commissaire Simuliid, pater ?

Organsin opina vigoureusement.

— Mais c'était il y a à peine deux mois, trois au maximum... Je me souviens qu'il faisait très chaud. Il était coiffé d'un grand chapeau de paille. Il avait aussi une canne, plus grosse que la vôtre. Mais ce n'était pas un bateau qu'il voulait. Si ç'avait été le cas, nous nous serions empressés de le satisfaire.

Elle mordillait son crayon tout en réfléchissant :

— Non, il a demandé quelque chose que nous n'avions pas, mais je ne sais plus ce que c'était.

— Pauvre ! compatit Oreb en penchant la tête.

— Certes, approuva Organsin. Vous avez bien dû regretter de ne pouvoir l'obliger.

— Pourtant, je me rappelle qu'il est reparti satisfait.

— Le fait est que je ne l'ai pas entendu se plaindre de vous, remarqua Organsin, affectant les manières d'un augure habitué à fréquenter les commissaires.

— Vous n'avez aucune idée de ce qu'il voulait, pater ?

— Je pensais qu'il aurait demandé un bateau : le panorama de la rive est tellement ravissant... A ce propos, je me suis dit qu'un bienfaiteur pourrait avoir l'idée d'édifier un temple à Scylla sur ce rivage. Tel que je connais le commissaire, je ne serais pas étonné qu'il y ait songé.

— Vous êtes sûr qu'il n'a pas plutôt l'intention de le faire agrandir ? Nous en avons déjà un tout près d'ici. Il n'est pas rare que des gens importants viennent de la ville pour s'y recueillir.

— Mais bien sûr ! s'exclama Organsin en faisant claquer ses doigts. Un édicule pour pratiquer l'hydromancie... Comment n'y ai-je pas pensé plus tôt ?

— Pas couper ? croassa Oreb.

— Pas toi, le rassura Organsin. Où ce temple se trouve-t-il, ma fille ?

— Où... ?

Un sourire éclaira brusquement le visage de l'employée :

— Ça y est, ça me revient ! Le commissaire m'a demandé un plan afin de s'y rendre. Je lui ai indiqué le chemin des Pèlerins : vous longez la baie vers l'ouest puis vous escaladez le promontoire. Ça grimpe sacrément mais l'itinéraire est balisé de pierres blanches, aussi vous ne pouvez pas vous perdre. Le temple ne figure pas sur cette carte, précisa-t-elle en déployant celle-ci sur son bureau, mais je vais vous montrer où il est. Le lac est en bleu et ces hachures noires indiquent Limna. Vous voyez la rue de la Rive ? Le temple se trouve juste là, à l'emplacement de mon doigt. Le chemin des Pèlerins suit la falaise de ce côté. Vous comptez vous y rendre bientôt, pater?

— A la première occasion, assura Organsin.

Il paraissait évident que Simuliid avait lui-même accompli le pèlerinage; la question était de savoir si Héron l'avait imité.

— Je vous remercie de votre patience, ma fille. Ne m'avez-vous pas dit que les conseillers eux-mêmes allaient parfois se recueillir auprès de ce monument? Un de mes amis, le docteur Héron... Mais peut-être le connaissez-vous? J'ai cru comprendre qu'il faisait de fréquents séjours au bord du lac.

— Les conseillers? Oh! non, pater, dit l'employée en secouant la tête. Ils sont trop vieux.

— Dans ce cas, le docteur Héron m'aura mal renseigné. J'aurais pourtant juré qu'il tenait ses informations de vous. Un petit homme avec une barbiche grise.

— Je ne crois pas l'avoir jamais vu, pater. Mais je ne pense pas non plus que les conseillers montent là-haut. Il a dû confondre avec les commissaires. Nous en avons reçu plusieurs, ainsi que des juges. Quelquefois, ils demandent à s'y rendre en bateau. On leur répond alors que c'est impossible: on ne peut y accéder que par la falaise. Pas moyen non plus d'y aller à cheval. C'est sans doute pour ça que les conseillers n'y vont pas. Pour ma part, je n'en ai jamais vu aucun.

Qui pouvait se targuer d'avoir jamais vu un conseiller? songea Organsin en quittant le juzgado. A force de contempler leurs portraits dans tous les lieux publics, chacun avait l'impression de les avoir rencontrés en chair et en os. Mais ce n'était qu'une illusion.

Pourtant, Simuliid leur avait parlé, lui. C'est du

moins ce qu'il avait dit à Amarante. Sans doute pas au temple de Scylla, puisqu'ils n'y montaient pas. Dans un restaurant, peut-être, ou sur un bateau.

— Pas couper ? insista Oreb, visiblement inquiet.

— Il n'en est pas question. D'ailleurs, ces lieux de pèlerinage ne sont pas destinés à la pratique des sacrifices mais plutôt à la méditation.

A en croire l'employée du juzgado, diverses personnalités politiques de Viron figuraient parmi les habitués de ce temple. Étonnant : s'ils affectaient volontiers un vernis de piété, les politiques n'étaient pas réputés pour la profondeur de leur sentiment religieux. Tout le monde, excepté Rémora, s'accordait à reconnaître le peu d'influence du prolocuteur sur le gouvernement de la cité.

Avec ça, Alque avait fait allusion à l'embonpoint de Simuliid, le traitant même de « gros plein de soupe ». Comment cet homme serait-il monté à pied au temple de Scylla, de surcroît par une forte chaleur ?

Organsin jetait des regards distraits à l'intérieur des boutiques tout en marchant. Il était possible que Simuliid se soit vanté auprès d'Amarante, auquel cas celle-ci avait bien mal gagné ses cinq cartes.

— Quelque chose ne colle pas, Oreb. Nous avons un rat dans les lambris, si tu vois ce que je veux dire.

— Pas bateau ?

— Ni bateau, ni docteur, ni conseillers. Ni argent, ni mantéion. Avec ça, je suis un incapable... Je me demande bien ce que l'Autre me trouve.

Pourtant, les dieux immortels n'avaient pas pour habitude de se fier à des impressions... Les dieux *savaient*.

Il suivait la rue de la Rive, marchant sans but précis, quand il eut la surprise de la trouver barrée par un rocher assez gros, peint en blanc et grossièrement sculpté à la ressemblance de Scylla, la déesse aux bras multiples et tentaculaires.

Il s'approcha de l'idole afin de l'examiner et découvrit une prière versifiée à ses pieds. Ayant tracé le signe de l'addition, il implora l'aide de la déesse puis il récita la prière, amusé de constater une ressemblance fortuite entre les traits de la déesse, telle qu'elle était représentée sur le rocher, et ceux de l'aimable employée du juzgado.

Les membres de l'Ayuntamiento ne montaient jamais au temple, avait dit celle-ci. Mais elle-même, y était-elle en permanence pour dire qui le fréquentait ou pas ?

Il s'aperçut tout à coup qu'une demi-douzaine de personnes s'étaient arrêtées pour le regarder prier. Quand il se retourna, un homme trapu d'à peu près son âge lui demanda, en s'excusant, s'il avait l'intention de faire le pèlerinage au temple.

— Je demandais justement son avis à la déesse, expliqua-t-il. Il y a quelques minutes à peine, j'ai promis de m'y rendre à la première occasion mais je ne sais trop quel sens donner à ce mot. Il existe une chance, même infime, pour que ce pèlerinage serve le dessein qui m'a conduit ici. Dans ce cas, je suis forcé d'y aller.

— Vous feriez mieux de renoncer, pater, lui conseilla une jeune femme. Par cette chaleur…

— Bonne ! murmura Oreb.

— Ma femme, Cerfeuil, précisa l'homme. Mon nom est Coypou. Nous avons fait le pèlerinage à deux reprises.

Organsin allait engager la conversation mais Coypou le coupa :

— On sert des boissons fraîches, là-bas. Si vous comptez monter au temple aujourd'hui, vous avez intérêt à bien vous hydrater d'abord. Nous serions très heureux de vous offrir un verre. Mais vous feriez mieux de renoncer à votre projet.

— Soif!

Cerfeuil éclata de rire.

— Silence, Oreb, gronda Organsin. Tu n'es pas le seul dans ce cas.

Organsin fut surpris par la pénombre et l'agréable fraîcheur qui régnaient à l'intérieur de la taverne.

— Vous pouvez commander de la bière, des jus de fruits — même du lait de coco — ou de l'eau de source, lui dit Coypou. Ce que vous voudrez.

Puis, s'adressant au serveur qui était sorti de l'ombre à leur entrée :

— Ma femme prendra un jus d'orange amère et moi une bière bien fraîche. Et vous, pater ?

— De l'eau de source, je vous prie. Avec deux verres, si possible.

— Nous avons vu votre portrait à la craie sur une palissade, lui confia Cerfeuil, il n'y a pas cinq minutes : un augure avec un oiseau sur l'épaule, très ressemblant. Au-dessus de votre tête, l'artiste a écrit : « Organsin est ici ! » Et hier, en ville, nous avons lu : « Organsin pour caldé ».

— Je n'ai pas vu le portrait avec l'oiseau, dit Organsin avec un sourire forcé, mais je crois deviner qui en est l'auteur. Elle aura affaire à moi.

Le serveur déposa trois bouteilles embuées sur la table ainsi que quatre verres et inscrivit le total sur une ardoise. Coypou tâta le flanc de sa bouteille et sourit :

— Le scyldi, l'affluence est telle que les boissons n'ont pas le temps de rafraîchir. Celles-ci ont dû séjourner un bon moment dans la citerne.

— Le sous-sol est toujours froid, acquiesça

Organsin. J'imagine la nuit entourant le méande comme un hiver infini.

Coypou lui lança un regard interdit tout en débouchant le jus de fruits de son épouse.

— Ne vous êtes-vous jamais demandé ce qu'il y avait au-delà du méande, mon fils ?

— Vous voulez dire ce qu'on trouverait en creusant ? De la terre, non ?

Organsin secoua la tête et ouvrit sa propre bouteille :

— Le plus ignare des mineurs en sait plus long que vous, mon fils. Même un fossoyeur vous dirait que le sol dans lequel nous creusons ne dépasse guère la taille d'un homme en épaisseur. En dessous, on trouve de l'argile et du gravier et, encore en dessous, de la pierre ou de la roche vaissalienne.

Tout en réfléchissant, Organsin versa de l'eau fraîche dans un verre pour Oreb.

— Sous cette roche — qui n'est pas aussi épaisse qu'on pourrait le croire — gît le néant... Une nuit sans limites qui s'étend dans toutes les directions.

Il fit une pause, le temps d'emplir son propre verre.

— Toutefois, cette nuit est émaillée de particules lumineuses. On m'a dit un jour ce qu'elles étaient mais je l'ai oublié.

— Je croyais que c'était juste que la chaleur ne pouvait pas atteindre aussi profond.

— Pourtant, elle pénètre dans le sol plus profond que cette citerne et même que les puits de mon mantéion. En fait, elle rayonne jusqu'aux confins du méande et là, elle se perd dans la nuit glacée. Sans le soleil, nous serions tous morts de froid.

Il regarda Oreb tremper le bec dans son verre avant de boire le sien.

— Merci à tous les deux. C'est un délice.

— Loin de moi l'idée de contester les bienfaits du soleil, pater... mais il n'est pas non plus sans dangers, objecta Cerfeuil. Si vous avez réellement l'intention de monter au temple, attendez au moins que la chaleur décline. Tu te rappelles la dernière fois, Coypou ?

— Notre premier pèlerinage date de l'automne dernier, pater, reprit son mari. La balade nous avait plu et le point de vue est magnifique depuis là-haut, aussi nous étions décidés à recommencer cette année. Le temps de se décider, les figues étaient déjà presque mûres. Et encore, il faisait moins chaud que maintenant. Nous voilà donc en route et plus nous avançons, plus nous avons chaud. Continue, chérie.

— Tout à coup, enchaîna Cerfeuil, je le vois quitter le chemin et se diriger droit vers une ravine. Je lui crie : « Où vas-tu ? Ce n'est pas par là. » Il me répond : « Dépêche-toi de me rejoindre, ou bien nous n'arriverons jamais. » Alors, je lui cours après pour le rattraper.

Organsin eut le pressentiment qu'à l'automne prochain, ils auraient un enfant. Il les imagina dînant tous les trois dans un minuscule jardin, bruissant de paroles et d'éclats de rire. Cerfeuil était loin d'égaler le charme et la beauté de Jacinthe, pourtant Organsin se surprit à envier son époux.

— Soudain, nous voici au pied d'une falaise escarpée. Il ne savait plus où aller. Je lui demande alors : « Où crois-tu aller comme ça ? » Et lui : « Chez ma tante. »

— Je vois.

Organsin avait bu son verre jusqu'à la dernière goutte ; il vida le reste de la bouteille dedans.

— J'ai fini par le ramener au chemin. C'est alors

que j'ai aperçu cet homme qui redescendait du temple. Je lui ai crié de nous aider. Il s'est arrêté et m'a demandé ce qui se passait. Nous avons fait étendre Coypou à l'ombre d'un arbre, un peu plus loin.

— La chaleur, sans doute, dit Organsin.

— Exactement.

— J'étais tout désorienté, acquiesça Coypou. Je m'étais mis dans la tête que nous étions en ville et que nous allions chez ma tante. Je me demandais ce qui était arrivé à la rue.

— Cet homme est demeuré avec nous jusqu'à ce que Coypou se sente mieux. Il nous a dit qu'il avait un début d'insolation, qu'il devait rester couché à l'ombre, boire de l'eau fraîche et manger salé, si possible. Mais nous n'avions aucune provision et nous étions trop loin du lac pour pouvoir redescendre. Il était docteur.

Organsin la regarda, bouche bée :

— Ô dieux...

— Qu'y a-t-il, pater ?

— Et dire qu'il y a des sceptiques... Je devrais vous demander le nom de ce docteur, ne serait-ce que pour la forme, mais c'est inutile.

— De toute manière, je l'ai oublié, avoua Coypou. Pourtant, nous sommes bien restés plus d'une heure à bavarder ensemble.

— Il avait une barbe, reprit Cerfeuil, et il était à peine plus grand que moi.

— Il s'appelle Héron, leur dit Organsin en faisant un signe au serveur.

— C'est ça ! s'exclama Cerfeuil. Un de vos amis, pater ?

— Tout au plus une vague relation. Désirez-vous boire autre chose ? Pour ma part, j'ai encore soif.

Comme ils acceptaient, il reprit à l'intention du serveur :

— C'est moi qui paie... La totalité de l'ardoise.

— Ça fera cinq bits, pater. Dites, vous connaissez ce pater Organsin dont tout le monde parle ?

— Un peu, mais pas autant que je le souhaiterais.

— Paraît qu'une déesse est apparue à sa Fenêtre. On dit qu'il a des pouvoirs magiques.

— La première assertion est exacte mais pas la seconde. Vous avez dit que le docteur Héron était resté un moment à parler avec vous, reprit-il en se tournant vers Cerfeuil et Coypou. Serait-ce abuser de votre bienveillance que de vous demander la teneur de cette conversation ?

— C'est *lui*, pater Organsin, souffla Cerfeuil au serveur. Vous n'avez pas vu son oiseau ?

Organsin déposa six bits sur la table.

— Il voulait savoir si mes parents étaient en bonne santé, répondit Coypou, et il n'arrêtait pas de me toucher le front. Il m'a demandé de quoi était morte ma grand-mère.

— Il nous a posé un tas de questions, ajouta Cerfeuil, et il m'a priée de lui faire de l'air... A Coypou, je veux dire.

Oreb, qui ne perdait pas une miette, agita alors son aile valide comme un éventail.

— C'est ça, mon bel oiseau. Sauf que je me servais de mon chapeau.

— A ce propos, il faut que je songe à m'en procurer un avant de prendre la route. J'en ai vu dans une boutique, tout près d'ici.

Le serveur apporta trois nouvelles bouteilles et trois verres propres.

— La plupart des boutiques en vendent, signala Coypou. Il est facile d'attraper un mauvais coup de soleil, en bateau sur le lac.

— Ou même en se baignant : la plupart des gens se contentent de rester assis sur les rochers, s'esclaffa Cerfeuil. (Elle avait un joli rire, et il était évident qu'elle le savait.)

— Les gens de la ville viennent ici parce qu'ils croient avoir envie d'un bain glacé, reprit-elle. Mais dès qu'ils ont mis un pied dedans, ils se dépêchent d'en sortir.

— J'aimerais bien faire l'expérience un de ces jours, dit Organsin en lui souriant. Le docteur Héron vous a-t-il posé d'autres questions ?

— Il a demandé qui avait fait construire le temple, répondit Coypou. C'est le conseiller Lémur, il y a de ça vingt-cinq ans. C'est inscrit sur une plaque en bronze. Apparemment, le docteur ne l'avait pas remarquée.

— Il a demandé si nous connaissions l'âge des conseillers, et si nous étions au courant de la famine qui sévissait dans certaines villes. Il était d'avis qu'on leur porte secours. J'ai répondu qu'il faudrait d'abord s'assurer que la nourriture était correctement distribuée. Le problème, c'est que beaucoup de ces gens-là stockent leur blé en attendant que les prix montent. Je lui ai dit que la vie était déjà assez chère à Viron, alors si en plus il fallait envoyer du riz à Palustria...

Elle rit à nouveau. Organsin rit en écho tout en glissant la bouteille d'eau intacte dans sa poche. En pensée, il suivait déjà l'itinéraire de pierres blanches montant au temple de Scylla... ce lieu saint qui avait reçu la visite du docteur Héron et du commissaire Simuliid.

Quand il se mit en route, une heure plus tard, le soleil irradiait dans le ciel tel un serpent de feu... un ennemi puissant, néfaste et venimeux. Le chemin des Pèlerins miroitait dans la chaleur. Quand il s'assit sur la troisième pierre afin de recharger le bandage d'Héron, il la trouva aussi brûlante que le couvercle d'une bouilloire. Il s'épongea le front avec sa manche et tenta de se rappeler s'il faisait aussi chaud trois mois auparavant, quand Simuliid avait effectué le pèlerinage. Il lui sembla que la canicule n'avait fait qu'empirer.

— C'est maintenant le pic de la chaleur, expliqua-t-il à Oreb. Sans doute aurait-il été plus sage d'attendre le soir, comme le suggérait Cerfeuil, mais nous sommes censés dîner avec Alque. Si nous sommes capables d'endurer cela, tout nous paraîtra facile ensuite. Et puis, il fera plus frais pour le retour.

Oreb lui opposa un silence inquiet.

— Tu as remarqué l'expression de Coypou quand il m'a vu boiter en quittant la table ? demanda Organsin en claquant une dernière fois son bandage contre le rocher badigeonné de blanc. Quand je lui ai parlé de ma cheville, j'ai cru qu'il allait me retenir de force à Limna.

Il se leva et réfléchit que l'âge et le poids de Simuliid le handicapaient autant, sinon plus, que son entorse.

Quoique balisé, le chemin des Pèlerins était désert, escarpé et pierreux, mais une série de points de vue aussi stupéfiants que vertigineux sur le lac bleu d'acier compensait sa solitude et la chaleur écrasante.

— A supposer qu'un augure accomplisse ce pèlerinage chaque jour de sa vie, qu'il soit malade ou bien portant et par tous les temps, je suis persuadé que Scylla émergerait du lac pour lui apparaître à l'heure de son trépas. Si je n'étais pas en charge de notre mantéion, si les gens du quartier avaient moins besoin de moi et si l'Autre ne m'avait pas confié une mission, j'aurais volontiers tenté l'expérience. Et même si je me trompais, je crois qu'il existe de pires façons de gâcher sa vie.

Oreb lui répondit par un cri rauque tout en jetant des regards curieux autour d'eux.

— Après tout, c'est Scylla qui désigne chaque année les futurs augures.

Il s'accroupit dans l'ombre parcimonieuse d'une corniche afin d'éventer son visage ruisselant avec le chapeau à large bord qu'il avait acheté à Limna.

— Certains, poussés par un idéal de sainteté, parviennent presque aux pieds de la déesse. Parmi ceux-ci, elle en cueille un nombre ni grand, ni petit, mais suffisant pour l'année. D'autres, rebutés par notre idéal de simplicité et de chasteté, s'éloignent d'elle autant qu'ils l'osent. Parmi ceux-là aussi, elle en cueille un nombre ni grand, ni petit, mais suffisant pour l'année. C'est pourquoi les peintres la représentent avec tous ces bras. C'est comme ça qu'elle s'est emparée de moi. Peut-être t'a-t-elle attrapé du même coup, Oreb.

— Moi, pas vue.

— Moi non plus je ne l'ai pas vue, confessa Organsin. Mais j'ai senti son étreinte. J'ai l'impression que cette marche est bénéfique à ma cheville. Penses-tu que je doive sacrifier la canne de Sangre à Scylla ?

— Pas frapper ?

— C'est promis.

— Garder.

— Tu as peur qu'un autre ne la trouve et ne s'en serve pour te frapper ? Ne t'inquiète pas. Je la lancerai le plus loin possible.

Il se leva et s'avança jusqu'à l'extrême bord de la falaise. Cinq cents coudées en contrebas, les vagues venaient se fracasser sur les rochers.

— Que dis-tu de cette offrande à Scylla, Oreb ? C'est sûrement elle qui a mis cet aimable couple sur notre route.

Il se tut. Tel un présent de la déesse, une soudaine bouffée d'air frais avait soulevé sa robe noire, séchant la sueur qui trempait sa tunique.

— Avec Alque et Amarante, nous avons envisagé de livrer Héron à la Garde après lui avoir dérobé son argent. Cette question n'a cessé de me tourmenter depuis. A la limite, j'aimerais mieux trahir la confiance de l'Autre que de m'y résoudre.

— Toi, bon.

— Oui.

Voulant s'appuyer à sa canne, Organsin découvrit qu'elle était en suspens dans le vide. Il recula vivement.

— C'est bien là le problème. Si quelqu'un espionnait une autre cité pour le compte de Viron, je le tiendrais pour un brave et un patriote. A l'évidence, le docteur Héron est l'agent d'une ville étrangère, que ce soit Ur, Urbis, Trivigaunte, Sedes ou Palustria. Ne peut-on pas le considérer aussi comme un patriote ?

— Marcher ?

— Tu as raison. Ne perdons pas notre affaire de vue.

Il demeura toutefois où il était et laissa son regard errer sur le lac :

— Si Scylla agréait mon sacrifice — c'est-à-dire si la canne tombait dans l'eau —, cela signifierait qu'il faudrait laisser la liberté à Héron. Bien sûr, il serait forcé de quitter la ville mais nous ne le donnerions pas aux sauterelles, comme dirait Alque. Mais ceci n'est qu'une superstition indigne d'un augure, reprit-il en martelant le sol de sa canne.

Plutôt procéder à un sacrifice dans les règles, le jour approprié et au pied d'une Fenêtre Sacrée.

— Pas couper !

— Combien de fois devrai-je te répéter que tu n'as rien à craindre ? Tu sais, Oreb, il existe une science appelée hydromancie, consistant à lire la volonté de Scylla dans le mouvement des vagues. Je ne serais pas étonné que le conseiller Lémur y ait songé en faisant édifier le temple où nous nous rendons. Elle est tombée en désuétude depuis près d'un siècle mais à l'époque de la construction du temple, son souvenir devait encore être vivace dans beaucoup de mémoires. Peut-être Lémur avait-il l'intention de la remettre au goût du jour.

L'oiseau ne répondit pas. Organsin demeura encore quelques minutes à contempler les eaux puis il reporta son attention sur les falaises déchiquetées à sa droite.

— Regarde ! On aperçoit le temple d'ici, dit-il en désignant celui-ci de sa canne. Les lignes sinueuses des piliers supportant le dôme évoquent les bras de Scylla.

— Homme, là-haut.

Une silhouette indistincte bougea dans la pénombre bleutée sous la gracieuse coupole de calcédoine. Elle disparut tout à coup. Sans doute le pèlerin inconnu s'était-il agenouillé.

— Bien vu. Quelqu'un devait marcher devant nous. Dommage que nous ne l'ayons pas rattrapé.

Il admira un moment la pureté surnaturelle du temple lointain puis déclara :

— Il se pourrait que nous le croisions quand il redescendra. Dans le cas contraire, il serait plus correct d'attendre qu'il ait achevé ses dévotions. Et cette canne, alors ? Crois-tu que je doive retourner sur mes pas et la jeter ?

— Pas jeter, protesta Oreb en déployant les ailes, comme s'il avait l'intention de s'envoler. Garder!

— Sans doute est-ce plus sage : il se pourrait que ma cheville me fasse souffrir pendant le trajet de retour.

— Organsin, se battre.

— Avec ça ? dit-il en faisant tournoyer la canne. J'ai déjà l'azoth et le pointeur de Jacinthe.

— Se battre ! répéta l'oiseau.

— Avec qui ? Nous sommes seuls ici.

Oreb émit une note longue et grave suivie d'un bref coup de sifflet.

— C'est comme ça qu'on dit « Qui sait ? » dans ton langage ? En tout cas, je ne regrette pas d'avoir emporté ces armes. Au moins, pater Gulo ne risque pas de les trouver. Je suis prêt à parier qu'il a déjà passé ma chambre au peigne fin à l'heure qu'il est. Mais si elles étaient à moi, et non à Jacinthe, je les offrirais volontiers à la déesse en même temps que la canne. Ce serait l'assurance qu'il ne les découvre jamais.

— Lui, mauvais ?

— J'en ai peur. Bien sûr, ce n'est qu'une supposition, ajouta-t-il en regagnant le chemin. Mais j'ai l'impression qu'il appartient à cette race dangereuse entre toutes, celle des hommes persuadés d'être bons.

— Faire attention.

— J'essaierai, promit Organsin sans bien savoir si Oreb se référait à pater Gulo ou au chemin qui longeait le bord de la falaise à cet endroit. Si je ne me trompe pas, ce pater Gulo est l'exact opposé d'Alque : ce dernier se croit mauvais alors qu'il est bon. Je lui dois beaucoup, et je ne parle pas de l'anneau de diamants... Pater Gulo était assez choqué de voir celui-ci, sans compter celui que lui avait remis l'autre voleur. Je n'ose imaginer sa réaction s'il avait découvert l'azoth.

— Homme, partir.

— Pater Gulo ? Si cela ne tenait qu'à moi, je l'aurais déjà renvoyé. Malheureusement, ça ne relève pas de ma compétence.

— Homme, parti, insista Oreb. Pas prier.

— Tu veux parler de cet autre pèlerin ? C'est impossible, à moins qu'il ait sauté. Les abords du temple sont entièrement dégagés et nous ne l'avons pas vu en redescendre.

A la grande surprise d'Organsin, Oreb prit son essor et parvint à se maintenir dans les airs durant quelques secondes avant de regagner son épaule.

— Pas vu, dit-il.

— Il s'y trouve forcément, lui objecta Organsin. Peut-être y a-t-il une chapelle sous le temple. D'ici une demi-heure, nous en aurons le cœur net.

7

LES BRAS DE SCYLLA

— Que les dieux vous bénissent, pater, dit Rémora sitôt que son prothonotaire eut refermé la porte derrière Gulo.

C'était faire beaucoup d'honneur à son visiteur.

— J'en souhaite autant à votre Éminence, lui retourna Gulo en s'inclinant jusqu'à terre. Que la toujours Modeste Molpe, le grand Pas et Scylla l'Incandescente, patronne de la sainte ville de Viron, soient à jamais avec votre Éminence.

Tout en exécutant sa révérence, Gulo n'avait pu s'empêcher de tâter le bracelet et la lettre à travers sa poche. Il se redressa et ajouta :

— J'espère que votre Éminence n'est point souffrante et qu'elle ne juge pas ma visite inopportune ?

— Non, non, se récria Rémora. Pas du tout. Je suis... on ne peut plus heureux de vous voir, pater. Asseyez-vous, je vous en prie. Eh bien, que pensez-vous de... notre jeune ami ?

Gulo logea son corps replet dans un fauteuil de velours noir, tout près de Rémora.

— Je l'ai peu vu jusqu'ici, votre Éminence. Il a quitté le mantéion quelques minutes après mon arrivée et il n'était pas encore revenu quand j'en suis parti. Il m'avait prévenu qu'il ne rentrerait pas avant la nuit. Malgré la brièveté de notre entretien, je dois dire à votre Éminence qu'il a produit une vive impression sur ma personne.

— Ah ! Je vois, dit Rémora en se carrant dans son fauteuil, les mains jointes devant lui. Vous serait-il possible de me faire un compte rendu précis de votre… éphémère conversation ?

— Comme il plaira à votre Éminence. Peu de temps après mon arrivée dans le quartier, un homme m'a confié ceci.

Pater Gulo tira le bracelet de sa poche et le montra à Rémora qui fit la moue.

— J'ajoute que d'autres hommes du même genre se sont présentés à la porte du mantéion depuis lors. Je jurerais qu'ils apportaient des présents similaires, mais ils se sont ravisés en apprenant l'absence de pater Organsin.

— Les avez-vous… sondés, pater ?

— Autant que j'ai cru pouvoir me le permettre, votre Éminence. Ils n'étaient pas hommes à se laisser… sonder trop avant.

Rémora acquiesça d'un grognement.

— Je dois également dire à votre Éminence que lorsque je lui ai fait voir ceci, pater Organsin m'a donné un second bracelet, celui-ci en diamants, en me recommandant de les serrer tous les deux dans sa cassette. Je l'ai trouvé en compagnie d'une femme et d'un autre homme. Il m'a semblé comprendre qu'ils avaient l'intention de se rendre au lac ensemble… Du moins en ce qui concerne pater Organsin et la femme, précisa-t-il en toussant d'un air gêné.

— Vous vous êtes alors fait la réflexion qu'il manquait à tout le moins de retenue, compléta Rémora en s'enfonçant un peu plus dans son fauteuil. Mais sauf à établir l'identité de ces deux personnes, comment préjuger de son degré de culpabilité ?

— Il me les a présentées sous les noms d'Alque et Amarante, votre Éminence, répondit Gulo en se trémoussant sur son siège.

— Faites voir ce... bijou ? commanda Rémora en tendant la main. Inutile de vous dire combien vous avez vous-même manqué de... discernement ? en négligeant d'élaborer une... stratégie ? disons... une méthode d'approche.

— Oui, votre Éminence.

— Vous auriez dû accueillir avec... gratitude ? les offrandes de ces fidèles, pater.

Rémora tourna le bracelet vers la lumière tombant d'un œil-de-bœuf et le balança devant ses yeux.

— Veuillez garder vos excuses.

Gulo baissa la tête, honteux.

— Mais il se pourrait que ces... messieurs ? reviennent... lors d'une nouvelle absence de pater Organsin, par exemple. Vous auriez alors une occasion... unique ? de... restaurer votre crédit, hum ? Croyez bien que je vous le souhaite, pater.

— Je ferai de mon mieux, votre Éminence, assura Gulo en se tortillant.

— Bien. Maintenant, qu'avez-vous à me dire sur Organsin ? Épargnez-vous son signalement physique.

Gulo laissa ses yeux globuleux errer dans le vague, indécis.

— Il m'a paru... déterminé, votre Éminence.

— Déterminé, hum ?

Rémora déposa le bracelet sur une pile de feuilles.

— A faire quoi ?

— Je l'ignore, votre Éminence. Je lui ai trouvé la

mâchoire volontaire et une attitude décidée. Il avait un regard d'acier... A moins que votre Éminence ne juge cette image par trop éculée ?

— Possible, dit Rémora d'un ton sévère.

— Pourtant, elle exprime on ne peut mieux ce que j'ai ressenti à sa vue. Votre Éminence sait qu'Organsin est mon aîné de deux ans...

Rémora opina.

— A la schola, je le trouvais studieux et beau garçon, quoiqu'un peu lent, pour ne pas dire plus. A présent, en revanche...

Rémora balaya le présent d'un revers de manche :

— Vous avez dit, si je ne m'abuse, que pater Organsin avait... levé le camp avec un couple. Étaient-ils mariés, pour autant que vous ayez pu en juger ?

— Cela se pourrait, votre Éminence. La femme arborait une fort belle bague.

Les doigts longs de Rémora tripotèrent le gammadion incrusté de pierreries qu'il portait en sautoir.

— Décrivez-les, je vous prie.

— L'homme était robuste et paraissait un peu plus âgé que moi, votre Éminence. Quoique mal rasé, il était correctement vêtu et portait une épée. Cheveux bruns et raides, reflets roux dans la barbe, yeux noirs et perçants. Plutôt grand. J'ai pu examiner ses mains quand il m'a pris ceci, ajouta-t-il en désignant le bracelet. Des mains exceptionnellement fortes, votre Éminence. Un bagarreur, j'ose le dire... A moins que votre Éminence ne me juge trop imaginatif ?

— Poursuivez, grogna Rémora. Je vous donnerai mon opinion après.

— Son épée... A en juger par le fourreau, elle était longue et recourbée. L'arme idéale pour un tel homme, si votre Éminence voit ce que je veux dire...

— Je doute que vous le sachiez vous-même, rétorqua Rémora. Toutefois, ces détails pourraient s'avérer utiles. Et la femme, hum? Cette... Amarante. Ne vous privez pas d'être imaginatif.

— Extrêmement séduisante, votre Éminence. Environ vingt ans, grande voire athlétique, avec cependant un air de...

D'un geste de la main, Rémora coupa court à l'enthousiasme du jeune augure :

— Des cheveux rouges?

— Eh bien... oui, votre Éminence.

— Je la connais, pater. Je l'ai fait rechercher aujourd'hui. Ainsi, cette... flamboyante créature est retournée chez Organsin ce matin, hein? Il faudra que j'en touche un mot à mes... zélateurs, pater. Voyons encore cette parure, dit-il en reprenant le bracelet. Je suppose que vous n'avez aucune idée de sa valeur? La pierre verte, en particulier?

— Cinquante cartes, votre Éminence?

— Je ne saurais vous le dire. Vous ne l'avez pas fait... estimer? Non, non, n'en faites rien. Remettez-le dans la cassette, hum? Et dites à Organsin... Ah! ne lui dites rien. Je m'en chargerai. En repartant, vous direz à Incus de vous rédiger une convocation pour tardi prochain à son intention. Mais surtout qu'il ne mentionne pas votre visite, hein? Dites-lui aussi de noter le rendez-vous sur mon agenda.

— Bien, votre Éminence.

— Cette... femme. Qu'a-t-elle dit et fait en votre présence? Précisément.

— Mais rien du tout, votre Éminence. Je ne crois pas qu'elle ait seulement ouvert la bouche. Laissez-moi réfléchir.

— Prenez tout votre temps. Et ne négligez aucun détail, vu ?

Gulo ferma les yeux et courba la tête, une main appuyée sur la tempe. Le silence descendit sur la vaste salle depuis laquelle pater Rémora dirigeait les affaires souvent embrouillées du Chapitre. Un Pas bicéphale fixait ses quatre yeux sur le dos de Gulo depuis une toile inestimable, signée de la main de Cameline. La monture d'un garde piaffait d'impatience en bas dans la rue.

Au bout de quelques minutes, Rémora se leva et s'approcha de l'œil-de-bœuf placé derrière son fauteuil. Par son ouverture circulaire, il apercevait les pignons et les tours massives du Juzgado ainsi que le versant ouest du Palatin. Coiffant la plus haute tour, fixée à un mât presque invisible dans l'éclat aveuglant du soleil, flottait la bannière verte de Viron. Au-dessus d'elle, ballottés au gré du vent brûlant, les longs bras blancs de Scylla semblaient lui faire signe. Certains invertébrés agitaient ainsi leurs tentacules au rythme des ondulations de la surface du lac, dans leur quête aveugle et incessante de charognes et de proies vivantes.

— Votre Éminence ? Je crois pouvoir tout vous dire à présent.

Rémora se retourna vers Gulo :

— Excellent, pater. Je suis tout ouïe.

— Comme je l'ai déjà dit à votre Éminence, ce fut bref. Votre Éminence connaît-elle le jardinet de notre mantéion ?

Rémora secoua la tête.

— On peut y accéder depuis l'intérieur du mantéion. J'étais d'abord entré dans celui-ci, pensant y trouver pater en prière.

— Au fait, pater.

— Le milieu du jardin est occupé par une charmille sous laquelle on peut s'asseoir. La femme se trouvait à l'intérieur, presque entièrement cachée par le feuillage. Pater et l'autre homme, Alque, sont venus à ma rencontre mais la femme n'a pas bougé.

— A-t-elle fini par... émerger ?

— Oui, votre Éminence. Nous avons échangé quelques paroles puis pater m'a présenté ses compagnons. C'est alors qu'il m'a annoncé son départ, et son oiseau... Votre Éminence a-t-elle remarqué celui-ci ?

— La femme, pater...

— Elle est sortie au même moment. Pater lui a dit quelque chose comme : « Amarante, voici pater Gulo. » Elle a souri et m'a salué de la tête.

— Ensuite, pater ?

— Ils sont partis, votre Éminence. Les trois ensemble. Pater a dit à son oiseau : « En route pour le lac ! » Juste comme ils franchissaient le portail, le dénommé Alque a dit : « Je vous souhaite d'apprendre quelque chose mais si vous rentrez bredouilles, pas la peine d'en faire une virgule. » La femme n'a rien dit.

— Sa robe, pater ?

— Noire, votre Éminence. Au premier abord j'ai cru que c'était un habit de sibylle, mais ce n'était qu'une robe de laine noire comme en portent les élégantes l'hiver.

— Vous avez mentionné une bague.

— Oui, votre Éminence. Elle avait aussi un collier et des boucles d'oreilles en jade. Si j'ai surtout remarqué sa bague, c'est qu'elle étincelait de mille feux quand elle a écarté le feuillage de la tonnelle. Une grosse pierre rouge, genre escarboucle, sur une monture en or toute simple. Si votre Éminence voulait bien me confier...

— ...en quoi elle nous est... précieuse? Il se pourrait qu'elle ne le soit pas tant que ça.

Avec un soupir, Rémora repoussa son fauteuil et retourna à la fenêtre. Gulo se leva à son tour, par excès de courtoisie.

— Mais le contraire est également possible... Vous brûlez de servir les dieux, n'est-ce pas, pater?

— En effet, votre Éminence.

— Et aussi de vous élever dans la hiérarchie, m'a-t-il semblé? Peut-être même vous voyez-vous déjà dans la robe d'un prolocuteur?

— Oh! votre Éminence, protesta Gulo en rougissant comme une fille. Je ne... Ce serait...

— Mais si, mais si. Tous les jeunes augures en rêvent. Moi aussi je l'ai fait. Mais avez-vous songé que d'ici à ce que vous commenciez seulement à exister à leurs yeux, ceux que vous souhaitez... impressionner seront tous morts? Oubliés de tous hormis des dieux... et de vous-même, mon cher enfant. Et qui peut se porter garant des intentions des dieux, je vous le demande?

Gulo jugea plus sage de ne pas répondre.

— Vous n'avez aucune chance de progresser dans cette voie, pater. Pas de mon vivant, ni même de celui de mon successeur. Vous le savez, n'est-ce pas? Seul un idiot en douterait.

Faute de pouvoir s'enfuir, le pauvre Gulo se trouva forcé d'acquiescer. Le coadjuteur se retourna alors vers lui :

— Je ne peux parler au nom de mon successeur, bien sûr. Mais en ce qui me concerne, j'espère un règne encore plus long que celui du vieux Quetzal.

— Je le souhaite de toute mon âme à votre Éminence.

— Ses appartements sont par ici, reprit Rémora avec un geste vague de la main gauche. A cet étage même du palais. Orientés au sud, avec vue sur le jardin. Un jardin plus vaste que celui de pater Organsin, gloussa-t-il. Avec des fontaines, des statues, de grands arbres... Tout ça.

— Je n'ignore pas sa splendeur, votre Éminence.

— Son règne dure depuis trente-trois ans. Vous êtes une centaine à peu près du même âge, pater. Dont certains mieux... introduits ? que vous ne l'êtes. Je... suggère à votre ambition une route moins tortueuse et une cible plus accessible.

Rémora regagna son fauteuil et fit signe à Gulo de se rasseoir.

— Que diriez-vous d'un jeu, à présent ? Un simple divertissement, pour nous faire oublier la chaleur. Choisissez une ville, pater. N'importe laquelle hormis Viron. C'est très sérieux. Comment la voulez-vous ? Grande ? Belle ? Riche ? Laquelle, pater ?

— Palustria, votre Éminence.

— Chez les moricauds ? Bien. Maintenant, imaginez-vous à la tête du Chapitre de Palustria. Mettons d'ici une petite décennie. Vous n'en seriez pas moins soumis à l'autorité du prolocuteur... A l'autorité de Quetzal, ou plus probablement la mienne. Cette perspective vous paraît-elle alléchante, pater ? Vous n'êtes pas obligé de me répondre.

— Votre Éminence... ?

— Je n'en ai pas la moindre idée. Et la sécheresse, pater ? Y avez-vous songé ? Impossible d'y échapper. Dans quelle mesure Palustria en a-t-elle souffert jusqu'ici ?

— On prétend que la récolte de riz est perdue, votre Éminence. Il est exact qu'on n'en trouve plus guère ici sur le marché.

— La famine menace, acquiesça Rémora. L'armée tente de… refréner la populace. Un de vos oncles est militaire, me semble-t-il ?

Surpris par ce brusque virage dans la conversation, Gulo balbutia :

— Euh… en effet, votre Éminence.

— Major dans la seconde brigade. Demandez-lui où se trouve notre armée, pater. Peut-être avez-vous déjà surpris quelques… propos de table ? Eh bien ?

— En réserve, votre Éminence. Sous terre. Pour l'heure, la Garde suffit aux besoins de Viron.

— Précisément. Mais il n'en est pas de même partout. Nous sommes tous mortels, n'est-ce pas ? On vieillit, comme sa Connaissance. Puis vient l'heure du départ pour l'Unité Centrale. Les chimios durent plus longtemps. Pensez-vous qu'ils soient éternels ?

— Je ne me suis jamais posé la question, votre Éminence. Mais je dirais…

— Vous seriez bien inspiré de vous le demander, pater, insinua Rémora avec un demi-sourire en coin. Il est doux de savoir que les… bras de Scylla sont comme neufs, vous ne trouvez pas ? Ou presque. Pas comme ceux de… Palustria, par exemple. Et de tant d'autres. Des soldats et des armes presque neufs. Pensez-y, pater.

Rémora se redressa et appuya ses coudes sur son écritoire :

— Qu'avez-vous encore à me dire ?

— Votre Éminence parlait d'armes… Justement, j'ai trouvé une pochette de pointes. Vide.

— Une pochette de pointes, pater ? Je crains de ne…

— Pas des clous, ajouta Gulo en hâte. Des munitions pour un pointeur, votre Éminence. Dans un des tiroirs de pater, sous du linge.

— Il convient en effet de ne pas... négliger ce détail, dit Rémora d'une voix lente. Je, hum... Pas de question. Rien d'autre ?

— Hélas si, votre Éminence... Cette missive, dit Gulo en fouillant dans sa poche. Elle provient...

— Je vois que vous l'avez... décachetée ? remarqua Rémora avec un sourire encourageant.

— Écrite par une femme, votre Éminence. Outrageusement parfumée. Je crois avoir agi au mieux des circonstances. J'espérais sincèrement y découvrir la preuve qu'elle émanait d'une sœur ou de quelque parente, votre Éminence. Sans quoi...

— Vous avez l'esprit de décision, pater. C'est bien. Ne dit-on pas que Sphigx sourit aux audacieux ? Elle n'est pas de cette... Amarante ? demanda Rémora en examinant la suscription.

— Non, votre Éminence, d'une autre femme.

— Lisez-la-moi, pater. Sans doute êtes-vous plus entraîné que moi à déchiffrer ces... gribouillages. Pour ma part, je préfère m'en abstenir.

— J'ai peur que votre Éminence n'en conclue que pater Organsin s'est compromis. J'espère...

— J'en jugerai par moi-même. Lisez, voulez-vous ?

Gulo s'éclaircit la voix et déplia la lettre :

— « Mon puceron adoré : si je t'appelle ainsi, ce n'est pas parce que tu as sauté par ma fenêtre, mais pour l'impatience avec laquelle tu as bondi dans mon lit. Tu n'imagines pas comme ton bourgeon s'est langui sans nouvelles de toi... »

— Bourgeon, pater ?

— Une sorte de concubine, je suppose, votre Éminence.

— Je vois... Poursuivez, pater. Avez-vous d'autres... révélations à me faire ?

— Hélas, votre Éminence. « Tu aurais pu m'en

faire parvenir par l'ami très cher qui t'a apporté mon cadeau. »

— Faites-moi voir ceci, dit Rémora en tendant la main.

Gulo lui fit passer la lettre froissée. Rémora se pencha dessus, les sourcils froncés :

— « J'attends avec impatience tes... remerciements » ? C'est bien ça ? « Et plus encore à notre prochaine... rencontre. » J'ignorais qu'il fût possible d'écrire aussi mal. « Sur le Palatin, là où on voit Thelx... » J'imagine qu'elle a voulu dire Thelxiepeia mais qu'elle n'était pas sûre de l'orthographe. « ... Thelx avec un miroir. *Hiéradi prochain.* » Ceci étant souligné. Signé : Jacinthe.

Rémora tapota le papier de son ongle exagérément long :

— Eh bien, pater ? Où... ?

— Je n'en sait rien, votre Éminence, renchérit Gulo en secouant la tête.

— Il est probable qu'il s'agit d'une... villa. Une... résidence privée. *Incus !* brailla Rémora par-dessus l'épaule de son interlocuteur.

Un petit augure à la mine sournoise apparut avec une rapidité qui aurait pu le faire soupçonner d'écouter aux portes.

— Savez-vous où on peut trouver une représentation de Thelxiepeia avec un miroir ? Vous l'ignorez ? Procédez à une enquête. Vous m'en communiquerez les résultats demain... au plus tard à l'heure du déjeuner. Ce ne doit pas être très compliqué, non ? Et apportez-nous un sceau avec, hum... un cœur, un baiser ou quelque chose dans ce style, ajouta-t-il en jetant la lettre à Incus.

— Tout de suite, votre Éminence.

— Vous ne connaissez pas la méthode pour...

épargner le cachet? reprit-il à l'adresse de Gulo. Incus vous l'apprendra.

Sitôt son prothonotaire sorti, Rémora se leva :

— Vous vous en retournerez dès qu'il en aura fini. Avec la lettre. Si pater n'est pas encore rentré, déposez-la sur la cheminée. Dans le cas contraire, dites-lui, euh... que quelqu'un vous l'a remise dans la rue. Bien entendu, vous l'avez à peine regardée, hum?

— Naturellement, votre Éminence, marmonna Gulo en hochant tristement la tête.

Rémora se rapprocha afin de scruter son visage :

— Quelque chose vous... trouble, pater? Dites.

— Votre Éminence, comment un augure assermenté, un homme de la valeur de pater Organsin a-t-il pu se compromettre ainsi? Avec une créature aussi immonde. Et malgré ça, une déesse... Je conçois que votre Éminence ait jugé bon de le faire surveiller mais quand même, une théophanie...

— Le vieux Quetzal a coutume de faire observer que les dieux n'ont d'autres règles que leur bon plaisir, pater.

— Je n'en doute pas, votre Éminence. Mais quand l'augure en question...

Rémora le fit taire d'un geste :

— Peut-être entrerons-nous un jour dans le secret des dieux, pater. En temps voulu. A moins qu'il n'y ait pas de secret. Vous étiez sérieux, à propos de Palustria?

Gulo se contenta d'opiner de la tête.

— Excellent. Maintenant, dites-moi un peu ce que vous savez des caldés.

— Les caldés, votre Éminence? Je sais seulement que le dernier est décédé avant ma naissance et que l'Ayuntamiento n'a jugé personne digne de lui succéder.

— En conséquence, ils l'ont eux-mêmes remplacé. Comprenez-vous ce que cela signifie, pater ?

— Il me semble que oui, votre Éminence.

— Je l'ai connu, reprit Rémora en se dirigeant vers une imposante bibliothèque à l'autre bout de la pièce. Le dernier caldé... Un homme tonitruant, tyrannique, tumultueux. La populace en raffolait, comme il se doit.

Il choisit un mince volume relié en cuir fauve et retraversa la salle afin de le laisser tomber sur les genoux de Gulo :

— La Charte. Rédigée par Scylla et corrigée par Pas. Jetez un coup d'œil à la clause numéro sept. Est-ce que rien ne vous choque ?

Le silence retomba sur la vaste salle au mobilier austère pendant que le jeune augure se penchait sur le livre. Dans la rue, des petits porteurs se chamaillaient à la manière des moineaux, avec davantage d'invectives que de horions. Comme la lecture s'éternisait, Rémora s'approcha de la fenêtre afin de les observer. Enfin, Gulo releva la tête :

— Elle limite le mandat des conseillers à trois ans, votre Éminence. Sans doute cette disposition a-t-elle été suspendue ?

— Un euphémisme fort délicat, pater. Vraiment, vous feriez merveille à Palustria. Quoi d'autre ?

— Je lis que le caldé est nommé à vie et a la possibilité de désigner son successeur.

— Veuillez le ranger, je vous prie. Qu'en est-il à présent ? Plus de caldé. Pourtant, la loi est toujours en vigueur. Êtes-vous au courant du commerce des embryons congelés, pater ? De nouvelles races de bétail, d'animaux exotiques, voire d'esclaves, comme à Trivigaunte... A votre avis, d'où proviennent-ils ?

Gulo se hâta de rapporter le livre sur son rayon.

— D'autres villes, votre Éminence ?

— Notre Éminence partage votre opinion. Des graines ou des boutures donnant naissance à des plantes aux formes... extravagantes. La plupart meurent ou se développent à l'excès.

— J'en ai entendu parler, votre Éminence.

— Les animaux et les hommes sont généralement... normaux ? Hormis quelques... anomalies ? Pitoyables ou terrifiantes. Ceux-là se paient fort cher. A présent, pater, ouvrez toutes grandes vos oreilles.

— J'écoute, votre Éminence.

Rémora s'était placé derrière lui, une main sur son épaule. Il reprit, presque en chuchotant :

— C'était pratique courante il n'y a guère. La folie du caldé, disait-on. Oublié, tout ça. N'en parlez à personne, pater. Inutile de réveiller de vieux démons.

Gulo tourna la tête, au risque de se démancher le cou, et planta son regard dans celui de Rémora :

— Votre Éminence peut se fier à moi.

— Excellent. Avant... d'obtenir sa récompense des dieux, le caldé avait dépensé une fortune pour l'acquisition d'un embryon humain... exceptionnel.

— Je vois, dit Gulo en passant un bout de langue sur ses lèvres. J'apprécie la confiance dont votre Éminence m'honore.

— Un successeur... ou une arme ? Nul ne pourrait le dire, pater. Là-dessus, l'Ayuntamiento n'est pas plus savant que vous.

— Si je puis me permettre... ?

— Qu'est-il devenu ? Ah ! C'est là le point crucial, pater. Et quels étaient ses pouvoirs ? Une force prodigieuse ? La faculté de lire dans les pensées ou de déplacer les objets à distance ? L'Ayuntamiento n'a jamais cessé de le rechercher.

— A-t-il été implanté, votre Éminence ?
— Nul ne le sait.
Rémora retourna s'asseoir derrière son écritoire :
— Une année passa, puis deux, puis dix... On vint nous trouver et on nous demanda de faire passer des tests à tous les enfants des palæstras, ce que nous fîmes. Des tests de mémoire, de dextérité... Toutes sortes d'épreuves. Quelques enfants retinrent notre attention. Mais plus nous les étudiions, moins ils nous paraissaient remarquables. Simple précocité intellectuelle. Avec le temps, les autres auraient fini par les rattraper.
Rémora secoua la tête :
— Ces embryons congelés tiennent rarement leurs promesses. Le plus souvent, ils meurent avant terme. Mais ça, tout le monde l'avait oublié. Vous me suivez ?
Gulo n'était guère sujet aux intuitions fulgurantes, pourtant il en eut une à cet instant précis :
— V-v-votre Éminence a découvert cette personne. C'est cette femme... Amarante !
— Je n'ai rien affirmé de tel, pater, objecta Rémora en pinçant les lèvres.
— Certes, votre Éminence.
— Pater est devenu une figure... populaire. Sans doute est-ce dû à cette théophanie. Partout sur les murs, on voit fleurir ces inscriptions : « Organsin pour caldé ». De quoi attirer toutes sortes de gens. Il a besoin d'être surveillé par un acolyte plein de... sagacité. Et de discrétion. Il convient également de surveiller ses fréquentations. Une tâche bien lourde pour quelqu'un d'aussi jeune, mais digne du futur coadjuteur de Palustria.
Sentant que le moment du congé approchait, Gulo se leva et s'inclina :
— Je ferai de mon mieux, votre Éminence.

— Excellent. Voyez Incus au sujet de cette lettre et de mon billet pour pater.

Gulo s'enhardit à demander :

— Croyez-vous que pater ait des soupçons, votre Éminence ? ou que cette femme lui ait tout avoué ?

Rémora hocha la tête d'un air sombre.

En son point le plus élevé, la falaise surplombait le lac telle la proue d'un navire géant. Là, sclon les termes mêmes de la modeste plaque de bronze fixée à l'entrée, Lémur, Officier Président de l'Ayuntamiento, avait fait ériger à la gloire de Scylla une gracieuse coupole de calcédoine portée par dix frêles piliers aux lignes onduleuses reposant sur une balustrade. Celle-ci était illustrée de fresques célébrant les exploits de Scylla. Le plus impressionnant était le portrait de la déesse coulé en bronze à même le sol, les cheveux flottant au vent et les seins nus, étirant ses dix bras sinueux en direction des dix piliers.

A part elle, l'endroit était désert.

— Personne, Oreb, dit Organsin. Pourtant, nous avons bien vu quelqu'un.

L'oiseau se contenta de marmonner. Perplexe, Organsin s'avança dans l'ombre dense de la coupole. Comme il posait son soulier noir et poussiéreux sur le socle en pierre, il lui sembla que celui-ci gémissait. Oreb s'envola. Il se laissa presque aussitôt retomber sur un éperon rocheux à huit ou dix coudées du temple, mais il n'en restait pas moins qu'il avait volé. Le bleu vif de l'attelle tranchait sur son plumage noir.

— De quoi as-tu peur, oiseau sans cervelle ? De tomber ?

— Têtes poisson ? demanda Oreb en regardant en direction de Limna.

— Tu en auras d'autres, promit Organsin. Dès que nous serons rentrés.

— Attention !

Organsin se retourna pour admirer le lac en s'éventant avec son chapeau de paille. Quelques voiles brillaient çà et là, minuscules triangles blancs noyés dans cette immensité bleu de cobalt. Il faisait plus frais ici que sur le sentier empierré et sans doute faisait-il encore meilleur à bord de ces embarcations. S'il parvenait à sauver le mantéion, il emmènerait une partie des enfants du palæstra passer l'été ici. Ces gosses n'avaient jamais vu le lac, ni pêché, ni navigué. Le souvenir de ce séjour illuminerait le restant de leurs jours.

— Attention, bras !

La voix stridente d'Oreb lui parvenait un peu assourdie. D'instinct, il leva les yeux vers sa main gauche appuyée à l'un des piliers. Rien à craindre, bien sûr. Il chercha Oreb du regard mais l'oiseau semblait s'être évanoui dans l'enchevêtrement des rochers. Oreb était retourné à la vie sauvage, comme il l'avait invité à le faire dès le premier soir. Il aurait dû s'en réjouir, pourtant son cœur se serra.

Pendant qu'il scrutait les rochers à la recherche d'Oreb, il vit du coin de l'œil les deux piliers près de l'entrée se désolidariser de la coupole. Pendant que l'un lui barrait le passage, l'autre ondulait dans sa direction d'un mouvement désinvolte, presque machinal. Il l'esquiva et abattit la canne de Sangre sur lui. Le pilier s'enroula autour de sa taille tel un lasso de pierre. Au troisième coup, la canne se brisa. Scylla entrouvrit les lèvres au ras du sol. Malgré ses efforts, le tentacule entraîna Organsin vers sa bouche béante avec une force irrésistible et le jeta dans l'orifice ténébreux.

Il atterrit sur un escalier dont il dévala les

marches cul par-dessus tête. Il acheva sa chute vingt ou trente coudées plus bas, avec les genoux en capilotade et une grosse ecchymose sur la joue.

— Oh ! dieux...

La lumière se fit au son de sa voix. Il distingua des fauteuils profonds et une longue table. Sans leur accorder plus d'attention, il agrippa sa cheville blessée d'une main et fit claquer le bandage d'Héron sur le tapis.

Comme par enchantement, le panneau bleu nuit qui barrait le fond de la salle coulissa, révélant la présence d'un imposant talus. Son faciès d'ogre était en métal noir et ses défenses étincelantes flanquées de deux canons.

— *Encore toi !* rugit-il.

Organsin se revit sur le mur d'enceinte de la villa de Sangre... La nuit oppressante, la grille du portail et les vociférations du géant d'acier. Il remit son bandage en place et dit d'une voix mal assurée :

— Je n'étais encore jamais venu ici.

— *Je t'ai reconnu !*

Le talus allongea un bras dans sa direction. Organsin se hissa péniblement sur la première marche :

— Je n'avais pas l'intention d'entrer !

— *Je te connais !*

La main de métal se referma sur son avant-bras, comprimant ses blessures. Il hurla.

— *Ça fait mal ?*

— Terriblement, gémit-il. Je t'en prie, laisse-moi partir. Je ferai tout ce que tu voudras.

La main de métal le secoua :

— *Tu t'en fiches !*

Organsin hurla de plus belle et se tordit de douleur dans l'étau de ces doigts épais comme des tuyaux.

— *Musc m'a puni! humilié!*

Le talus cessa de le secouer. Son énorme bras articulé le souleva dans les airs où il resta à se balancer comme un pantin. Il parvint à énoncer, malgré ses dents qui s'entrechoquaient :

— Tu es le talus de Sangre. Tu m'as refoulé au portail.

La main d'acier s'ouvrit, le laissant s'écraser sur le sol.

— *J'avais raison!*

L'azoth n'était plus dans sa ceinture.

— Tu permets que je me lève ? demanda-t-il d'une voix chancelante, espérant le sentir glisser le long de sa jambe.

— *Musc m'a renvoyé!* gronda le talus en inclinant vers lui la partie supérieure de son corps dans une attitude quelque peu grotesque.

Organsin se leva, sans toutefois retrouver l'azoth. Il était probable qu'il l'avait perdu dans sa chute. Il recula d'un pas, l'air de rien :

— Je suis désolé... sincèrement. Je n'ai aucune influence sur Musc, qui me déteste plus qu'il ne pourra jamais te haïr. Mais j'ai quelque ascendant sur Sangre et je ferai mon possible pour obtenir ta réintégration.

— *Tu mens!*

— Mais non, protesta Organsin en faisant un nouveau pas en arrière. Je te le promets.

— *Vous êtes mous!*

Sans bruit et sans effort apparent, le talus s'avança vers lui, porté par ses chenilles. La cime de son casque touchait presque le plafond.

— *Vous vous ressemblez tous parce que vous êtes tous semblables! Faciles à briser! Impossibles à réparer! Des sacs à marle!*

Organsin demanda sans cesser de battre en retraite :

— C'était toi, là-haut, au temple ?

— *Oui ! Grâce à mon interface !*

Cette fois, les deux mains du talus fondirent sur lui dans un mouvement si rapide qu'il s'en fallut d'un doigt qu'elles n'atteignissent leur but. Organsin se jeta en arrière, repoussa une des mains avec un fauteuil et plongea sous la table. Celle-ci se souleva, tournoya dans les airs et s'abattit sur le sol assez violemment pour l'écraser comme une mouche s'il n'avait roulé sur le côté. Le bord du lourd plateau frôla la manche de sa robe et l'air siffla à ses oreilles quand il s'écrasa près de sa tête.

Il aperçut alors quelque chose par terre, à moins d'une coudée de son visage : une poignée d'argent sertie d'une pierre verte. Il eut juste le temps de s'en saisir avant que le talus ne le soulève par le dos de son vêtement. Il se retrouva en suspens dans le vide, tel un insecte aux ailes engluées.

— *Musc m'a fait mal !* rugit le talus. *Puis il m'a chassé ! Il m'a renvoyé auprès de Potto ! Il n'était pas content !*

— Je n'y suis pour rien, assura Organsin d'un ton qui se voulait apaisant. Je ferai tout ce qui est en mon pouvoir pour t'aider. Je le jure.

— *Tu as réussi à entrer alors que je montais la garde !* reprit l'autre en le secouant. *Dans le tunnel, personne ne remarquera l'eau rouge !*

Tout en parlant, il avait reculé vers le mur. Il approcha Organsin de son faciès hideux.

— Je n'ai pas l'intention de te faire du mal. C'est un péché de détruire les chimios et tu es presque l'un d'eux.

Cela suffit à l'arrêter pendant quelques secondes :

— *Les chimios ? C'est marle.*

— Les chimios sont de prodigieuses mécaniques. Notre réplique de métal et de tissus synthétiques.

— *Les bios? Des tripes de poissons!*

Il recommença à reculer. Organsin affermit sa prise sur l'azoth, le pouce sur le daimôn:

— Je t'en prie, dis que tu ne me tueras pas.

— *Non!*

— Laisse-moi regagner la surface.

— *Non!*

— Je promets de ne plus te causer d'ennuis et de t'aider dans la mesure de mes moyens.

— *Je vais t'écrabouiller!* menaça le talus. *D'un seul coup!*

Le panneau se referma derrière eux. Ils étaient à présent dans un long couloir obscur qui faisait deux fois la largeur du talus, creusé à même la falaise.

— Ne crains-tu pas les dieux immortels, mon fils? demanda Organsin en désespoir de cause. Je suis le serviteur de l'un d'eux et l'ami d'un autre.

— *Je suis au service de Scylla!*

— En tant qu'augure, je bénéficie de la protection de tous les dieux, y compris Scylla.

Le talus desserra son étreinte. Organsin tomba et faillit lâcher l'azoth en heurtant le sol. Affalé et à demi étourdi par la douleur, il leva les yeux vers le masque d'ogre du talus et vit son énorme poing d'acier dressé au-dessus de sa tête. Les ailes d'Hiérax bruirent à ses oreilles. Sans plus réfléchir, raisonner, menacer ou négocier, il pressa le daimôn.

La lame jaillit de la poignée et atteignit le talus sous l'œil droit dans un giclement de scories incandescentes. Désorienté, le poing d'acier s'abattit sur le sol à gauche d'Organsin. Une épaisse fumée noire et des flammèches orange s'élevèrent alors de l'amas de ferraille qui avait été la tête du talus, accompagnées d'un rugissement assourdissant de rage et d'incompréhension. Les énormes poings d'acier se mirent à frapper en tous sens, arrachant des éclats tranchants comme des silex aux parois rocheuses du corridor. Puis le talus aveuglé et en flammes avança vers Organsin d'une démarche titubante.

En un éclair, l'azoth sectionna les deux chenilles qui lui servaient à se déplacer. Elles cinglèrent le sol, les murs et le talus agonisant avant de retomber inertes. Il y eut une explosion assourdie ; le corps massif cracha une gerbe de flammes.

Organsin relâcha le daimôn et s'écarta de l'incendie. Il se leva, glissa l'azoth dans sa ceinture, épousseta sa robe noire et tira ses perles de sa poche. Balançant la croix évidée en direction du talus en flammes, il traça plusieurs fois le signe de l'addition :

— Je te transmets le pardon de tous les dieux, mon fils...

Il récita d'abord d'un ton monocorde, presque mécanique, puis le miracle du pardon divin s'accomplit en lui, sa voix se fit ample et frémissante de ferveur :

— Maintenant, rappelle-toi les paroles de Pas : « Accomplissez ma volonté, vivez en paix, multipliez-vous et ne brisez jamais mon sceau. Ainsi vous éviterez mon courroux et le mal que vous ferez vous sera pardonné... »

Incus tendit la lettre à Gulo avec un sourire narquois. Le nouveau sceau représentait deux mains en coupe abritant une flamme.

— Un joli nom, Jacinthe, remarqua-t-il. Pour ma part, je préfère Hymenocallis. Je l'ai utilisé à deux ou trois reprises.

— Ce n'est pas moi qui l'ai écrite, précisa Gulo d'un ton morose. Mais toi, tu es censé rédiger un billet pour pater Organsin, lui enjoignant de se rendre à la convocation de son Éminence, tardi prochain. Son Éminence te laisse le soin de décider de l'heure et de reporter le rendez-vous dans son agenda.

Le prothonotaire aux dents de lapin hocha la tête :

— C'est toi qui le lui apporteras ? S'il ne s'agit que de renvoyer un corniaud en chaleur à la niche, j'aimerais autant ne pas être obligé de siffler un de mes garçons.

Pater Gulo s'avança vers lui, les poings crispés, les joues rouges :

— Pater Organsin est un vrai homme, lui. Quoi qu'il ait fait avec cette femme, il en vaut dix comme toi et trois comme moi. N'oublie jamais ça, ni les proportions.

Incus le dévisagea en souriant de plus belle :

— Ma parole, Gully ! Tu en pinces pour lui.

8

LE FESTIN DES DIEUX

Pater Organsin recula de deux pas et considéra la porte obstinément fermée avec le même dégoût qu'il ressentait pour lui-même. Il fallait bien qu'elle s'ouvrît d'une façon ou d'une autre... Le talus l'avait bien franchie, lui. Elle était le seul moyen d'accès à l'escalier qui lui aurait permis de regagner la surface.

L'Ayuntamiento convoquait ici des commissaires et des juges. Le pèlerin qu'il avait perdu de vue dans le temple était sans doute un de ces hauts fonctionnaires. Sa disparition n'avait plus rien de mystérieux. Peut-être avait-il montré une sorte de tessère au talus. La bouche de Scylla s'était ouverte pour lui, il était descendu et s'était fait conduire dans un lieu sans doute point trop éloigné, puisque le talus était de nouveau à son poste une demi-heure plus tard. Tout cela était parfaitement logique et prouvait l'existence d'un quartier général de l'Ayuntamiento dans les environs.

La mort dans l'âme, il se retourna vers la porte qui refusait toujours de céder à ses injonctions. Elle ne présentait ni serrure, ni poignée. Le panneau joignait si bien avec le mur que la séparation était à peine visible. Il avait déjà testé sur lui une centaine de sésames possibles, jusqu'à s'y briser la voix, mais en vain.

De découragement, il avait même usé de son azoth contre lui, provoquant un vacarme assourdissant et un éboulement de pierres qui avait bien failli le tuer, sans autre résultat que quelques éraflures. A la fin, la poignée de l'azoth était presque brûlante.

La seule solution était d'avancer dans le corridor malgré la faim, la fatigue et la douleur, dans l'espoir incertain de découvrir une autre issue. Son sentiment d'impuissance était tel que, pour un peu, il aurait déchaîné sa colère contre l'Autre et l'ensemble des dieux. Il s'assit par terre et déroula le bandage d'Héron. Celui-ci lui avait recommandé de toujours le frapper sur une surface lisse, sans doute pour ne pas abîmer son extérieur chamoisé. Le sol du tunnel lui parut par trop raboteux. En outre, il se sentait redevable envers Héron.

Avec un soupir, il ôta sa robe, la plia, la posa sur le sol et la cingla avec le bandage jusqu'à ce que celui-ci fût aussi chaud que la poignée de l'azoth. Une fois pansé, il se releva à grand-peine, enfila sa robe (elle n'était pas de trop, avec tous ces courants d'air) et s'éloigna d'un pas résolu dans la direction supposée de Limna.

Au départ, il compta ses pas afin de mesurer la distance qu'il allait parcourir. Il remuait les lèvres en silence, dépliant un doigt pour chaque centaine. Très vite, il s'aperçut qu'il comptait à voix haute : le faible écho de sa voix le rassurait. Le tunnel se transformait à mesure qu'il progressait. D'abord discrets, ces changements prirent bientôt une ampleur telle qu'il en oublia son décompte. A certains endroits, la roche naturelle du sous-sol cédait la place à des blocs de pierre vaissalienne. L'absence de lampes le plongeait par moments dans le noir. Il avait beau se raisonner, il ne pouvait alors écarter tout à fait de son esprit l'éventualité d'une chute dans un puits, d'une rencontre avec un nouveau talus ou quelque créature encore plus redoutable. Deux fois, il passa devant des portes identiques à la première, l'une et l'autre fermées. Un peu plus loin le tunnel bifurqua. Il prit à gauche, à tout hasard. A trois reprises, le couloir qu'il suivait donna naissance à des galeries secondaires, sombres et d'aspect menaçant. Il lui sembla que le sol s'inclinait en pente douce et que l'air devenait plus frais, les murs plus humides.

Il avait tiré ses perles de sa poche en marchant. Il eut l'idée d'additionner la distance parcourue pendant la récitation de trois chapelets au produit de son premier décompte. Il estima qu'il avait fait quelque dix mille trois cent soixante-dix pas depuis son point de départ.

Entre-temps, la douleur s'était réveillée dans sa cheville. Il réactiva le pansement puis, clopin-clopant, poursuivit son chemin dans ce tunnel qui l'oppressait un peu plus à chaque pas. Plusieurs fois, il avait éprouvé une envie presque irrésistible de faire demi-tour. S'il avait laissé refroidir l'azoth avant de renouveler ses efforts, la porte aurait certainement fini par céder et, à l'heure qu'il était, il aurait déjà regagné Limna. Le cocher lui avait indiqué quelques bonnes tables en ville, sans compter les restaurants qu'il avait croisés en cherchant le juzgado. Il avait sept cartes en poche: plus qu'il n'en fallait pour un dîner somptueux, un lit confortable et un solide petit déjeuner.

Le pire était ce sentiment absurde qu'il était déjà revenu sur ses pas et que d'un instant à l'autre, au détour d'une courbe, il allait apercevoir le talus mort.

Le talus qu'il avait tué... Pourtant, il lui semblait que c'était lui qui était mort et enterré. Il allait bientôt revoir Orpin, pater Bécard et sa mère à leurs stades de décomposition respectifs. Il s'étendrait auprès d'eux et ils lui apprendraient tout ce qu'il convenait de savoir chez les morts. A un moment, il entendit un rire au loin... Un rire dément, sans joie, même pas humain. Le rire d'un démon dévorant sa propre chair dans les ténèbres.

Après des heures et des heures d'une déambulation harassante et terrifiante, il fut forcé de s'arrêter : aussi loin que portait le regard, le sol du tunnel se confondait avec une nappe d'eau claire et tranquille. Les reflets des lumières troubles qui jalonnaient le plafond lui confirmèrent l'importance de celle-ci. Il n'était pas exclu que le tunnel fût entièrement inondé au-delà de cette limite.

Il s'agenouilla pour boire et mesura du même coup combien il avait souffert de la soif. Quand il voulut se relever, sa cheville droite protesta avec une véhémence telle qu'il dut se rasseoir, incapable de se dissimuler plus longtemps sa fatigue. Il décida de prendre un peu de repos. Sans doute faisait-il nuit à la surface. Pater Gulo allait se demander ce qui lui était arrivé, et mater Marbre aussi. Alque et Amarante avaient sans doute regagné la ville en laissant un message à son intention au terminus des voitures.

Il ôta ses chaussures et se massa les pieds avec un plaisir infini avant de s'allonger. Le sol raboteux ne lui parut pas aussi inconfortable qu'il le craignait. Vraiment, il avait eu raison de faire un somme sur la banquette du flotteur de Sangre. Une fois reposé, il serait plus à même de tirer avantage de l'étrange relation qui s'était nouée entre eux. « Impossible d'aller plus vite, lui dit le chauffeur. Pas par *là !* » Le flotteur glissait maintenant sur une eau apparemment sans limites. Bientôt, la mère d'Organsin viendrait l'embrasser et lui souhaiter une bonne nuit. Il aimait rester éveillé à l'attendre, pour le plaisir de lui dire : « Bonne nuit à toi aussi, maman » avant qu'elle se retire.

Il résolut dc ne pas s'endormir avant son passage.

Ivre plus qu'à moitié, Amarante sortit d'un pas mal assuré sur le seuil de la Grand-Voile. Elle aperçut Alque et lui fit de grands signes :

— Eh ! toi, là-bas. On ne s'est pas déjà vus quelque part ?

Comme il lui souriait et répondait à son salut, elle traversa la rue et le prit par le bras :

— Tu es déjà venu chez Orchidée, toi. Seulement, j'ai oublié ton nom. Bouge pas, ça va me revenir. Me dis pas que t'as déjà un brancard ?

Alque avait une longue habitude de ce genre de situations.

— Je t'offre un verre ? proposa-t-il en désignant la Grand-Voile.

— Tu ferais ça ?

Amarante prit appui sur son bras ; elle marchait tout contre lui, au point que leurs cuisses se frôlaient.

— C'est quoi, ton nom ? Moi, c'est Amarante. Je sais, je devrais me rappeler le tien, seulement je n'ai pas toute ma tête à moi. On est au lac, pas vrai ?

Elle se moucha avec ses doigts.

— Quand j'ai vu toute cette eau, là-bas, au bout de la rue... L'ennui, c'est qu'on m'attend pour dîner chez Orchidée. Et puis après, y a la grande salle, tu vois ce que je veux dire ? Bar va me flanquer à la rue si je ne suis pas rentrée à temps.

Alque l'observait du coin de l'œil. Comme ils entraient dans la taverne, il demanda :

— Tout blanc, Rondelle, tu ne te souviens de rien ?

Elle s'assit et secoua la tête d'un air lugubre en agitant ses boucles flamboyantes.

— Avec ça, je suis en carène, et pas qu'un peu... T'aurais pas une pincée pour moi ?

Alque secoua la tête.

— Rien qu'une pincée, et toute la nuit à l'œil.

— Je t'en donnerais si j'en avais, assura Alque. Mais je n'en ai pas.

Une serveuse s'approcha de leur table en fronçant les sourcils :

— Emmenez-la ailleurs.

— Un ruban rouge et de l'eau, commanda Amarante. Dans des verres séparés.

— Vous avez assez bu comme ça, rétorqua la serveuse.

— Et moi, je vous ai donné tout mon argent !

— Tu mettras l'ardoise à mon nom, mon chou, dit Alque en déposant une carte sur la table. Je m'appelle Alque.

— Bien, monsieur, dit la fille en se déridant subitement.

— Sers-moi une bière, et de la meilleure. Rien pour elle.

Comme Amarante protestait, il ajouta :

— Je t'ai proposé un verre *dans la rue.* Maintenant, on est à l'intérieur.

Puis il congédia la serveuse d'un geste.

— Alque, c'est bien ça ! exulta Amarante. Je t'avais dit que ça allait me revenir.

— Et pater, où est-il ? demanda Alque en se penchant vers elle.

Pour toute réponse, elle essuya son nez sur sa manche.

— Pater Organsin. Tu es venue avec lui. Qu'est-ce que tu en as fait ?

— Oh ! Je vois qui c'est. Il était chez Orchidée quand... Alque, je suis salement en carène. Toi, t'es aux as. S'il te plaît !

— Plus tard, peut-être. Maintenant, réponds-moi : tu as passé tout l'après-midi ici à t'enfiler des rubans rouges, pas vrai ?

— Je me sentais si...

— Boucle ça !

Il lui prit la main et la serra jusqu'à lui faire mal.

— Où as-tu été avant ?

— Je vais tout te débâcler, dit-elle en réprimant un rot. Mais je te préviens, tu ne vas rien y enterver. Tu m'en achèteras un peu si je te dis tout ?

— Crache, ordonna Alque en plissant les yeux. Je déciderai après.

La serveuse déposa un verre couvert de buée devant lui :

— Bien fraîche ! Autre chose, monsieur ?

Il secoua la tête, bouillant d'impatience.

— Je me suis levée tard, commença Amarante, parce qu'on a fait une grosse entrée hier soir. Mais toi, tu n'y étais pas. Dommage.

Alque resserra son étreinte sur sa main :

— Je sais que je n'y étais pas. Allez, déboutonne-toi.

— Après, j'ai fait toilette parce que c'était aujourd'hui l'enterrement et qu'Orchidée voulait qu'on y soit toutes. En plus, j'avais promis à l'autre échalas de venir.

Elle rota à nouveau.

— C'est quoi son nom, déjà ?

— Organsin.

— C'est ça, oui. Alors, j'ai mis ma belle robe noire, comme tu le vois. Toutes les autres étaient déjà parties, alors j'ai fait la route toute seule. Une toute petite gorgée, Alque. Rien qu'une... D'accord ?

— D'accord.

Il poussa son verre vers elle. Elle but et essuya ses lèvres sur sa manche.

— Paraît qu'il faut éviter les mélanges. Je ferais bien de me méfier.

— Tu es allée à l'enterrement d'Orpin, résuma Alque en tirant sa bière vers lui. Reprends à partir de là.

— Mais d'abord, je m'en suis envoyé une grosse pincée, la dernière. Pour le coup, je regrette bien de pas en avoir gardé un peu. Quand je suis arrivée au mantéion, c'était déjà commencé mais j'ai quand même trouvé une place assise. Après...

— Quoi ?

— Quand je me suis levée, tout le monde était déjà parti. J'avais les yeux fixés sur la Fenêtre, pourtant il n'y avait rien à voir et j'étais presque toute seule, à part deux vieilles femmes.

Elle s'était mise à pleurer et de grosses larmes ruisselaient sur ses pommettes saillantes. Alque tira un mouchoir pour le moins douteux de sa poche et le lui tendit.

— Merci, dit-elle en épongeant ses yeux. J'ai eu tellement peur alors... D'ailleurs, j'ai toujours peur. Tu n'imagines pas comme c'est bon d'avoir quelqu'un à qui parler. Après, je me souviens d'être sortie et... et je me suis retrouvée tout près d'ici, là où on allait quand j'étais petite. J'étais toute seule. J'ai atterri dans un endroit où on servait à boire sous des tentes. Je m'étais enfilé trois ou quatre chopines quand un gros oiseau noir est arrivé. Il n'arrêtait pas de sautiller autour de moi en parlant presque comme un homme. A la fin, je lui ai balancé mon verre dessus et on m'a flanquée dehors.

— Tu l'as chassé avec ton verre ? s'écria Alque en se levant. Marle ! Dis-moi que je rêve. Amène-toi et conduis-moi à cette gargote.

Une pente escarpée et couverte de broussailles séparait Organsin du cénobion. Il la dévala, ignorant les épines et les branches cassées qui lui griffaient le visage, les mains et lacéraient ses vêtements. Il entra. Mater Menthe était alitée, malade. Il en éprouva une pointe de satisfaction, oubliant qu'aucun homme, même un augure, n'était censé pénétrer dans le cénobion sauf pour y apporter le pardon des dieux. Il se répéta les noms de ceux-ci, comme une litanie, mais il lui semblait toujours en oublier un. Survint alors un étudiant, rond et court sur pattes, qu'il ne se rappelait pas avoir jamais vu à la schola. Il lui annonça qu'ils devaient tous se rendre chez le prélat, également souffrant. Mater Menthe se leva en déclarant qu'elle les accompagnait, mais elle était nue sous son peignoir rose au travers duquel transparaissait l'éclat argenté de son corps métallique. L'étoffe était imprégnée du parfum écœurant de la lampe en verre bleu. Organsin lui rappela qu'elle devait s'habiller avant de sortir, puis il quitta le cénobion en compagnie de l'étudiant rondouillard. Il tombait une pluie drue et froide qui le glaçait jusqu'aux os. Une litière les attendait dans la rue. Elle était portée par six vieillards, dont un aveugle. Son dais dégoulinant était tout décoloré et déchiré. Honteux à l'idée d'imposer leur poids aux vieillards, ils remontèrent la rue à pied jusqu'à un grand bâtiment blanc dont le toit était constitué de minces tuiles blanches distantes entre elles d'une bonne largeur de main. Les meubles, également blancs, étaient si nombreux au-dedans qu'on avait à peine la place de bouger. Ils prirent place sur des chaises afin d'attendre le prélat. Celui-ci ne tarda pas : c'était Mucor, la fille folle de Sangre.

Ils discutèrent ensemble des affaires de la schola en grelottant sous la pluie. Mucor évoqua un problème insurmontable et en rejeta la faute sur Organsin.

Il se réveilla engourdi. Il s'assit et enfouit les mains au creux de ses aisselles pour les réchauffer.

— Le sol est sec plus loin, indiqua Mucor. Rendez-vous là où dorment les bios.

Elle était assise en tailleur sur l'eau, aussi transparente que celle-ci. Il voulut la prier de le guider jusqu'à la surface mais elle s'évanouit au son de sa voix, comme le reste de son rêve. Seule demeura sur l'eau une vague lueur verdâtre, tel un dépôt visqueux.

Il ne semblait pas que le niveau de l'eau ait baissé durant son sommeil. Il ôta ses chaussettes, noua les lacets de ses chaussures et les passa autour de son cou. Puis il fourra le pansement dans sa poche, releva les coins de sa robe, les glissa dans sa ceinture et roula les jambes de son pantalon.

L'eau était aussi froide qu'il le redoutait mais heureusement peu profonde. Il comptait sur sa température glaciale pour anesthésier sa cheville mais à chaque fois qu'il posait le pied au sol, on aurait dit qu'une aiguille le transperçait.

Le clapotis de ses pieds nus éveilla d'autres lumières le long du tunnel. Aussi loin que portait la vue, celui-ci était toujours inondé. Il songea avec mélancolie à la canne de Sangre. Il dérangea un groupe de vers luisants aquatiques qui se dispersèrent en bombardant la pénombre de signaux de détresse jaune pâle. L'eau était maintenant plus profonde et les parois de roche vaissalienne noires d'humidité.

Le défunt talus s'était vanté de servir Scylla : sans doute une hyperbole pour désigner Viron, la ville sacrée dédiée à la déesse ou, plus prosaïquement encore, l'Ayuntamiento. Dans ce cas, que faisait-il chez Sangre ? Mucor lui avait clairement signifié qu'il était au service de son père et même qu'il était possible de le soudoyer.

Organsin tira le bandage de sa poche, le frappa contre la paroi afin de l'activer et l'enroula autour de son torse sous sa tunique, histoire de se réchauffer. Il constata avec soulagement qu'il ne le gênait pas pour respirer.

Il crut d'abord à une hallucination, puis le bourdonnement s'amplifia et un minuscule point de lumière apparut tout au bout du tunnel. Pas moyen de se cacher ou de s'enfuir, à supposer qu'il fût capable de courir. Il s'aplatit contre la paroi, l'azoth de Jacinthe à la main.

Le point lumineux devint aveuglant. La machine fonçait vers lui tête baissée, comme un chien en colère. Elle passa près de lui en rugissant et disparut dans la direction d'où il venait, le laissant trempé de sueur.

Il prit la fuite, pataugeant dans une eau de plus en plus profonde. Il venait de découvrir un tunnel latéral ouvrant sur un raidillon quand le même vacarme retentit à nouveau derrière lui.

Encore une centaine de pas et il fut au sec. Il s'assit alors pour se rechausser et panser sa cheville. Il guettait le rugissement de la machine, craignant plus ou moins de la voir surgir devant lui, mais bientôt le silence retomba.

La chance avait tourné ou, plutôt, quelque divinité bienveillante avait volé à son secours. Peut-être Scylla lui avait-elle pardonné d'avoir introduit une canne à l'effigie de sa sœur dans son temple. A en juger par sa pente, ce nouveau tunnel n'allait pas tarder à rejoindre la surface, sans doute pas très loin de Limna, sinon à l'intérieur même du village. En outre, il se trouvait bien au-dessus du niveau de l'eau. Il glissa l'azoth dans sa ceinture avant de dérouler son pantalon et de dénouer les pans de sa robe.

Au bout de quelques pas, une odeur de fumée parvint à ses narines. Elle lui rappela étrangement celle du bois de cèdre, mêlée à des relents de chair, de graisse et de poil brûlés, au point qu'il se demanda si cet antique tunnel ne venait pas d'être le théâtre d'un sacrifice.

Aux abords de la lampe suivante, il distingua des traces de pas dans la poussière grise du sol. Les empreintes d'un homme chaussé tout comme lui. Se pouvait-il qu'il ait marché en rond ? Il secoua la tête. Ce couloir-ci grimpait constamment et, en étudiant les empreintes, il s'aperçut qu'il ne pouvait s'agir des siennes : ce marcheur-là ne boitait pas et faisait des enjambées plus petites que lui. D'autre part, ses chaussures étaient d'une pointure inférieure et moins usées au talon que les siennes.

La lampe qui lui avait servi pour son examen semblait être la dernière. Devant lui, le tunnel était aussi noir qu'un puits. Il fouilla dans ses souvenirs, puis dans ses poches, à la recherche d'un moyen pour produire de la lumière. Il avait sur lui l'azoth et le pointeur de Jacinthe, sept cartes, un peu de monnaie, ses perles, sa vieille écritoire, ses clés et le gammadion offert par sa mère, pendu à une chaîne d'argent autour de son cou.

Il éternua.

L'odeur de brûlé s'était accentuée et le sol semblait maintenant s'enfoncer sous ses pieds. Il aperçut à quelques pas de lui un débris rougeâtre dans lequel il reconnut une braise. Il s'approcha, s'agenouilla sur le sol invisible et moelleux et souffla doucement dessus. Il ne s'était pas trompé. Avec une feuille de papier trouvée dans son écritoire, il confectionna un tortillon qu'il enflamma au contact de la braise ranimée.

Des cendres. Partout. Il se trouvait sur la pente d'un énorme tas de cendres qui bouchait presque le tunnel. Il se précipita pour franchir le goulet avant que son allumette improvisée ne s'éteignît. A chaque pas, il s'enfonçait dans la cendre presque jusqu'aux genoux et la poussière soulevée par ses pieds le prenait à la gorge. Il éternua à nouveau. Cette fois, une étrange stridulation évoquant le tic-tac d'une horloge géante, en plus grave, lui répondit.

La flamme de sa torche lui brûlait les doigts ; il la saisit par l'autre extrémité et souffla dessus pour la raviver. Il la lâcha subitement. Il venait de distinguer son reflet dans deux paires d'yeux.

Il poussa un hurlement, comme pour chasser un rat, et braqua la lame mortelle de l'azoth sur les yeux. Un bref cri de douleur répondit au sien, bientôt suivi par la détonation d'un lance-dragées et par une avalanche de cendres sous laquelle il se trouva à demi enseveli.

Le lance-dragées lança un second cri rauque, presque humain. Une lumière puissante traversa le tourbillon de cendres et une créature à mi-chemin du chien et du démon le frôla en détalant, soulevant un nouveau nuage de poussière. Sitôt qu'il eut repris son souffle, il appela à l'aide. Plusieurs minutes s'écoulèrent puis deux soldats, deux robustes chimios qui le dépassaient d'une bonne tête, le découvrirent et l'arrachèrent à son tas de cendres sans plus de manières.

— Vous êtes en état d'arrestation, lui dit le premier en l'éclairant

— Qui êtes-vous ? demanda le second.

— Pater Organsin, du mantéion de la rue du Soleil, répondit-il en brossant ses vêtements.

— Montrez vos mains. Les deux.

Il obtempéra.

— Vous vous trouvez en zone militaire interdite. Qu'est-ce que vous faites là ?

— Je me suis égaré. Je voulais m'entretenir avec l'Ayuntamiento d'un espion infiltré à Viron, mais je me suis perdu dans ces tunnels. Et puis…

Il se tut, à court de mots pour exprimer ce qu'il venait de vivre.

— C'est l'Ayuntamiento qui vous a convoqué ? demanda le premier.

— Vous êtes armé ? renchérit le second.

— Non, personne ne m'a dit de venir. Oui, j'ai un pointeur dans la poche de mon pantalon. Un tout petit, ajouta-t-il stupidement.

— Vous aviez l'intention de nous tirer dessus ? dit le premier soldat d'un ton amusé.

— Non, mais je craignais que l'espion dont je vous ai parlé n'ait des complices dans la place.

— Faites voir ce pointeur, pater.

Organsin s'exécuta de mauvaise grâce. Le soldat dirigea sa lampe sur son torse d'acier :

— Allez-y, tirez.

— Je suis un loyal citoyen de Viron, protesta Organsin. Jamais je ne tirerais sur un de ses défenseurs.

— Et celui-ci, vous le voyez? dit le soldat en visant la tête d'Organsin avec son lance-dragées. Il crache des balles d'uranium grosses comme mon pouce. Si vous refusez de tirer, je vous fais sauter le crâne. Tirez!

Organsin fit feu. Le tunnel amplifia la détonation du pointeur. Une éraflure apparut sur la poitrine du soldat.

— Encore.

— A quoi bon? dit Organsin en fourrant le pointeur dans sa poche.

— Je voulais juste vous donner une seconde chance, répliqua le soldat en tendant sa lampe à son compagnon. A mon tour, maintenant. Donnez-moi ça.

— Pour que vous vous en serviez contre moi? Je n'en réchapperais pas.

— Pas sûr. Donnez toujours, on verra bien.

Organsin secoua la tête:

— Puisque je suis en état d'arrestation, j'ai droit à un avocat. Faites venir Goupil. Il exerce dans la rue de la Rive, à Limna.

Le second soldat eut un rire bizarrement inhumain, comme le grincement d'une scie à métaux.

— Laissez-le, caporal. Je suis le sergent Sable, pater. Qui est cet espion dont vous parliez?

— Je préférerais être interrogé par un membre de l'Ayuntamiento.

— Cet endroit ne vaut rien aux bios, pater, insinua Sable en pointant son lance-dragées sur lui. Ils s'y égarent et ne trouvent jamais la sortie. Je vous en montrerai un d'ici une minute, si vous êtes toujours de ce méande. Nous avons ordre de tuer quiconque présente un danger pour Viron. Si vous refusez de dénoncer un espion, vous vous faites son complice. Comprenez-vous ce que cela signifie ?

Organsin acquiesça à contrecœur tout en frottant les paumes de ses mains sur ses cuisses pour en ôter la cendre.

— Le caporal Silex plaisantait. Il n'avait pas l'intention de vous tuer, seulement de vous faire peur. Moi, je ne joue pas.

Sable ôta le cran de sûreté de son lance-dragées :

— Le nom de l'espion.

Organsin franchit un pas supplémentaire dans une longue série de capitulations.

— Il s'appelle Héron. Docteur Héron.

— Peut-être qu'il a entendu quelque chose ? suggéra Silex.

— J'en doute. Vous avez une idée du temps que vous avez passé ici en bas, pater ?

Le docteur Héron allait être arrêté, peut-être exécuté ou jeté aux oubliettes.

— Nous sommes molpedi, tard dans la nuit, insista Sable. Quand êtes-vous arrivé ?

— Un peu avant midi, je crois... Mettons vers onze heures. J'ai voyagé avec la première voiture et j'ai passé une bonne heure à Limna avant d'entreprendre la montée vers le temple.

— Vous vous êtes servi de la glace là-haut ? demanda Silex.

— Non. J'ignorais même qu'il y en eût une.

— Sous la plaque indiquant le nom du commanditaire. Il suffit de la soulever.

— Nous avons reçu des nouvelles au Q.G. cette

nuit, expliqua Sable. Il paraît que le conseiller Lémur a lui-même capturé un espion. Un certain docteur Héron.

— Mais c'est merveilleux !

— Quoi donc ? reprit Sable. D'être venu pour rien ?

Pour la première fois depuis la fuite d'Oreb, Organsin sourit :

— Le devoir m'imposait de dénoncer Héron. Mais s'il meurt, ce ne sera pas ma faute.

— Ce n'est qu'un bio, pater, remarqua Sable presque avec douceur. Vous êtes des millions. Alors, un de plus, un de moins...

Et il se lança à l'assaut de la montagne de cendres, malgré le sol qui se dérobait sous lui.

— Amenez-le, caporal.

Une créature vaguement canine baignait dans son sang à quelques pas de l'endroit où les soldats avaient découvert Organsin. Quoique incapable de se lever, elle avait encore la force de grogner.

— Qu'est-ce que c'est ? demanda Organsin.

— Un dieu. Ce sont eux qui bouffent les bios.

Organsin contempla l'animal mourant et secoua la tête :

— Les impies sont leurs propres ennemis, mon fils.

— Vous faites bien des sacrifices aux dieux chaque semaine ?

— Le plus souvent possible.

— Que faites-vous des restes ?

— Si la victime est comestible, l'assistance se partage sa viande. Vous avez bien dû assister à un sacrifice, mon fils. Au moins une fois.

— Ouais, on nous oblige à y aller.

Silex changea son lance-dragées de main et offrit son bras droit à Organsin :

— Tenez, appuyez-vous là. Et la peau, la tête, tout ce qui ne se mange pas ?

— Nous les brûlons sur l'autel.

— Pour qu'ils parviennent jusqu'aux dieux ?

— Symboliquement, oui.

Le cadavre d'une deuxième créature gisait dans la cendre. Silex lui décocha un coup de pied au passage.

— Vos feux ne sont ni assez forts ni assez chauds pour consumer les os des gros animaux, pater. Parfois, ils ne brûlent même pas toute la viande. Tous ces déchets aboutissent ici. On s'arrange pour construire les mantéions au-dessus de ces vieux tunnels, pour faciliter l'évacuation des cendres. Nous nous trouvons sous celui de Limna. Il y en a davantage à Viron, et aussi plus de dieux.

— Je vois, fit Organsin d'une voix étranglée.

— Vous vous rappelez ceux qu'on a chassés ? Ils reviendront sitôt que nous serons loin. Vous les entendrez ricaner et se disputer les meilleurs morceaux.

Sable s'était arrêté un peu plus loin.

— Dépêchez-vous, caporal, ordonna-t-il.

Organsin était déjà au maximum de ses possibilités, pourtant il s'efforça de presser l'allure.

— Ne vous bilez pas, lui murmura Silex. J'entends ça toute la journée. C'est comme ça qu'il gagne ses galons.

En arrivant à la hauteur de Sable, Organsin reconnut une forme humaine dans le paquet grisâtre étendu aux pieds de l'officier. Celui-ci lui désigna le cadavre avec le canon de son arme :

— Regardez-le bien, pater. Peut-être le connaissiez-vous.

Organsin s'agenouilla auprès du corps et souleva sa main mutilée, puis il tenta de gratter la cendre séchée de son visage. A la place de celui-ci, il ne découvrit que des lambeaux de chair mêlés à des esquilles d'os.

— Il n'a plus de tête ! s'écria-t-il.

— Les dieux ont tout arraché d'un coup de dent. Ça leur est aussi facile que pour vous de mordre dans une… Comment appelez-vous ça, déjà ?

— J'ignore de quoi vous parlez, dit Organsin en se relevant et en frottant ses mains l'une contre l'autre dans un effort désespéré pour les nettoyer.

— Ces trucs rouges et ronds dans les arbres… Des pommes. Vous ne le bénissez pas ?

— Il est trop tard pour lui administrer le pardon de Pas. Est-ce vous qui l'avez tué ?

Sable secoua la tête :

— S'il s'était enfui au lieu d'obéir à nos sommations, nous n'aurions pas hésité à le descendre. Mais nous ne l'avons pas vu. Il avait une lanterne ; elle doit se trouver par là. Et aussi un pointeur, que j'ai récupéré. Avec ça, il devait se croire en sécurité. C'était compter sans les dieux qui rôdent dans les parages. Il fait toujours sombre ici, avec toute cette cendre qui étouffe la lumière. Sa lanterne a dû s'éteindre, ou alors les dieux avaient tellement faim qu'ils se sont jetés sur lui.

Silex poussa un grognement approbateur :

— Comme vous l'a dit le sergent, cet endroit ne vaut rien aux bios.

— Il faudrait au moins l'ensevelir. Je m'en chargerai, avec votre permission.

— Il n'y a que de la cendre ici, objecta Sable. Les dieux viendraient le déterrer sitôt que nous aurions le dos tourné.

— Vous pourriez le transporter. Vous êtes tellement plus forts que nous, à ce qu'on dit.

— Je pourrais tout aussi bien vous obliger à le faire, mais je n'en ai pas l'intention.

Sur ce, il tourna les talons et s'éloigna. Silex lui emboîta le pas et lança à Organsin par-dessus son épaule :

— Venez, pater. Personne ne peut plus rien pour elle.

Subitement effrayé à l'idée de rester seul, Organsin se mit à courir en traînant la jambe :

— N'avez-vous pas dit que c'était un homme ?

— Pas moi, le sergent. A moi qui l'ai fouillée, il m'a semblé que c'était une femme en vêtements d'homme.

— Quelqu'un marchait devant moi sur le chemin des Pèlerins, ajouta Organsin à moitié pour lui-même. Puis j'ai fait une halte afin de dormir. Pas elle, sans doute.

Silex rejeta la tête en arrière et eut l'air de sourire :

— Moi, je n'ai pas dormi depuis soixante-quatorze ans, dit-il. A la caserne, je vous ferai voir une bonne centaine de remplaçants qu'on n'a jamais réveillés. Il y a des bios parmi eux.

Organsin songea au rendez-vous que Mucor lui avait fixé dans son rêve.

— Avec grand plaisir, mon fils.

— Dans ce cas, magnez-vous. Il est possible que le commandant décide de vous boucler. On verra ça plus tard.

Organsin opina mais il s'arrêta une seconde et regarda en arrière. Le cadavre anonyme apparaissait désormais comme une masse informe. Son identité s'était évanouie dans la nuit qui avait fondu sur lui encore plus vite que les animaux monstrueux auxquels les soldats avaient donné le nom de dieux. Organsin pensa à la mort solitaire de pater Bécard, dans la chambre qui jouxtait la sienne... Une mort de vieillard, paisible, silencieuse, indiscutable et pourtant terrible. Mais infiniment moins atroce que celle qui guettait le voyageur égaré dans ce dédale de ténèbres et de pourriture, ces trous de vers au cœur du méande.

9

ENTRE LE RÊVE ET LA MORT

— Pater Organsin est parti par là? demanda Alque à l'oiseau perché sur son épaule.

— Oui, oui! fit Oreb en agitant frénétiquement les ailes. Monter temple!

— Vous irez sans moi, prévint Amarante.

Une vieille femme qui passait au bas du chemin risqua timidement:

— Personne ne s'aventure là-haut la nuit. Bientôt, il fera trop noir pour monter.

— Nuit, bien, annonça Oreb d'un air de conviction inébranlable. Jour, pas bien. Dormir.

La vieille femme gloussa.

— Un de nos amis est allé au temple aujourd'hui, expliqua Alque. Il n'en est pas encore redescendu.

— Oh! Le pauvre.

— Est-ce qu'il y a quelque chose là-bas qui mange les gens? demanda Amarante. Cet idiot d'oiseau dit que le temple l'a dévoré.

La vieille femme sourit et son visage se plissa de mille rides:

— Oh! non, mon petit. Mais il a pu tomber. Ça arrive presque tous les ans.

— Tu vois? exulta Amarante. Libre à toi d'aller te

rompre le cou sur ces foutus rochers mais moi, je rentre chez Orchidée.

Alque lui saisit le poignet et lui tordit le bras jusqu'à la faire agenouiller.

Organsin leva un regard stupéfait vers les rayons d'acier superposés. La moitié environ étaient vides ; sur les autres, des légionnaires reposaient sur le dos, les bras le long du corps, dans l'attitude du sommeil ou de la mort.

— A l'origine, cet endroit se trouvait sous le lac, lui exposa le caporal Silex. Une précaution contre d'éventuels envahisseurs.

Organsin acquiesça d'un air absent, fasciné par le spectacle de ces gisants.

— On avait prévu quatre grosses pompes pour parer aux infiltrations, mais on ne les a jamais utilisées. A mon réveil, j'ai été très surpris d'apprendre que le lac s'était retiré plus loin. Mais même ainsi, le magasin est quasi imprenable.

— Et vous avez dormi ici pendant soixante-quinze ans ? s'étonna Organsin.

— Soixante-quatorze, la dernière fois. Tous ceux que vous voyez ont déjà servi, comme moi. Mais si vous voulez bien me suivre, je vous en montrerai qu'on n'a encore jamais réveillés. Venez.

— Ils doivent être des milliers, dit Organsin en lui emboîtant le pas.

— Sept mille. Au départ de l'ancien méande, il était prévu que toutes les cités soient indépendantes. Pas craignait qu'un État trop puissant ne cherche à s'emparer de l'Unité Centrale, le supercerveau qui dirige le vaisseau.

— Vous voulez dire le méande ? demanda Organsin, quelque peu perdu.

— C'est ça, le *Méande*. A mon avis, il a joué très

fin : il a attribué une infanterie de douze mille pots de fer à chaque ville pour sa défense. Ça fait trois siècles qu'on fonctionne sur ce modèle et comme je vous l'ai dit, nous avons encore plus de la moitié de nos forces prêtes à servir.

— Mais Viron n'a plus de caldé.

— Je l'ai entendu dire, dit Silex d'un air gêné. C'est marle, parce que la règle fixe veut qu'on n'obéisse qu'à lui. Le commandant dit qu'on doit obéir à l'Ayuntamiento mais ça fait rousser dans les rangs. Vous savez ce qu'est la règle fixe, pater ?

— Pas vraiment.

Organsin traînait en arrière, occupé à compter les étages de rayons. Il en dénombra vingt.

— Vous aussi, vous êtes soumis à une règle fixe, reprit Silex. Tenez !

Sans prévenir, il lui décocha un direct du gauche en plein visage. Organsin leva les mains pour se protéger mais l'énorme poing d'acier s'immobilisa à un doigt de sa tête.

— Vous avez vu ? Votre règle fixe commande à vos mains de protéger votre cadran, comme la nôtre nous ordonne de veiller sur Viron. Impossible de la changer ou de l'abroger, même si quelqu'un s'introduisait dans votre tête.

— L'aspiration religieuse fait partie de cette règle, énonça Organsin d'un ton sentencieux. Par nature, l'homme éprouve le besoin de remercier les dieux immortels des bienfaits dont ils le comblent, à commencer par son existence. Vous et votre sergent avez trouvé bon de dénigrer nos sacrifices mais pour insuffisants qu'ils soient, ceux-ci satisfont néanmoins ce besoin, pour la communauté comme pour la plupart des individus.

— J'ai du mal à m'imaginer Pas bouffant un cadavre de chèvre, pater.

— Mais croyez-vous qu'il se réjouisse de nous voir partager un peu de notre nourriture avec lui ?

— Ça, je le conçois mieux.

— Alors, cette discussion n'a pas de raison d'être. Et ce qui est valable pour Pas l'est aussi pour l'ensemble des Neuf, l'Autre et tous les dieux mineurs.

Silex se retourna brusquement vers lui. Son corps massif bloquait pratiquement l'allée :

— Vous voulez que je vous dise ce que vous êtes en train de faire, à mon sens ?

Organsin s'avisa qu'il avait omis d'inclure l'Autre parmi les dieux mineurs. Il se vit déjà accusé d'hérésie.

— Je n'en ai pas la moindre idée, bredouilla-t-il.

— Vous testez sur moi le discours que vous allez servir aux huiles pour les convaincre de vous relâcher.

— Il est possible que je tente de me justifier, concéda Organsin avec un soulagement immense, mais ça ne signifie pas pour autant que j'aie tort, ni que je mente.

— J'en suis convaincu.

— Et vos supérieurs, croyez-vous qu'ils le seront ?

— Je n'en sais fichtre rien. Pas plus que Sable, ajouta Silex avec un de ses drôles de sourires. C'est pourquoi il m'autorise à vous balader comme ça. S'il était sûr de leur décision, il aurait déjà pris les devants en vous libérant ou en vous bouclant dans notre cellule spéciale, avec peut-être une bouteille d'eau parce qu'il vous aime bien. En attendant les ordres du commandant, il m'a demandé de vous distraire tout en gardant un œil sur vous.

— Il m'a également permis de conserver mon pointeur. C'est très aimable à lui.

Il reprit après un temps d'hésitation :

— Peut-être ferais-je mieux de me taire, mon fils, mais les renseignements que vous m'avez fournis ne sont-ils pas de nature à intéresser un espion ? Le nombre de nos légionnaires, par exemple.

— Pas de surchauffe, lui dit Silex en s'adossant à un rayonnage. Je vous ai juste dit qu'il en coûterait une corrosion de tous les diables pour s'emparer de cet endroit. Je ne vois aucun mal à ce que des espions rapportent ça à leurs patrons. Et puis, je ne vous ai pas seulement dit mais *prouvé* que Viron avait sept mille pots de fer en réserve. D'après nos renseignements, aucune autre cité n'en a autant. Ils seraient tous bien inspirés de nous ficher la paix.

— Ainsi, rien de ce que vous m'avez dit ne risque de me compromettre ?

— Du tout. Vous voulez toujours voir les remplaçants ?

— Oui. Mais si vous vous souciez tant des espions, pourquoi montrez-vous vos installations au premier venu ?

— Parce que ce n'est pas ça qu'ils cherchent. Si c'était le cas, on leur ferait faire une visite guidée avant de les renvoyer chez eux. Tout ce qu'ils veulent, c'est savoir où se réunit notre gouvernement.

— L'Ayuntamiento ?

— Actuellement, oui.

— Cet endroit est sans doute encore mieux gardé que celui-ci. Alors, à quoi bon ?

— Il l'est, assura Silex, mais pas de la même façon. Sinon, il serait trop facile à localiser. Vous me voyez et vous avez vu le sergent. A votre avis, pater, est-ce que nous sommes forts ?

— Assurément.

— Vous vous sentez capable de me faire mordre la poussière ? demanda Silex en levant un poing impressionnant.

— Bien sûr que non. Vous pourriez me tuer en un clin d'œil.

— Vous connaissez un bio qui en soit capable?

— L'homme le plus fort que je connaisse est mon ami Alque. Il est un peu plus grand que moi, et plus robuste. Il a une grande expérience du combat mais je suis certain que vous n'auriez aucun mal à le vaincre.

— A mains nues? Je lui briserais la mâchoire d'un seul coup de poing. Et si nous avions chacun un lance-dragées?

— Je ne crois pas qu'Alque en ait un, hasarda Organsin avec diplomatie.

— Supposons que Viron lui en fournisse un, avec des munitions?

— Dans ce cas, je pense que la chance vous départagerait.

— Est-ce que cet Alque a d'autres amis que vous, pater?

— Certainement. Il y a Gibbon... A la réflexion, il me paraît encore plus fort qu'Alque. Il a également pour amie une de nos sibylles.

— Laissons-la de côté. Supposons que je doive vous affronter, vous, Alque et l'autre bio, et que vous soyez tous les trois armés de lance-dragées...

— Dans ce cas, je ne me prononcerais pas sur l'issue du combat, dit Organsin, soucieux de ménager la susceptibilité de son interlocuteur.

Silex se redressa de toute sa taille et vint se planter devant lui:

— Vous avez raison. Je pourrais vous tuer tous les trois, à moins que vous ne me tuiez d'abord. Mais à votre avis, quelle est l'issue la plus plausible? Je vous préviens: si jamais vous me mentez, je serai beaucoup moins gentil avec vous.

— Je ne suis pas un expert en tactique, mais il est

probable que vous tueriez un ou deux d'entre nous avant de succomber à votre tour, pour ainsi dire dans le feu de l'action.

Silex sourit :

— On ne vous effraie pas aisément, pater.

— Au contraire, je suis plutôt pusillanime. J'ai dû me faire violence pour vous répondre mais après tout, c'est vous qui m'avez réclamé la vérité.

— Combien y a-t-il de bios à Viron, pater ?

— Je l'ignore.

Organsin se caressa rêveusement la joue et ajouta :

— C'est une question intéressante. J'avoue que je ne me l'étais jamais posée.

— J'ai tout de suite vu que vous étiez un gars intelligent. Moi, ça fait un bout de temps que je n'ai pas été en ville. Alors, vous diriez combien ?

— Dans l'idéal, on compte un mantéion pour cinq mille résidents. De nos jours, la plupart de ceux-ci sont des bios. Il reste bien quelques chimios, mais je doute qu'ils soient plus d'un pour vingt. Il existe cent dix-sept mantéions en activité.

— Ça fait cinq cent cinquante-cinq mille et sept cent cinquante, calcula Silex.

— A l'heure actuelle, le quota est plutôt d'un pour six mille, voire plus.

— Mettons qu'il y en ait six cent mille, décida Silex, dont une moitié de gosses et un quart de femmes, d'accord ? Ça nous laisse cent soixante-quinze mille cinq cents hommes. Si je soustrais une bonne moitié de vieillards, de malades et de tire-au-flanc, il en reste à peine quatre-vingt-sept mille sept cent cinquante. Vous voyez où je veux en venir, pater ?

— Je crois que je commence à comprendre, dit Organsin.

Silex pointa sur lui un index gros comme un bras de levier :

— Et la Garde ? Combien de brigades ? Cinq ?

— Six, avec les réservistes.

— Six brigades de cinq ou six mille hommes de troupe chacune. Alors, qui est-ce qui primerait en cas de conflit ? Nous autres, les pots de fer, ou l'Ayuntamiento, qui commande la Garde et a le pouvoir de distribuer des lance-dragées à la moitié de la population de Viron ?

Perdu dans ses réflexions, Organsin ne répondit pas.

— Nous ne sommes plus guère qu'un corps d'élite, alors que nous étions censés constituer le gros de la force armée. Venez voir les remplaçants.

Tout au fond du vaste arsenal, les légionnaires étaient emmaillotés dans des feuilles de polymère. Une substance visqueuse et brunâtre enduisait leurs membres. Intrigué, Organsin s'arrêta devant le plus proche afin de l'examiner. Il souffla sur la poussière et les toiles d'araignée qui le recouvraient puis, comme cela s'avérait insuffisant, il les balaya avec sa manche.

— Il y en a toute une compagnie, annonça Silex avec fierté. Tels qu'ils sont sortis de l'Assemblage Final.

— Il n'a jamais prononcé un mot, il ne s'est jamais assis pour regarder autour de lui ? Depuis trois siècles ?

— Et même davantage. On a commencé à les stocker vingt ans avant d'embarquer.

Organsin réfléchit que cet homme avait été conçu à peu près à la même époque que mater Marbre… En même temps que Silex. Mais alors que mater serait bientôt morte, Silex était jeune et plein de vigueur. Quant à cet homme, il n'avait pas encore vu le jour.

— Pour le réveiller, il faudrait lui donner une tape sur la poitrine en lui criant quelques mots à l'oreille, expliqua Silex. Mais gardez-vous bien de le faire.

— Ça suffirait à activer ses facultés mentales ?

— Elles l'ont déjà été lors de l'Assemblage Final, pour vérifier que tout fonctionnait. Depuis elles tournent au ralenti, afin d'économiser l'énergie vitale. D'une certaine façon, il a conscience de notre présence. Il nous entend mais nos paroles n'ont pas de sens pour lui. Mais en cas d'urgence, par exemple un incendie, il s'éveillerait de lui-même.

— J'aimerais vous poser deux questions. J'espère que vous ne les prendrez pas mal, même si vous les jugez impolies. Mais dites-moi d'abord : tous ces dormeurs sont-ils dans le même cas ?

— Pas tout à fait, dit Silex d'un ton troublé qui rappela à Organsin les réserves qu'il avait exprimées sur le compte de l'Ayuntamiento. Quand on est resté un moment en activité, il est plus difficile de se mettre en veilleuse. On se dit qu'on n'arrivera jamais à se rendormir et qu'on ferait mieux de se relever. Mais bien sûr, pas question. On se dit alors : « Puisque je n'ai rien de mieux à faire, autant évoquer de bons souvenirs, comme la fois où Schiste a fait péter son lance-dragées en le rechargeant. » Mais au bout d'un moment, vous n'êtes plus très sûr que ça soit vraiment arrivé et vous avez l'impression de devenir un autre. C'est difficile à expliquer.

— Au contraire, vous vous en tirez très bien.

— Après, il fait de plus en plus noir. J'ai autre chose à vous montrer, pater. Venez, on va suivre le mur du fond.

— Un instant, je vous prie, mon fils.

Organsin posa son pied droit sur un rayonnage et défit le bandage d'Héron.

— Me permettez-vous une autre question ?

— Allez-y, défouraillez.

— Tout à l'heure, vous avez mentionné l'existence d'un commandant. Est-ce le plus haut gradé actuellement en service ?

— C'est lui qui dirige le Q.G., acquiesça Silex.

— Mais pourquoi ces différences de grade entre vous ? Ne serait-ce pas mieux si vous étiez interchangeables ?

Silex demeura si longtemps silencieux qu'Organsin commença à en éprouver de la gêne :

— Je vous demande pardon, mon fils. Je crains de vous avoir froissé. Je retire ma question.

— Ce n'est pas ça, pater. Mais la réponse est complexe. A la base, vous n'avez pas tort. Le matériel est à peu près le même pour tous, mais pas le logiciel. Un caporal doit savoir certaines choses dont un commandant n'a pas l'utilité, et vice-versa. Vous avez remarqué comment je parle ?

— Maintenant que vous me le dites...

— Vous, vous parlez comme un officier, avec des mots compliqués. Pourquoi ? La prochaine fois qu'on sera en guerre, Sable et moi, on aura affaire à des gardes, des troufions, des caporaux et des sergents, vous me suivez ? C'est pourquoi on doit parler comme eux, pour qu'ils nous comprennent. Le commandant, lui, n'aura affaire qu'à des officiers, aussi emploie-t-il le même langage qu'eux. Vous vous êtes déjà exercé à parler comme moi, pater ?

— Je crains de n'être pas très doué, avoua Organsin en rougissant.

— Eh bien, c'est pareil chez nous. Le commandant n'est pas capable de parler comme moi et réciproquement. Pour ça, il faudrait qu'on ait plusieurs logiciels d'expression orale. Seulement, la place nous manquerait là-dedans pour stocker toutes ces informations. Pour dire les choses crûment, le commandant ferait un moins bon caporal que moi et moi un moins bon commandant que lui.

— Je vous remercie, mon fils. Vous m'avez tranquillisé. Jusqu'ici, j'étais gêné de ne pas m'exprimer comme les habitants de mon quartier. A présent, je comprends que c'est mieux ainsi. Mes fidèles n'ont pas de temps à perdre et si leur pensée ne s'embarrasse pas de subtilités, ils ont tout intérêt à se faire bien comprendre. Mon rôle est de les représenter auprès des élites, un milieu qui jongle plus volontiers avec les notions abstraites et où une équivoque ne tire guère à conséquence. Ainsi, mon langage est parfaitement adapté à ma fonction.

— Je vois qu'on s'est compris. Et la F.A., pater?

— J'ai peur de ne pas saisir, avoua Organsin en frappant son bandage sur le montant d'un rayonnage.

— La faculté d'apprentissage, si vous préférez. Mettons que je tire sur une de ces bêtes, les dieux. Que je la rate ou que je fasse mouche, j'aurai toujours appris quelque chose. A la longue, mon tir deviendra plus précis et je ne gaspillerai plus de munitions à faire feu sur des cibles que je ne risque pas d'atteindre, à moins d'un coup de chance. C'est pareil pour vous?

— Évidemment!

— C'est là que vous faites erreur, pater, dit Silex en agitant son gros index d'acier sous le nez d'Organsin. Prenez un flotteur: quelle que soit son ancienneté, il est incapable de se diriger sans conducteur. Un autre exemple: un jour — c'était pendant la guerre contre Urbs — j'ai découvert un chaton dans les décombres d'une ferme. Je l'ai gardé quelque temps, histoire d'avoir quelqu'un à nourrir et à qui parler. Ça fait du bien, parfois.

— Comme je vous comprends, mon fils ! Moi-même, j'ai eu un oiseau…

— Cet été-là, on avait installé un canon au sommet d'une colline et, au plus fort de la bataille, il arrivait qu'on tire sept ou huit bordées d'affilée, sans débander. Vous avez déjà servi un canon, pater ?

Organsin secoua la tête.

— On charge l'explosif par la culasse. Une fois le coup parti, on rouvre la culasse et la douille en sort brûlante. Au bout de six ou sept coups, la culasse elle-même est si chaude qu'on pourrait faire cuire un œuf dessus. Et quand la douille est éjectée, on la voit même dans la nuit. Bref, on canardait à toute bringue. Pour un peu, on aurait fondu sur pieds. Les douilles vides s'amoncelaient au pied du canon. Voilà que mon pauvre minou se pointe et saute en plein sur le tas. Naturellement, la douille du dessus brûlait comme un fer à souder.

Organsin prit un air compatissant.

— Minou pousse un grand cri et déguerpit. Il est resté vingt-trois jours sans reparaître.

— Mais il a fini par revenir ? demanda Organsin, ragaillardi à l'idée qu'Oreb puisse en faire autant.

— Oui. Mais après ça, pas moyen de le faire approcher des douilles. J'avais beau lui coller le nez dessus pour lui prouver qu'elles étaient aussi froides que des pierres, rien à faire. Il avait appris que les douilles étaient brûlantes et était incapable de revenir sur cette idée. Il était dépourvu de F.A. et beaucoup de gens sont dans le même cas.

— Un théodidacte a dit un jour que le sage s'instruit de l'expérience des autres. L'idiot ne se fie qu'à sa propre expérience et la plupart des hommes n'apprennent jamais rien. Sans doute voulait-il dire que ces derniers sont dépourvus de F.A.

— En plein dans le mille, pater. Vous aviez autre chose à me demander ?

— Si nous avons loin à marcher, autant nous mettre en route, suggéra Organsin.

Ils cheminèrent un moment côte à côte dans le couloir formé par le mur du fond et la dernière rangée de rayonnages, puis Organsin reprit :

— Vous avez dit que Pas avait pris des mesures pour garantir l'indépendance des cités...

— Exact, confirma Silex.

— Puis nous avons évoqué la Garde Civile, l'accroissement de la population, et je me suis fait la réflexion que ce système, aussi admirable soit-il, n'était plus adapté à la situation présente. Si Wick a trois mille cinq cents légionnaires et Viron sept mille, alors notre ville est deux fois plus forte. Mais si on prend également en compte les gardes, voire la masse des citoyens ordinaires, il n'est pas sûr que nous ayons toujours l'avantage. Dans ce cas, qu'en est-il du système de Pas ?

— C'est un problème, acquiesça Silex. Si vous voulez mon avis, Pas a pensé aux deux premiers siècles. Peut-être s'est-il dit qu'au bout de ce temps, on aurait appris à vivre ensemble ou à s'éliminer les uns les autres, ce qui revient au même. A l'époque, les bios étaient moins nombreux et pas très calés question technologie. Ils ont trouvé des villes toutes prêtes. Leur souci majeur, c'était la nourriture. Ils n'avaient qu'à fabriquer leurs vêtements, leurs outils et des briques pour bâtir de nouveaux bâtiments là où Pas n'avait pas jugé utile d'en mettre. Stop ! Nous y sommes presque.

Silex fit halte au pied d'une imposante double porte et s'interposa entre celle-ci et Organsin.

— Comme je vous l'ai dit, les bios étaient moins nombreux il y a trois siècles. Les chimios se sont appuyé le plus gros du boulot. Des légionnaires, mais surtout des civils. Vous devez en connaître. Ils n'ont pas d'armure et fonctionnent avec un logiciel différent.

— Hélas, ils sont en voie d'extinction.

— A ce propos, j'ai comme qui dirait l'impression que le vieux Pas s'est joliment planté. Je pourrais avoir un gosse avec une femelle de ma race. Vous saviez ça ?

— Certes.

— L'ennui, c'est qu'il nous faudrait au minimum un an, voire beaucoup plus, pour y parvenir. Chez vous, l'affaire se conclut en une nuit.

— Croyez-moi, je souhaiterais de tout cœur que vous soyez comme nous sur ce plan. Et inversement.

— Merci. Quoi qu'il en soit, les bios n'ont cessé de se multiplier et les outils de se perfectionner, d'autant plus vite que c'étaient les chimios qui les fabriquaient. Ajoutez à ça tous les lance-dragées des légionnaires morts au combat qui se baladaient dans la nature... Bref, nous en avons salement rabattu.

— Quel dommage, soupira Organsin.

— Haut les cœurs, pater ! J'ai là quelque chose de pas banal à vous faire voir. Comme vous êtes un augure, je l'ai gardé pour la bonne bouche, ou presque. Vous avez déjà entendu parler du sceau de Pas ?

Les yeux d'Organsin s'agrandirent de stupeur :

— Certainement. Il est mentionné dans le Pardon : « Accomplissez ma volonté, vivez en paix, multipliez-vous et ne brisez jamais mon sceau. Ainsi, vous éviterez mon courroux. »

— Et vous l'avez déjà vu ?

— Ma foi, non. Pour autant que je sache, il s'agit d'une métaphore.

— Eh bien, regardez, dit Silex en s'écartant.

Les deux panneaux de la porte étaient scellés à mi-hauteur par une mince plaque de matière synthétique noire. Organsin se pencha afin de lire ce qui y était imprimé :

5553	8783	4223	9700	34
2221	0401	1101	7276	56

SCELLÉ POUR LE MONARQUE

— Le sceau de Pas, c'est ça, expliqua Silex. Il est en place depuis que nous avons embarqué.

— S'il est authentique, remarqua Organsin, c'est une relique inestimable.

Il s'inclina humblement et traça le signe de l'addition devant le sceau en murmurant une prière.

— Sans doute, à condition de l'enlever pour l'exposer dans un de vos mantéions. Seulement, c'est impossible. Il tomberait en poussière. Quelqu'un en a déjà brisé un morceau.

— Et personne ne sait ce qu'il y a derrière ? demanda Organsin.

— Oh ! si. C'est comme ici, plein de types sur des étagères. Seulement, ceux-ci sont des bios. Ça vous dirait d'y jeter un coup d'œil ?

— Des bios ? répéta Organsin.

A ces mots, le rêve qu'il avait fait quelques heures plus tôt se présenta à son esprit avec une netteté inouïe : la colline broussailleuse, mater dans son lit, malade, le parfum écœurant de la lampe en verre bleu et Mucor, trônant à la surface du lac à son réveil. *Le sol est sec plus loin. Rendez-vous là où dorment les bios.*

— Mais oui, confirma Silex. Des bios comme vous. Le vieux Pas devait craindre une épidémie ou une famine. Ceux-ci ne sont pas couchés mais debout. Vous voulez regarder ?

— Certainement, à condition qu'il ne faille pas briser le sceau de Pas.

— Ne vous inquiétez pas. Je l'ai fait des dizaines de fois.

Silex leva son poing d'acier et frappa un coup à la porte.

— Je réveille les lumières à l'intérieur, expliqua-t-il, sans ça vous ne verriez rien. Je doute que vous ayez assez de force dans les mains, aussi je vais le faire pour vous, ajouta-t-il en insérant ses ongles dans l'interstice. Il y a un bouton sous le sceau. C'est lui qui maintient la porte fermée. C'est pourquoi je ne risque pas de le briser, même en tirant de toutes mes forces. En revanche, je peux écarter les panneaux juste assez pour vous permettre d'y glisser un œil. Tenez !

Bientôt, un fil de lumière verdâtre se dessina dans l'interstice.

— Glissez-vous entre moi et la porte et collez votre œil à la fente.

Organsin vit une pièce apparemment vaste et bien éclairée et d'autres rayonnages métalliques. Les bios qu'il distinguait étaient debout dans des cylindres transparents, quoique couverts de poussière. Il pouvait en voir trois, une femme et deux hommes. Tous étaient nus et paraissaient à peu près son âge. Ils avaient le regard fixe et des traits impassibles.

— Il fait assez clair ? demanda Silex.

Il se pencha pour regarder aussi, frôlant le crâne d'Organsin de son menton.

— Il y a quelqu'un à l'intérieur, lui signala Organsin. Quelqu'un d'éveillé.

— Dedans ?

Le front de Silex buta contre la porte dans un fracas métallique.

— Voyez comme il fait clair. La pièce est toute illuminée. Ce ne sont pas les quelques coups que vous avez frappés à la porte qui ont pu produire cela.

— C'est impossible.

— Non, ça signifie simplement qu'il existe un autre moyen d'accès.

Lentement, si lentement qu'Organsin crut d'abord à une illusion, la femme de la dernière rangée leva les mains et les pressa contre le mur cristallin de sa prison.

— Caporal Silex ! brailla celui-ci. Au fond de l'arsenal !

La voix d'une sentinelle reprit son appel comme un lointain écho. Sans laisser à Organsin le temps de protester, Silex abattit la crosse de son lance-dragées sur le sceau qui s'émietta. Pendant qu'Organsin étouffait un cri d'horreur, il enfonça les portes et se rua à l'intérieur. Organsin s'agenouilla et rassembla la poussière noire du sceau en un tas. A défaut d'un réceptacle plus adéquat, il la plia soigneusement dans sa dernière feuille de papier et la déposa dans son écritoire.

La femme dans le cylindre porta ses mains à sa gorge ; ses yeux semblaient prêts à jaillir de ses orbites. Organsin se releva avec peine et entra en clopinant. Il perdit de précieuses secondes à chercher le système d'ouverture du cylindre. Enfin, il arracha le pointeur de sa poche et frappa de toutes ses forces avec la crosse. Le cristal vola en éclats. L'atmosphère ainsi libérée vira au bleu violacé, comme une grappe mûre à point. Au contact de l'air, elle s'enroula en spirale puis se dissipa aussi subitement que Mucor dans la seconde qui avait suivi son réveil. Avec de lents mouvements de somnambule, la femme rangea ses bras le long de son corps. Elle respirait avec effort. Organsin détourna les yeux et ôta sa robe.

— Voulez-vous passer ceci, je vous prie ?

— Nous serons amants, lui dit la femme tout haut ; sa voix se brisa sur la dernière syllabe.

Ses cheveux étaient du même noir que ceux de Jacinthe et ses yeux d'un bleu saisissant, plus sombre que ceux d'Organsin.

— Savez-vous s'il y a une autre issue ? demanda précipitamment Organsin.

— Tout.

Elle descendit de son rayon. Ses gestes étaient presque normaux à présent.

— Il en existe forcément une, reprit Organsin, parce que quelqu'un est entré ici sans passer par cette porte. Montrez-la-moi, je vous prie.

— Par là.

Il risqua un coup d'œil à son visage, en ayant soin de ne pas laisser son regard s'égarer en deçà de son long cou gracile. Son sourire lui causa une impression pénible. Avec mille précautions, il drapa sa robe autour des épaules de la femme.

— Tenez-la bien serrée devant vous.

— La nouer pour moi ?

— Il vaudrait mieux...

— Moi, je ne sais pas.

Elle fit un pas vers lui.

— S'il te plaît ?

A présent elle contrôlait mieux sa voix et celle-ci avait des accents presque familiers.

Organsin eut le plus grand mal à se dépêtrer des cordons qui retenaient la robe. Il s'étonna de ce qu'un geste devenu si machinal fût pourtant si difficile à reproduire sur quelqu'un d'autre.

— Maintenant, je vole !

Elle ouvrit les bras, déployant la robe dans toute sa largeur, et courut maladroitement jusqu'au mur du fond. Puis elle tourna les talons et revint à toute vitesse dans une course parfaitement maîtrisée.

— C'est... vrai... Je... vole !

Elle respirait goulûment, en gonflant la poitrine.

— Mais... tu... ne... peux... pas... me... voir.

Elle rejeta fièrement la tête en arrière, comme Silex. Organsin reconnut alors son sourire... Le sourire d'un cadavre.

— Tu n'as pas le droit de prendre cette femme, Mucor ! dit-il en traçant le signe de l'addition. Au nom de Pas, maître du méande, je t'ordonne de disparaître !

— Je... Une... femme. C'est... vrai.

— Au nom d'Échidna, va-t'en !

— Je... la... connais. Elle... m'aime.

— Au nom de Scylla et de Sphigx ! Au nom sacré entre tous de l'Autre !

Elle ne lui prêtait déjà plus attention.

— Sais-tu... pourquoi... le plafond... est si haut ? Pour... permettre... aux aériens... de voler.

Elle désigna un tas d'ossements, de cheveux et de chairs noircies dans un cylindre au second niveau.

— J'ai été... elle. Elle... se rappelait.

— A mes yeux, tu es d'abord le démon qui s'est emparé de cette malheureuse fille, Orpin, la coupa Organsin d'un ton rageur.

Un éclair de terreur brilla dans les yeux de la femme.

— Je t'accorde que je ne vaux pas grand-chose. Mais je n'en suis pas moins un augure assermenté. Tu ne respectes donc rien ?

— Tu n'arriveras pas à me faire peur, Organsin, dit-elle en reculant.

— Au nom de Phæa, va-t'en ! Au nom de Thelxiepeia ! Au nom de Molpe !

— Je voulais juste aider...

— Au nom de Tartaros et Hiérax, va-t'en !

Elle mit les mains devant son visage, comme pour parer un coup. Organsin se rappela alors qu'Hiérax était le nom du vautour à tête blanche que Musc entretenait sur le toit de Sangre. Avec ce souvenir affluèrent d'autres images de cette nuit fatale : sa course échevelée sur la pelouse à la faveur d'un nuage, la branche fourchue retombant sur le toit de la serre dans un bruit sourd, la lame de la hachette glissée entre le chambranle et le châssis de la fenêtre de Mucor, cette même fenêtre qu'il avait invoquée le lendemain pour la chasser de chez Orchidée. Il reprit, presque tendrement :

— Si tu ne me laisses pas tranquille, Mucor, je fermerai ta fenêtre de telle sorte qu'on ne puisse plus jamais la rouvrir. Va-t'en !

Elle s'évanouit aussitôt, tel un songe. La femme cligna des paupières, le regard dans le vague.

— M'en aller ? Où ? balbutia-t-elle en ramenant la robe sur elle.

— Bénis soient le nom d'Hiérax et son infinie miséricorde ! soupira Organsin avec ferveur. Comment vous sentez-vous, ma fille ?

Elle le regarda sans comprendre, une main pressée entre les seins :

— Mon... mon cœur.

— Il se ressent encore des efforts que lui a imposés Mucor. Votre pouls devrait se ralentir d'ici quelques minutes.

Elle resta muette et tremblante. Dans le silence, Organsin perçut le martèlement de deux semelles d'acier. Il referma la porte forcée par Silex, réfléchissant que celui-ci avait mentionné l'arrière de l'arsenal. Les légionnaires mettraient sans doute du temps à comprendre qu'il leur avait fixé rendez-vous dans cette salle habituellement condamnée.

— Si nous nous avancions ? suggéra-t-il. Peut-être trouverons-nous un endroit plus confortable où vous pourrez vous asseoir. Savez-vous comment on sort d'ici ?

La femme ne répondit pas mais n'opposa aucune résistance quand il l'entraîna dans une allée choisie au hasard. Il remarqua que les cylindres portaient tous une plaque imprimée à leur base. En se hissant sur la pointe des pieds, il parvint à déchiffrer le nom d'une des dormeuses (Olive), son âge (vingt-quatre ans), ainsi qu'un résumé de la formation qu'elle avait reçue.

— Dommage que je n'aie pas lu la vôtre.

Il s'était adressé à elle comme si elle avait été Oreb, pour donner une forme à ses pensées.

— Au moins, je saurais comment vous vous appelez.

— Mamelta.

Il lui jeta un regard intrigué :

— C'est votre nom ?

— Je crois. J'ai du mal à me...

— ...rappeler ? suggéra-t-il.

Elle opina.

— En tout cas, il n'est pas commun.

Les lumières vertes au plafond avaient perdu de leur intensité. Dans la pénombre qui s'épaississait, Organsin vit Silex s'engouffrer à toute allure dans une travée perpendiculaire à la leur. Il demanda :

— Pourriez-vous marcher un peu plus vite, Mamelta ?

Pas de réponse.

— Je préférerais l'éviter, expliqua-t-il, pour raisons personnelles. Toutefois vous n'avez rien à craindre de lui… Il ne nous ferait aucun mal, ni à vous ni à moi.

Mamelta opina mais il n'aurait su dire si elle avait compris.

— J'ai peur que le pauvre garçon ne revienne bredouille. Il cherche la personnc qui a activé toutes ces lumières mais je suis à peu près certain que c'était Mucor, et elle n'est plus là.

— Mucor ? fit Mamelta en désignant son propre visage.

— Non. Vous n'êtes pas Mucor, bien qu'elle vous ait possédée un instant. C'est elle qui a dû vous tirer du sommeil. Pourrions-nous accélérer un peu ?

— Bien.

— Inutile de courir. Il risquerait de nous entendre et ça éveillerait ses soupçons. Même en marchant, nous avons de bonnes chances de lui échapper. Sinon, il croira sans doute que c'est vous qui avez activé les lampes. Il devrait se satisfaire de cette explication. Du moins je l'espère, ajouta-t-il entre ses dents.

— Qui est Mucor ?

Il lui lança un regard surpris :

— Vous vous sentez mieux, dirait-on ?

Elle regardait le mur du fond, droit devant elle. Elle ne paraissait pas avoir entendu.

— Je crains qu'il ne me soit difficile de vous répondre. Je sais très peu de chose de cette jeune femme, et encore ce ne sont que des suppositions. Mucor a la faculté de quitter son corps ou, si vous préférez, de voyager en esprit. Elle souffre de troubles mentaux — c'est du moins ce qu'il m'avait semblé lors de notre première entrevue. A la réflexion, peut-être n'est-elle pas si perturbée que ça. Simplement, sa perception du méande doit être très différente de la nôtre...

— Il me semble que je suis... Mucor.

Il acquiesça et reprit :

— Ce matin — ou plutôt hier — j'ai conversé avec... disons : une femme extraordinaire. Nous parlions de la possession et elle m'a dit en substance : « Et même alors, il subsisterait toujours quelque chose. » Si j'ai bien compris, Mucor laisse un peu d'elle-même dans chaque personne qu'elle quitte et, inversement, elle emporte avec elle un peu de l'âme de cette personne. On s'imagine que l'âme est indivisible, quoique les Écritures la comparent au vent. Or, le vent n'est jamais que de l'air en mouvement et l'air se fractionne à chaque fois que nous fermons une porte ou prenons une inspiration.

— Tous ces morts, murmura Mamelta en contemplant un cylindre qui ne contenait plus que des ossements, une sorte de boue noirâtre et quelques poignées de cheveux.

— L'œuvre de Mucor, j'en ai peur.

Organsin resta un moment silencieux, en proie à un cas de conscience.

— J'ai omis de vous signaler le plus important, du moins à mon sens : j'ai trahi la confiance de Mucor. Elle est la fille d'un certain Sangre, un homme puissant qui la maltraite. J'ai promis à Mucor de l'admonester à la première occasion. Plus tard, j'ai eu avec lui une longue conversation mais je n'ai fait aucune allusion à sa conduite envers sa fille, de peur qu'il ne la punisse pour m'avoir parlé. Ce n'en était pas moins une trahison.

— *Pater !*

La voix de Silex.

— Oui, mon fils ? dit Organsin en cherchant autour de lui.

— Par ici. Tout va bien ?

— A la perfection. Je, euh... je me promenais dans ce lieu fascinant, parmi les dormeurs.

— A qui parliez-vous ?

— A un de ceux-ci, justement. Une femme. Je crains de l'avoir ennuyée avec mes sermons.

Silex avait le même rire inhumain que Sable.

— Vous avez vu quelqu'un ?

— Des intrus ? Non, personne.

— Bien. Les hommes de la patrouille devraient déjà être là. Je vais voir ce qui les a retardés. Je vous retrouverai plus tard, à la porte par laquelle nous sommes entrés.

Sans attendre la réponse d'Organsin, il s'éloigna dans un tintement de métal.

— Il faut que je retourne dans les tunnels, dit Organsin à Mamelta. J'y ai laissé un objet précieux qui m'a été prêté.

— Par ici, dit-elle en pointant le doigt.

Pour la première fois, elle parut le voir.

— Vous avez le visage meurtri, dit-elle. Et vous boitez.

— Un accident. Rien de grave. Vous êtes sûre que nous allons dans la bonne direction ? Si jamais nous retournions sur nos pas...

Mamelta pointa de nouveau le doigt. Cette fois, Organsin vit qu'elle désignait une ligne verte sur le sol.

— Il faut la suivre.

La ligne verte aboutissait à une construction cubique dont la façade était constituée par une mosaïque de minuscules plaques. Quand Mamelta pressa le centre du panneau, les plaques frémirent, crissèrent, pâlirent et bougèrent enfin. Organsin songea d'abord à la porte coulissante sur laquelle il s'était cassé les dents, puis à l'éclosion d'un bouton de rose.

— C'est magnifique, dit-il à Mamelta. Mais ça ne peut pas être une issue. On dirait... une cabane à outils, peut-être.

Les pétales de la porte finirent de s'ouvrir, révélant une pièce carrée, sale et obscure. Le sol était jonché de débris de verre. Mamelta s'assit dans un coin sur un amas de ferraille, soulevant un petit nuage de poussière.

— Est-ce ainsi qu'on gagne la navette ?

Organsin eut l'intuition que la question ne s'adressait pas vraiment à lui.

— J'ai bien peur que nous n'allions nulle part comme ça, répondit-il néanmoins tandis que la porte repliait ses pétales. Mais au moins, nous sommes cachés.

— Asseyez-vous.

Organsin prit place sur un second tas. Il eut l'impression que toute la pièce s'enfonçait sous lui.

— Qu'appelez-vous la navette, Mamelta ?

— Le *Rocher*. C'est lui qui doit nous conduire au vaisseau interstellaire, le *Méande*.

— Avez-vous songé que cet embarquement dont vous parlez pourrait avoir eu lieu à votre insu ? Il y a très longtemps ?

Elle regardait droit devant elle en serrant les dents.

— Si vous le voulez bien, j'aimerais d'abord conclure le chapitre de Mucor.

Elle hocha imperceptiblement la tête.

— Elle m'est apparue en esprit dans mon presbytère et pas plus tard qu'hier dans les tunnels, alors que je venais de rêver d'elle. Mieux encore, le fantôme d'un ami très cher — mon maître et mon guide spirituel — s'est manifesté à moi presque en même temps qu'elle.

— Suis-je un fantôme ?

— Bien sûr que non. Vous êtes une jeune femme bien vivante, et très séduisante avec ça. Mucor non plus n'avait rien d'un fantôme quand elle m'est apparue. Je suis certain d'avoir réellement entendu sa voix et pour provoquer un tel jaillissement de lumière dans l'entrepôt, il aura fallu qu'elle pousse un cri ou casse quelque chose.

Organsin se mordit les lèvres. Un sixième sens l'avertissait qu'il était en train de tomber. Aussi incroyable que ça puisse paraître, le tas de métaux sur lequel il était assis et le sol jonché d'éclats de verre s'enfonçaient peu à peu sous lui, l'entraînant dans leur chute.

— Je me suis souvent demandé comment le père de Mucor ne l'avait pas soupçonnée d'être à l'origine des cas de possession intervenus autour de lui. Je crois tenir la réponse. Puisque Mucor a laissé un peu de son âme en vous, j'aimerais que vous me disiez si je me trompe. Mucor a-t-elle jamais subi une opération du cerveau ?

Un long silence, puis :

— Je ne sais pas bien...

— Son père m'a dit que pendant quelques mois, il avait eu un chirurgien du cerveau chez lui. Ça m'a étonné, puis j'ai réfléchi qu'il avait pu l'employer dans un but précis. Mettons que Mucor ait été une enfant parfaitement normale, à part le pouvoir dont je vous ai parlé. Il est probable qu'elle a d'abord exercé celui-ci sur son proche entourage, au grand désagrément de ce dernier. Sangre est un sceptique, aussi il aura sans doute demandé aux médecins de traiter cette faculté phénoménale comme une vulgaire maladie. Il a bien dû s'en trouver un pour promettre de la « guérir » en ôtant une tumeur de son cerveau, voire — quelle pensée affreuse ! — une partie de celui-ci.

Mamelta parut acquiescer. Encouragé, Organsin poursuivit :

— Sangre a cru au succès total de l'opération. Il se peut qu'elle ait réellement mis un frein à son pouvoir, tout en portant un coup à ses facultés mentales. Mais avec le temps, son cerveau se sera régénéré et elle aura été assez prudente pour tenir sa guérison secrète et aller commettre ses forfaits en dehors de la maison paternelle. Mes réflexions éveillent-elles un écho en vous, Mamelta ?

— L'opération a eu lieu avant l'embarquement.

— Je vois, mentit Organsin. Et ensuite ?

— Le vaisseau est arrivé. On nous a attachés dedans.

— Était-ce une sorte de galère ? Je sais que certaines villes en possèdent. Je serais navré d'apprendre qu'il en existe aussi en dehors du méande.

— Oui, répondit Mamelta.

Organsin se leva et appuya la main au centre de la porte, comme l'avait fait Mamelta, sans résultat.

— C'est trop tôt. Elle s'ouvrira automatiquement, bientôt.

Comme il se rasseyait, il eut la sensation que toute la pièce basculait vers la gauche.

— Et après ?

— Ils ont demandé des volontaires. Ils étaient... Il n'y avait pas moyen de refuser.

— Avez-vous des souvenirs de l'extérieur ? L'herbe, les arbres, le ciel ?

— Oui.

Un sourire étira les coins de sa bouche et ses traits s'animèrent.

— Oui, avec mes frères. Je jouais à la balle dans

le patio. Maman ne voulait pas que je les accompagne dans la rue. On s'amusait à faire traverser l'eau de la fontaine à la balle, pour que celui qui l'attraperait se mouille.

— Et le soleil ? Était-il long ou court ?

— Je ne comprends pas.

Organsin tenta de se rappeler tout ce que mater Marbre avait pu lui dire de l'ancien soleil.

— Ici, le soleil est semblable à un fil d'or incandescent tendu entre nous et les terres célestes. Était-ce le même ou un disque au milieu du ciel ?

Le visage de Mamelta se décomposa et ses yeux s'emplirent de larmes.

— Pas de retour possible. Serrez-moi, je vous en prie !

Il s'exécuta avec toute la maladresse d'un débutant. La peau de la femme était douce et tiède sous le tissu élimé de la robe noire qu'il lui avait prêtée.

10

LE VENTRE DU *MÉANDE*

Penché au-dessus de la balustrade du temple de Scylla, Alque scrutait les blocs de rochers déchiquetés au pied de la falaise. Leur surface brillait d'un éclat spectral alors que leurs crevasses étaient d'un noir de poix.

— Là! Là! s'exclama Oreb en picotant les lèvres de la déesse. Manger lui!

— Je ne referai pas le chemin à l'envers, dit Amarante. Je veux bien être montée pour rien, je me fiche encore que tu m'aies tabassée. Mais je t'avertis: si tu veux que je redescende, tu vas devoir me porter. Tu auras beau me bourrer de coups de pied, je ne me lèverai pas.

— Tu ne vas pas passer la nuit ici, grommela Alque.

— Tu crois ça? Eh bien, c'est ce qu'on va voir.

— Ici, Alque! appela Oreb.

— Ici toi-même, répliqua Alque en l'attrapant. Maintenant, écoute-moi. Je vais te lancer au-dessus des rochers. Si tu vois pater Organsin, tu siffles.

— Il ne reviendra pas, dit Amarante d'un ton indifférent.

— Mais si. Prêt, l'oiseau? Va!

Il propulsa Oreb depuis la balustrade et le suivit des yeux jusqu'à ce qu'il ait atterri.

— Il aurait pu se briser le cou sur n'importe lequel de ces rochers, ton grand escogriffe.

— Non. Sur huit ou dix tout au plus. J'ai bien regardé.

— Oh ! Ce que je peux être fatiguée, par Molpe, soupira Amarante.

— Vrai, tu as l'intention de finir la nuit ici ? Quelqu'un pourrait venir.

— Quelqu'un de pire que toi ?

Il répondit par un grognement.

— C'est trop drôle ! Je te parie tout ce que tu veux qu'il n'y a pas un gars dans ce fichu patelin qui...

— La ferme !

Elle obéit, du moins un temps, par crainte ou plus sûrement par lassitude. Elle écouta le clapotis des vagues léchant la falaise, les sanglots du vent entre les colonnes du temple, le sang qui cognait à ses tempes et la pulsation syncopée de son cœur. Si seulement elle avait eu de la rouille... Elle en aurait aspiré tout son soûl puis elle aurait suivi Alque jusqu'à cette portion du chemin où on avait la sensation d'avancer dans le vide. Là, elle l'aurait poussé dans le lac.

Mais elle n'avait pas de rouille et l'effet de la demi-bouteille de rouge qu'elle avait bue s'était depuis longtemps dissipé. Elle pressa ses mains contre ses tempes bourdonnantes.

— Eh ! l'oiseau, beugla Alque. Tu es là ? Siffle un coup !

Oreb ne répondit pas.

— Mais qu'est-ce qui lui a pris de venir ici ? s'interrogea Alque à voix haute.

— Tu me l'as déjà demandé, rétorqua Amarante

en faisant rouler sa tête sur le sol. Je n'en sais rien. Tout ce que je me rappelle, c'est avoir voyagé dans une voiture tirée par des chevaux. Mais alors, c'était quelqu'un d'autre qui tenait la boutique. Dommage qu'elle soit partie.

Elle se mordit un doigt, surprise par ses propres paroles.

— Elle se débrouillait fichtrement mieux que moi. Et que toi aussi.

— Boucle-la. Écoute, je vais redescendre. Toi, repose-toi. Je serai bientôt de retour.

Sur ce, elle s'endormit et pénétra dans une grande salle tout éclairée, pleine d'hommes en habit noir et blanc et de femmes couvertes de bijoux. Souriante, elle avançait d'une démarche altière au bras d'un amiral à trois soleils en costume d'apparat dont elle se souciait comme d'une guigne. Un fleuve de diamants baignait sa gorge, tombait en cascade de ses oreilles et brillait à ses poignets du même éclat que les terres célestes dans la nuit. Tous les regards étaient rivés sur elle. C'est alors qu'Alque la secoua par l'épaule :

— Je m'en vais. Tu viens, oui ou non ?

— Non.

— Je connais de bonnes tables à Limna. Je te paierai à dîner, on louera une chambre et on regagnera la ville demain. Qu'est-ce que tu dis de ça ?

— Tu n'as pas encore compris ? riposta-t-elle, bien réveillée cette fois. C'est non. Fiche le camp.

— C'est bon. Mais si un gars te tombe dessus, tu ne viendras pas te plaindre.

Elle referma les yeux.

— Si ça lui chante de me violer, je n'y vois aucun inconvénient à condition qu'il ne me demande pas de tortiller du croupion. Et s'il lui prend l'envie de me trouer la panse, grand bien lui fasse. Du moment qu'il n'a pas besoin de moi pour ça, ajouta-t-elle dans un soupir.

Elle entendit le bruit des bottes d'Alque qui s'éloignait du temple. Au bout d'un temps qui lui parut très court, elle se redressa. La nuit était claire. La lumière céleste donnait au lac un air sinistre et découpait le moindre piton rocheux avec la précision d'un rasoir. A l'horizon, les cités lointaines semblaient de minuscules flammèches, moins désirables que les étincelles glacées qui avaient déserté ses poignets.

— Alque ? appela-t-elle à voix haute. Alque ?

Il émergea presque aussitôt de l'ombre, sur le promontoire d'où Organsin avait assisté à la disparition de l'espionne, à l'endroit même d'où elle avait rêvé de le balancer dans le lac.

— Rondelle ? Ça va ?

Une main invisible lui serra la gorge.

— Non, mais ça ira mieux dans un moment. Alque ?

— Quoi ?

Sa voix était plate, sans émotion, mais c'était peut-être un effet de son éloignement.

— J'aimerais qu'on reparte de zéro. Ça te dirait ?

Il resta silencieux, le temps pour elle de compter sept battements de cœur. Enfin :

— Tu veux que je revienne ?

— Non, mais... j'aimerais que tu passes chez Orchidée un de ces soirs. D'accord ?

— D'accord.

Ce n'était pas l'écho.

— Disons la semaine prochaine. On fera comme si c'était la première fois.

— D'accord, répéta-t-il. Ce sera bien de faire ta connaissance, reprit-il après une seconde de silence.

Elle voulut ajouter quelque chose mais les mots

restèrent bloqués dans sa gorge, aussi se contenta-t-elle d'un signe de la main. Songeant qu'il ne pouvait pas la voir, elle quitta l'ombre du dôme et agita de nouveau le bras. Elle le suivit des yeux jusqu'à l'endroit où le sentier faisait un coude.

Voilà, c'était dit.

Elle était épuisée, les pieds meurtris. Pour une raison inconnue, elle répugnait à retourner sous la coupole. Elle s'assit sur une pierre plate à l'entrée du temple et se débarrassa de ses souliers afin de soigner ses ampoules.

C'est drôle, comme les choses arrivent. Pas de doute, c'était lui, et dire qu'elle n'en avait rien su jusqu'à ce qu'il lui lance en guise d'adieu : *Ce sera bien de faire ta connaissance*.

Il allait exiger qu'elle parte de chez Orchidée. A sa grande surprise, elle découvrit qu'elle se sentait prête à vivre n'importe où avec lui, même sous un pont.

C'est drôle, vraiment.

Il y avait une plaque en cuivre scellée dans la pierre lisse. Elle s'amusa à suivre du doigt les contours des lettres, nommant celles qu'elle connaissait. La plaque bougeait un peu. Elle glissa ses ongles dessous, la souleva et vit un tourbillon de couleurs : rouge, bleu, rose, jaune, ocre, vert, noir et d'autres encore qu'elle n'aurait su nommer.

— Entendu, votre Éminence, dit Incus en s'inclinant. Tout de suite, votre Éminence. Je m'y rends sans plus tarder. Votre Éminence peut me faire confiance, comme toujours.

Il referma la porte lentement et presque sans bruit, sans cesser de se répandre en courbettes. Il s'assura que le loquet était bien enclenché avant de cracher par terre. Le cercle devait se réunir ce soir, après dîner; Dulcamara allait procéder à une démonstration des prodiges qu'elle prétendait avoir accomplis sur un vieux portefaix qui — disait-elle — l'adorait à l'instar d'Échidna, Scylla, Molpe, Thelxiepeia, Phæa et Sphigx réunies. Incus n'aurait voulu manquer ça pour rien au méande. Surtout, il brûlait de confronter son savoir-faire à celui de Dulcamara.

Il serra les poings. La prochaine réunion n'aurait lieu que dans un mois. Personne ne s'était dévoué autant que lui à la mécanique noire. C'était par trop injuste. Qu'avait-il fait aux dieux pour mériter ça?

Il se laissa tomber sur sa chaise et trempa rageusement sa plume dans l'encrier:

« Cher Fulmar,

« J'ai le regret de te dire que le vieux fou vient encore de me coller sur le dos une de ces corvées ineptes dont il a le secret. Je dois me rendre à Limna *sur l'heure* pour y rechercher une femme que je n'ai jamais vue et qui ne s'y trouve peut-être même pas, tout ça parce que ses espions à la manque ont encore saboté leur travail.

« Je compte sur toi, mon cher ami, pour compatir au sort de ton malheureux camarade qui regrette amèrement de ne pouvoir jouir ce soir de ta compagnie. »

La lettre était tournée de telle sorte que même un imbécile comme Fulmar sache qui l'avait écrite. Incus relut, apprécia et corrigea mentalement son billet avant de le déchirer et de le jeter dans l'incinérateur. Il y avait peu de chances que cette lettre tombât entre les mains de Rémora, néanmoins la prudence lui commandait de mieux dissimuler ses sentiments. Il prit une nouvelle feuille et écrivit:

« Cher ami,

« Des devoirs impérieux me contraignent à ne point paraître au dîner auquel vous avez eu l'amabilité de me convier, malgré tout mon désir d'entendre *de sa bouche même* le récit des fabuleuses aventures de notre camarade D. »

Décidément, tout cela était trop subtil pour Fulmar. Il valait mieux faire un saut chez lui et laisser un message clair à son valet.

Il se leva, siffla et dit au gros garçon qui avait accouru à son appel, la mine inquiète :

— Il me faut une litière *rapide*, avec huit porteurs, pour me conduire au lac. Son Éminence ne m'autorise pas à louer un flotteur, quoiqu'elle ait insisté sur le caractère urgent de ce déplacement. Dis bien aux hommes que je serai le seul passager et que je ne suis pas corpulent. Dis-leur aussi qu'ils recevront *double paie* à Limna et qu'ils seront alors libres de s'en retourner. Fais de ton mieux, mais vite. D'ici là, j'ai un millier d'affaires à... Qu'est-ce que tu attends ? Tu as encore mal au derrière ? Si tu ne te dépêches pas, je te promets que tu auras encore plus mal d'ici peu.

— Entendu, pater. Tout de suite, pater.

Le gros garçon referma la porte sur une dernière courbette. Il s'assura que le loquet était bien enclenché puis cracha adroitement dans un coin de l'antichambre.

Dans un tourbillon de pétales, la porte s'ouvrit sur un vaste corridor vert sous le regard fasciné d'Organsin.

— Il m'a fallu un moment pour identifier cette sensation, confia-t-il à Mamelta. Enfant, j'avais la même impression quand ma mère me déposait au sol après m'avoir soulevé dans ses bras.

Il se tut, songeur.

— Nous sommes encore plus profond dans le sol. C'est extraordinaire ! Y a-t-il moyen d'empêcher Silex de nous suivre ?

Mamelta secoua la tête, en signe de dénégation ou pour se remettre les idées en place.

— Comme c'est étrange... Encore un rêve ?

— Non, la rassura-t-il en se levant. Vous rêviez beaucoup, là-haut ?

— Je ne sais pas. Peut-être une fois par siècle ?

Organsin sortit dans le couloir. Un puits s'ouvrait dans le sol à quelques pas de la porte. Il était éclairé et équipé d'un escalier en colimaçon. Comme il s'avançait pour mieux voir, il sentit quelque chose sous son pied, à travers la semelle usée de son soulier. Il se pencha et ramassa une carte.

— Regardez ! dit-il en la montrant à Mamelta. De l'argent ! On dirait que vous me portez chance. Les dieux semblent me sourire depuis notre rencontre.

— Ce n'est pas de l'argent.

— Mais si ! C'est la monnaie de Viron. Il y a là de quoi acheter une belle chèvre blanche pour Pas, voire une génisse si les cours chutaient. Une carte égale cent bits. Pour un bit, on a deux choux ou une demi-douzaine d'œufs. Pourquoi n'approchez-vous pas ?

Elle se leva et le suivit dans le corridor.

— Mater Marbre se souvient encore du soleil court. J'aimerais vous la présenter. Je suis certain que vous auriez beaucoup de choses à vous dire.

Comme Mamelta gardait le silence, il poursuivit :

— De quoi rêviez-vous, là-haut ?

— De gens comme vous.

Il se pencha au-dessus du puits et déchiffra les mots inscrits sur les premières marches :

CELUI QUI DESCEND EST LE SERVITEUR DE PAS

— Regardez ! s'écria-t-il.

Elle n'en fit rien.

— Qui étaient-ce, ces gens qui peuplaient vos rêves ? demanda-t-il.

Devant son silence prolongé, il cessa d'espérer une réponse. Il descendit dans le puits et prit pied sur le premier degré.

— Il y a d'autres inscriptions tout le long des marches, annonça-t-il. La suivante dit : « J'enseignerai à mes enfants comment accomplir le Plan de Pas. » Cet escalier mène sans doute à un temple de Pas. Vous plairait-il de le visiter ?

— Je m'efforce de... répondre à votre question. Je n'ai plus l'habitude de parler. Pour que vous m'entendiez, il faut que je remue les lèvres, la langue et que je fasse du bruit avec ma gorge.

— Vous vous débrouillez très bien, assura-t-il. Nous allons bientôt devoir remonter mais par un autre moyen, car j'ai peur que la petite cabine ne nous ramène à notre point de départ. Il faut que je retourne dans les tunnels et que je retrouve le tas de cendres sous le mantéion de Limna. Je ne suis pas sûr que nous ayons le temps de visiter le temple et de dire des prières. Qu'en pensez-vous ?

— Je...

Elle redevint muette.

— Pater Bécard — mon prédécesseur, un homme très pieux — rêvait à voix haute. Il arrivait que ça me réveille. Peut-être craignez-vous de réveiller d'autres dormeurs en parlant. Je puis vous assurer que ceci n'est pas un rêve.

Elle inclina légèrement la tête.

— Parfois, je rêvais de la fille cadette du Monarque. Celle qui danse.

— Molpe ? suggéra Organsin.

— Une merveilleuse danseuse, mais c'est la peur qui faisait qu'on l'applaudissait. On lisait sur son visage le désir d'être acclamée comme les autres.

— C'est sans doute Pas qui vous protège. D'ailleurs, la cabine nous a conduits droit à son temple. Si nous renoncions à le visiter après tout ce qu'il a fait pour nous, il pourrait en prendre ombrage. Vous venez ?

Elle le rejoignit sur la première marche et ils descendirent côte à côte. Les empreintes de leurs prédécesseurs étaient encore inscrites dans la poussière. A mesure qu'ils s'enfonçaient, le puits se resserrait, s'assombrissait, et l'air devenait plus frais.

A la moitié de l'escalier, une odeur de pourriture vint frapper les narines d'Organsin. Cela sentait l'autel mal lavé. Il résolut de le purifier lui-même sitôt arrivé au temple. Mamelta posa une main sur son bras.

— Là, dit-elle en indiquant le fond du puits. Quelque chose gémit.

Organsin s'arrêta et tendit l'oreille. Le bruit — une mélopée funèbre, tour à tour grave et aiguë — était si faible qu'on pouvait croire à une hallucination. Il n'était guère plus audible quand ils parvinrent au bas de l'escalier et découvrirent le légionnaire. Organsin tira sur le bras gauche du cadavre pour le retourner. Sa poitrine bleue était percée d'un trou de la taille du pouce.

— Reculez-vous, dit Organsin après avoir repris son souffle. Il est rare qu'un chimio explose, mais on ne sait jamais.

Il s'accroupit, dévissa la plaque faciale du mort à l'aide de son gammadion et rapprocha deux fils. Comme leur contact ne provoquait pas d'étincelle, il secoua la tête.

— Je vous ai dit mon nom. Quel est le vôtre ?

— Pater Organsin, dit-il en se relevant. Appelez-moi pater, je vous prie.

— C'est une machine, dit-elle en considérant la blessure du cadavre. Un robot ?

— Un légionnaire. C'est la première fois que j'en vois un bleu. Les nôtres sont vert, brun et noir tacheté. Sans doute un étranger. En tout cas, il est mort depuis longtemps. En revanche, il y a dans le temple quelqu'un qui souffre.

Une porte massive se découpait dans la paroi du corridor. Elle était entrouverte. Organsin la poussa et pénétra dans le temple. Il eut la surprise de se trouver dans une pièce circulaire de trente coudées de haut, meublée de divans moelleux et de glaces. Le plafond, le sol et les murs étaient ornés d'inscriptions multicolores. Toutes les glaces étaient activées. Chacune affichait le même faciès désagrégé, à peine une ébauche de visage. C'était lui qui gémissait.

— Moniteur ! dit Organsin en frappant dans ses mains.

Le visage s'orna d'une bouche béante d'où s'échappaient des sons inarticulés. Au même moment, une trappe s'ouvrit dans le sol au centre de la pièce.

— Il vous demande de descendre, expliqua Mamelta.

Organsin approcha et se pencha au-dessus de la trappe. Il distingua trois points brillants au loin, semblables à ceux qu'il avait vus en rêve au fond de la tombe d'Orpin. Brusquement, les trois points se fondirent en un seul.

— Vous arrivez à le comprendre ?

— Non, mais j'ai déjà vécu ça... Descendre dans le vaisseau qui devait nous faire quitter le *Méande*.

— Ça ne peut pas être un vaisseau, objecta Organsin. Ce temple me paraît solidement ancré dans la roche.

— Il est simplement amarré, murmura-t-elle, mais il avait déjà passé les jambes dans l'ouverture circulaire.

Des échelons scellés dans la paroi lui permirent d'accéder à une bulle transparente, entourée d'une plaine rocailleuse et ténébreuse. Pendant qu'il contemplait cette étendue déserte, un déclic se fit dans son esprit et les lumières fourmillant sous ses pieds lui semblèrent non seulement distantes mais infiniment lointaines... Les lampes et les feux de nouvelles terres célestes.

— Grand Pas...

Le nom divin qu'il avait prononcé toute sa vie avec tant de ferveur lui parut soudain vide de sens. Pas n'était pas si grand que ça en définitive. Là dehors, il n'était même pas un dieu.

La gorge sèche, il traça le signe de l'addition avec la croix qu'il portait en sautoir.

— C'est cela que tu m'as montré, n'est-ce pas ? Sur le terrain de jeu : le velours noir semé de grains de lumière.

Il crut déceler un assentiment muet qui le rasséréna. Il détacha ses mains en sueur des échelons glacés et les essuya sur sa tunique.

— Si tu désires que je meure, qu'il en soit fait selon ta volonté. Mais tu m'as chargé de sauver notre mantéion, aussi je te supplie de me laisser regagner le méande que je connais. Je jure de t'offrir un taureau blanc, dès que j'en aurai les moyens.

Cette fois il n'y eut pas de réponse.

Il regarda autour de lui. Les lumières étaient rouges, jaune topaze ou violettes, mais la plupart évoquaient plutôt des diamants. Par endroits elles étaient comme agglutinées. La sombre plaine était aussi criblée que les joues d'un malade atteint de petite vérole et encore plus aride que les falaises du chemin des Pèlerins. Nul arbre, nulle fleur, nul brin d'herbe ou de mousse ne poussait sur ces rochers.

Il demeura perdu dans la contemplation de cette obscurité scintillante jusqu'à ce que Mamelta se rappelât à son attention d'une tape sur le crâne. Il sursauta, leva les yeux et la découvrit accrochée à l'échelle. Il détourna vivement le regard, troublé par la vision de ses reins nus.

— J'ai trouvé à quoi elle servait. Donnez-la-moi.

— La carte? Je vous suis.

Ils traversèrent une enfilade de salles dont la plus vaste était plus haute de plafond que le Grand Mantéion, sur le Palatin. A l'étage au-dessus, le pied d'Organsin glissa sur un petit paquet livide en décomposition. Il sut alors d'où provenait l'odeur diffuse de pourriture. Une dizaine de déchets semblables étaient éparpillés sur le sol. Comme il interrogeait Mamelta sur leur origine, elle se pencha afin d'examiner l'un d'eux et déclara:

— Humain.

S'étant accroupi, il releva sur le sol des traces d'une poussière noire qu'il identifia aussitôt. Il se représenta les milliers, voire les dizaines de milliers d'embryons dans leur meuble fermé par le sceau de Pas, comme dans la pièce des dormeurs. Quelqu'un avait brisé le sceau du coffre et en avait saccagé le contenu, gratuitement. Si cela n'était pas un sacrilège, qu'est-ce que c'était? Il se releva, frissonnant, et se hâta de rattraper Mamelta.

Il la rejoignit dans une alcôve si exiguë qu'il ne pouvait éviter de la frôler. Elle lui désigna un panneau d'où pendaient des câbles.

— C'est ici. Maintenant, laissez-moi faire.

Intrigué et encore sous le choc, il lui tendit la carte. Elle se pencha et l'inséra au bas du panneau après avoir effectué quelques branchements.

— Faites voir toutes celles que vous avez.

Il obtempéra. Elle testa les cartes à tour de rôle. Si elle semblait parfois hésiter, elle finissait toujours par prendre la décision juste. Un visage gris et difforme se profila bientôt sur la vitre du panneau.

— Est-ce l'heure ? demanda-t-il. Est-ce l'heure ?

Organsin secoua la tête, mais le visage réitéra sa question.

— Si vous en avez d'autres, dit Mamelta, donnez-les-moi.

— Je n'en ai plus. J'en avais huit et je vous les ai déjà toutes données pour réparer ce malheureux moniteur. J'ignorais que l'argent...

— Il nous en faut davantage, le coupa Mamelta.

Exténué, Organsin s'adossa au mur. Il se serait volontiers assis.

— Avez-vous mangé ? Il y a de la nourriture à bord.

— Il faut que je redescende, répliqua-t-il d'un ton farouche. Sommes-nous réellement sur un vaisseau ?

— Oui, mais plus petit que le *Rocher*.

— En tout cas, le moniteur avait raison... Le spectacle auquel j'ai assisté en bas m'était bien destiné. Mais je ferais mieux de manger d'abord. Je n'ai rien pris depuis... hier matin. Pas étonnant que je sois si fatigué.

Une fois ôté le film transparent qui les recouvrait, les petites assiettes brûlantes s'avérèrent constituées d'un biscuit croustillant. Ils les dévorèrent ainsi que leur contenu, assis côte à côte sur un des multiples divans. Le moniteur répétait inlassablement sa question : « Est-ce l'heure ? Est-ce l'heure ? » Organsin finit par ne plus l'entendre. Mamelta lui fit goûter un légume inconnu dont le goût lui rappela celui de l'oie grise qu'il avait offerte à l'ensemble des dieux le jour de son arrivée dans la rue du Soleil. Il lui offrit un petit gâteau doré en échange, malgré ses protestations.

— Je dois redescendre à présent, lui dit-il enfin. Il est probable que je ne reviendrai plus ici. Je ne me pardonnerais jamais de ne pas m'être assuré de la réalité de ce que j'ai vu.

— Le ventre du *Méande* ?

— Oui... Et ce qu'il y a au-delà. Vous pouvez vous reposer ici en m'attendant, à moins que vous ne préfériez vous en aller. Dans ce cas, je vous laisse ma robe mais, s'il vous plaît, rendez-moi mon plumier. Il se trouve dans la poche.

Il se leva et brossa les miettes de sa tunique souillée de cendre.

— A mon retour, je tâcherai de rejoindre les tunnels. Peut-être m'y accompagnerez-vous ? Je dois récupérer l'azoth que j'y ai laissé quand j'ai rencontré les légionnaires. Ce n'est pas sans danger, je vous en avertis. C'est plein d'animaux féroces.

— J'ai encore des réparations à effectuer, répondit Mamelta.

Elle ajouta comme il s'éloignait :

— C'est mon travail, ou du moins une partie de celui-ci.

Les lumières lointaines lui parurent les mêmes, quoique différentes. En définitive, ce vaisseau d'un autre méande était bien un temple. Cette pensée le fit sourire. Ou plutôt, il ouvrait sur un temple plus vaste que le méande, consacré à un dieu plus grand encore que Pas.

Il y avait quatre divans disposés en cercle au-dessous de l'échelle, tous munis de sangles. Leur vue éveilla en lui le souvenir des galères qu'on disait écumer les rivières, en amont du lac Limna.

Quand il reporta son attention vers l'extérieur de la bulle, un véritable bouleversement s'était produit entre-temps. La plaine rocailleuse avait blanchi et semblait maintenant striée de fumagine. Un mince croissant de lumière aveuglante se dessinait à l'horizon. A cet instant, il eut la sensation que l'Autre venait de saisir le méande dans sa main ; une main tellement immense qu'on en voyait à peine le bout de l'ongle du petit doigt.

Terrifié, il escalada l'échelle en toute hâte.

11

ALLIANCES

— *Alque ? Tu m'as oubliée ?*

Jusque-là, il s'était cru seul sur le chemin des Pèlerins balayé par les vents. A deux reprises, il s'était assis sur de grosses pierres pour se reposer en contemplant les terres célestes. Il avait l'habitude de passer ses nuits seul et au-dehors. A ses moments perdus, il se plaisait à suivre les fils d'argent de ces rivières dont il ne boirait jamais l'eau et à explorer par la pensée toutes ces villes inconnues qu'il se figurait plus riches que celles d'ici-bas. Malgré les protestations d'Amarante, il n'avait pas cru une seconde à son intention de passer la nuit au sommet de la falaise. Mais il ne l'imaginait pas capable de le rattraper. Il la revit à leur arrivée au temple, les pieds nus, le visage ruisselant de sueur, ses boucles flamboyantes emmêlées et trempées, son corps voluptueux ployant comme un bouquet fané sur une tombe...

Pourtant, il aurait juré avoir entendu sa voix derrière lui.

— C'est toi, Amarante ? cria-t-il.

— *Non.*

Il se leva, dérouté, et hurla :

— Amarante ?

Les rochers lui renvoyèrent l'écho de sa propre voix.

— Je ne vais pas attendre longtemps, Amarante.

La même voix, plus proche :

— *Alors, c'est moi qui t'attendrai à la prochaine pierre.*

On aurait dit le crépitement d'une averse. Il interrogea des yeux le ciel parfaitement dégagé. Puis le bruit s'amplifia... Quelqu'un courait sur le chemin derrière lui. Il escalada du regard le flanc aride et escarpé de la falaise, suivant les lacets du sentier.

Il la repéra presque aussitôt, plus près qu'il ne l'avait imaginé. Elle marchait d'un pas ample, sa jupe fouettant ses cuisses. Tout à coup, elle disparut dans l'ombre d'un rocher d'où elle n'émergea que pour fondre sur lui, telle une pierre jaillissant d'une fronde. Estomaqué, il se rangea sur le côté.

Elle passa comme une tornade, les lèvres retroussées sur des canines étincelantes, les yeux exorbités, puis des arbres rabougris la dissimulèrent à sa vue.

Il ôta le cran de sécurité de son pointeur et approcha à pas de loup, prêt à faire feu. La brise apporta à ses oreilles un bruit d'étoffe déchirée et des halètements rauques.

— Amarante ?

Pas de réponse.

— Je te demande pardon.

Il avait beau se traiter d'idiot, il ne pouvait se défaire de l'idée qu'une bête monstrueuse l'attendait, tapie dans l'ombre.

— Je me suis conduit comme un beau salaud, reprit-il. J'aurais dû rester là-haut avec toi.

Encore quelques pas et l'ombre se referma sur lui. La bête était toute proche à présent. Il s'épongea le front avec son foulard. Comme il le fourrait dans sa poche il l'aperçut, assise sur une pierre blanche dans une tache de lumière. Sa robe noire et ses dessous formaient un tas à ses pieds. Sa langue pendait presque sur ses seins.

Il s'arrêta net, serrant le pointeur dans sa main.

Elle se leva et marcha vers lui. Il recula dans l'ombre et leva son arme. Elle passa devant lui sans lui adresser la parole et s'avança jusqu'au bord de la falaise. Elle demeura une seconde immobile, les bras levés au-dessus de la tête, puis elle plongea. Au bout d'un temps qui lui parut une éternité, il entendit un plouf assourdi.

Il rengaina son arme et s'approcha. Il n'était pas sujet au vertige, pourtant la peur l'étreignit quand il se pencha au-dessus du vide afin de scruter l'eau en contrebas.

— Amarante ?

Il était sur le point de s'éloigner quand il vit sa tête émerger d'une vague.

— *Je t'attendrai là-bas*, lui lança-t-elle en pointant le doigt vers une plage rocailleuse, dans la direction de Limna ; durant une seconde, il crut la voir entourée d'une multitude de bras.

— Bras ?

La voix d'Oreb, provenant d'un buisson sur sa droite.

Il soupira, à la fois ravi de cette compagnie et honteux de l'être.

— Ouais. Beaucoup trop de bras.

Il s'épongea de nouveau le front.

— Mais non, ce n'était qu'un jeu de miroir. Ses bras se reflétaient dans l'eau, créant l'illusion qu'il y en avait d'autres sous l'eau. Tu as trouvé pater ?

— Temple, mangé lui.

— Ben voyons. Amène-toi, je te ramène à Limna.

— Oiseau, ami ?

— Possible. Je ne te ferai pas de mal, si c'est ça qui t'inquiète. Mais tu appartiens à pater et je te rendrai à lui si jamais on le retrouve.

Oreb sortit du buisson et vint se percher sur l'épaule d'Alque.

— Fille, amie ? Maintenant ?

— Amarante ? Pour sûr !

Il se tut, réfléchit et rectifia :

— Tu as raison. Ce n'est pas vraiment elle, n'est-ce pas ?

— Non.

— C'est un démon qui a pris l'apparence d'Amarante. Marle ! Je ne peux pas t'assurer qu'elle aime les oiseaux mais à mon avis, elle ne crache pas dessus au petit déjeuner. Pour le dîner, il doit lui falloir du plus consistant. On va faire en sorte de lui fausser compagnie.

On aurait dit que ses pieds avançaient tout seuls en dépit de la fatigue. Une heure de cette marche exténuante passa comme une minute. Malgré la présence d'Oreb, il s'était rarement senti aussi seul.

— Je l'ai trouvé ! fit la voix d'Amarante, presque à son oreille.

Il sursauta ; Oreb poussa un cri.

— Sais-tu nager ? As-tu sur toi des objets qui craignent l'eau ?

Il avait fait halte et la cherchait des yeux. Il devait faire un effort pour ne pas dégainer. Il répondit, craignant de bégayer :

— Oui… Un ou deux.

— Dans ce cas, il nous faut un bateau.

Elle parut se matérialiser entre lui et la plage, telle une écharpe de brume flottant sur les eaux. Il avait cherché dans la mauvaise direction.

— Tu n'as rien compris, n'est-ce pas ? Je suis Scylla.

Alque tomba à genoux et commença à marmonner une prière.

— Le texte exact est « Adorable Scylla, *merveille des eaux* » et non « *fille des eaux* », rectifia la déesse. Si tu tiens vraiment à débiter ces inepties, au moins fais-le correctement.

— Oui, Scylla.

— Relève-toi et cesse de geindre, commanda-t-elle en l'empoignant par les cheveux. Tu es un voleur, une brute ; c'est en ça que tu m'intéresses. Mais tu devras suivre mes instructions à la lettre. Tu ne comprends toujours pas, ajouta-t-elle en plongeant son regard de braise dans le sien. Sais-tu où on peut trouver un bateau ?

Debout, il la dépassait d'une bonne tête. Il se sentit obligé de se recroqueviller devant elle.

— On en trouve à louer au village, Adorable Scylla. J'ai un peu d'argent sur moi.

— N'essaie pas de me faire rire, tu n'y arriveras pas. Suis-moi plutôt.

— Oui, Scylla.

— Les oiseaux m'indiffèrent, reprit-elle sans même accorder un regard à Oreb. Ils appartiennent à Molpe et à mon petit frère Hiérax, pour ceux de cette espèce. Tu sais que c'est moi l'aînée ?

— Bien sûr, Adorable Scylla, répondit Alque d'une voix de fausset.

Il toussa et ajouta, une octave en dessous :

— Pater Bécard nous l'a souvent répété au palæstra.

— Bécard ? Bien. M'est-il particulièrement dévoué ?

— Oui, Adorable Scylla. Ou plutôt il l'était. Il est mort.

— C'est sans importance.

Ils avaient atteint le point de départ du chemin des Pèlerins. Les fenêtres des tavernes illuminaient la rue. Les dîneurs attardés en quête d'un lit pour la nuit lorgnaient sans vergogne la nudité d'Amarante ou détournaient ostensiblement la tête.

— Encore six gosses après moi ! Papa était obsédé par l'idée d'un héritier mâle. Avec ça, il se voulait immortel.

Un charretier ivre voulut lui pincer le sein. Elle lui arracha les deux yeux d'une chiquenaude et l'abandonna, râlant, dans le caniveau.

— Après moi il y a eu Molpe, une autre fille, puis Tartaros. Il aurait pu en rester là, mais non. Après est venu le petit Hiérax, mais ça ne lui a pas suffi. Il lui a fallu encore trois filles, puis... Tu savais que nous pouvions nous emparer de vous, n'est-ce pas ?

— Je ne savais pas que ça arrivait encore, Adorable Scylla, balbutia Alque.

— La plupart d'entre nous ont besoin d'un terminal pour ça... Une glace ou une Fenêtre, comme vous les appelez. Le lac entier est mon terminal ; c'est pourquoi j'ai tant de pouvoirs dans ces parages. Toutefois, cela faisait un bout de temps que je ne m'étais pas manifestée. Cette femme est une catin ; pas étonnant qu'elle ait tapé dans l'œil de Kypris.

Alque opina timidement.

— Au départ, on a décidé que papa serait le maître de tout et de tous. C'est là la signification de son nom. Où sont les bateaux ?

— Plus bas, un peu après le coin de la rue, Adorable Scylla.

— Cela n'empêche qu'il soit mort à présent. Cela fait trente ans qu'on l'a effacé de la mémoire centrale. Après lui, c'est maman qui venait en premier. Elle s'est adjugé la surface du méande. Je me doutais bien qu'elle resterait sur le plancher des vaches, aussi j'ai choisi l'eau. Molpe a pris les arts, comme de bien entendu.

Comme ils tournaient à l'angle de la ruelle, elle aperçut un bateau de pêcheurs amarré au bout du quai.

— Celui-ci a déjà deux hommes à bord ! s'exclama-t-elle en tendant le bras. L'un est un augure. Parfait ! Sais-tu manœuvrer un bateau ? Moi, je sais.

Pas était mort ! Alque était incapable de penser à quoi que ce fût d'autre.

— Non ? Dans ce cas, pas question de les tuer. Je dois te dire aussi qu'on s'était choisi de nouveaux noms. Avant, papa s'appelait Typhon Premier. Ce qu'aucun de nous n'avait prévu, c'est qu'il lui laisserait le choix, à elle aussi. Elle a pris l'amour. Tu parles d'une surprise ! Donc le sexe et toutes les saletés qui vont avec. Au début elle n'osait pas trop la ramener, sachant que…

Pater Incus avait levé les yeux au son de sa voix.

— Eh ! toi, là… l'augure. Prépare-toi à appareiller !

Sur ce, elle partit comme une flèche et fut avalée par l'ombre dense d'un séchoir à poissons. Une seconde plus tard, Alque la vit décoller du sol dans un bond impossible pour atterrir sur le pont du bateau.

— Je t'ai dit d'appareiller. Tu es sourd ?

Elle décocha à l'augure et au pêcheur deux taloches qui claquèrent comme des portes dans un courant d'air. Alque dégaina son pointeur et courut la rejoindre.

Encore une journée de chaleur accablante qui commençait. Mater Marbre s'éventa avec une brochure. Elle avait un conducteur auxiliaire dans chaque joue, les principaux se trouvant dans les jambes. Le fluide transportant le peu d'énergie qui lui restait était censé se propager à sa plaque faciale en titane, laquelle était elle-même en contact avec l'air de la cuisine, soi-disant plus frais.

Autrefois, à une époque si lointaine qu'elle s'en souvenait à peine, elle était pareille à une fille bio, avec des cheveux noirs et des joues rouges. Un peu comme Dahlia, mais en plus âgée.

Mater Marbre tourna le porridge de sa main libre. Presque trop cuit. Elle le retira du feu et recommença à s'éventer. A côté, dans le réfectoire, la petite mater Menthe attendait son petit déjeuner avec une patience exemplaire. Mater Marbre lui lança depuis le seuil :

— Commencez à manger, sibylle. Peut-être mater Rose est-elle malade.

— Bien, sibylle.

La brochure allait et venait devant le visage de mater Marbre. Sur sa couverture, on voyait Scylla folâtrer avec un esturgeon et un poisson lune. Ce n'était pas pour autant qu'il faisait plus frais.

— Vous n'êtes pas obligée d'acquiescer à tout ce que je dis, sibylle.

— Vous êtes mon aînée, sibylle.

En temps ordinaire, mater Menthe était presque inaudible. Ce matin-là, sa voix sonnait ferme et clair, mais mater Marbre avait trop chaud pour le remarquer.

— Ce n'est pas que je veuille vous forcer à manger, mais je dois ôter la casserole du feu.

— Qu'il en soit fait selon vos désirs.

— Je vais monter. Il se pourrait que mater Rose ait besoin d'aide.

Elle eut une inspiration et ajouta :

— Je vais lui apporter son bol sur un plateau.

Ainsi, mater Menthe pourrait commencer à déjeuner sans plus attendre la doyenne des sibylles.

— Mais d'abord, je vais vous servir votre porridge. Vous allez me faire le plaisir de tout manger.

— Bien, sibylle.

Mater Marbre ouvrit le placard et en tira le bol de mater Rose et celui, tout ébréché, que mater Menthe prétendait préférer. Elle réfléchit que l'escalier allait lui donner chaud, mais il était trop tard pour renoncer. Comme elle allait la plonger dans le porridge, la louche se mua sous ses yeux en une nuée de chiffres. Elle avait toujours enseigné à ses élèves que les corps solides étaient composés d'atomes, mais c'était une erreur : les corps solides, comme les pensées, étaient faits de nombres. Elle ferma les yeux, s'obligea à puiser un peu de porridge, laissa tomber la brochure, chercha le bol à tâtons et y versa le porridge.

La montée fut moins pénible qu'elle le craignait mais l'étage du cénobion avait disparu, remplacé par des herbes jaunies et des pampres enchevêtrés. Quelqu'un avait écrit un message à la craie sur le mur : ORGANSIN POUR CALDÉ !

— Sibylle ?

La voix de mater Menthe, si ténue et lointaine.

— Vous vous sentez bien ?

Les lettres grossières et le mur de pierre vaissalienne se transformèrent en chiffres.

— Sibylle ?

— Oui, oui... Je m'apprêtais à monter prendre des nouvelles de mater Bétel, n'est-ce pas ?

Inutile d'effrayer mater Menthe, déjà si craintive.

— Je ne suis sortie qu'une minute, histoire de prendre l'air.

— J'ai peur que mater Bétel ne soit plus parmi nous. Vous vouliez parler de mater Rose ?

— Oui, bien sûr.

Les bandes de chiffres qui dansaient devant ses yeux étaient sans doute des marches, mais menaient-elles à la porte ou à l'étage ?

— Ce doit être la chaleur qui me trouble l'esprit, sibylle.

— Courage, sibylle.

Une main se posa sur son épaule.

— Nous sommes sœurs, vous et moi.

De temps à autre, elle entrevoyait les vraies marches et le tapis brun aux motifs effacés qu'elle avait si souvent balayé. La chambre de mater Rose était au bout du couloir. Mater Marbre donna du poing contre la porte, si fort que le panneau éclata. A travers la fente, elle aperçut mater Rose dans son lit, la bouche et les yeux grands ouverts, le visage semé de mouches.

Elle entra, déchira la chemise de nuit élimée de mater Rose depuis le col jusqu'à l'ourlet et ouvrit la poitrine de la morte. Puis elle se déshabilla, plia ses vêtements avec soin sur le dos d'une chaise et ouvrit son propre torse. Malgré ses scrupules, elle entreprit d'échanger ses composants avec ceux de la défunte. Elle réfléchit que c'était le jour de Tartaros. Mais mater était morte, aussi ce n'était pas vraiment du vol.

L'image d'un voilier se forma sur la glace au mur, avec une femme nue debout auprès de l'homme de barre. Une bague étincelait à son doigt. Mater Marbre, nue elle-même, détourna les yeux.

Le sang cognait à ses tempes et ses paupières étaient comme collées à la glu. Le conseiller Potto attendait qu'il ouvrît les yeux, un poing dressé au-dessus de sa tête. Une impression de menace émanait de toute sa personne, malgré sa courte taille et son embonpoint. Ailleurs... ailleurs tout n'était que paix. Quand on tournait la clé en sens inverse, les danseurs valsaient à l'envers ; la musique aussi jouait à l'envers, faisant resurgir le passé...

L'obscurité et un battement sourd, infiniment rassurant. Les genoux ramenés contre la poitrine, les bras pliés dans l'attitude de la prière. Contemplation muette, libérée du souci de manger, boire ou respirer.

La nuit glacée du tunnel. Des cris angoissés, Mamelta glissant sa main dans la sienne, l'aboiement bref du pointeur miniature.

Combien vous a-t-on donné ? Ballotté par les coups. Bâillon de cendres, invisible mais suffocant.

— C'est ici...

Qu'avez-vous dit à Sangre ?

Une pluie de feu ; la prière du matin au mantéion de Limna.

— Attention, derrière vous !

Faire volte-face, tirer.

La lanterne de l'espionne morte, sa chandelle aux trois quarts consumée. Mamelta soufflant sur une braise pour la rallumer.

— Je suis un citoyen loy...

— Conseiller, je suis un citoyen loy...

Du sang plein la bouche.

— Celui qui fait du mal à un aug...

Combien...

Organsin entrouvrit l'œil droit, distingua un mur gris cendre, le referma aussitôt.

Il était de nouveau au restaurant.

— Tout d'abord, pater, le mien peut contenir jusqu'à vingt-cinq pointes… De la bonne pierre, bien épaisse… C'était l'Alambrera dans le temps.

La porte s'ouvrit et Potto entra, portant leur dîner sur un plateau. Le sergent Sable suivait avec la boîte et les redoutables baguettes.

Fuir, vite…

A genoux, creusant la cendre avec ses mains. Le dieu grognant, toujours debout malgré les cinq pointes qu'il avait reçues, la gueule dégoulinant de bave et de sang. La détonation d'un lance-dragées tout près, amplifiée par le tunnel.

… lui avez-vous donné ?

Les baguettes de métal au pli de l'aine, le bras de Sable tournant la manivelle, son visage impassible brouillé par une onde de douleur aiguë.

Il a racheté votre mantéion.

— Je suis un…

Il vous a permis de rester indéfiniment ?

— Je ne sais…

Fuir, vite… Mais le courant est trop fort.

Organsin entrouvrit l'œil gauche. Un mur de métal peint en gris cendre. Il se frotta les paupières et s'assit. Il souffrait de nausées et d'une violente migraine. La pièce était de dimensions modestes, sans fenêtres. Il frissonna. Il était couché sur un lit bas, dur et très étroit.

— Ah ! Vous êtes réveillé, fit une voix aux confins de sa mémoire. Enfin quelqu'un à qui parler.

Le docteur Héron, le regard brillant, lui présenta sa main :

— Combien de doigts ?

— Vous ? J'ai rêvé…

— Vous aussi, ils vous ont pris. Combien de doigts voyez-vous ?

— Trois.

— Bien. Quel jour sommes-nous ?

Organsin fit un effort de réflexion.

— Tardi ? hasarda-t-il enfin. Les obsèques d'Orpin ont eu lieu scyldi. Le lendemain nous nous sommes rendus au lac et je suis descendu...

— Oui ?

— ...dans les tunnels. J'y suis resté un bon moment. Peut-être sommes-nous déjà hiéradi ?

— Pas mal, à part que nous ne sommes pas dans les tunnels.

— Où ça ? A l'Alambrera ?

— Cela demande quelques explications, répondit Héron. Mais d'abord, je dois vous avertir qu'ils nous ont probablement enfermés ensemble dans l'espoir que nous causions. Peut-être ne tenez-vous pas à leur faire ce plaisir ?

Organsin hocha la tête et s'en repentit.

— Je voudrais un peu d'eau.

— Nous en sommes entourés. Mais vous allez devoir attendre qu'on nous en apporte, si toutefois on y pense.

— Le conseiller Potto m'a battu à coups de poing, reprit Organsin en tâtant la bosse qu'il avait sur le côté du crâne. C'est la dernière chose dont je me souvienne. Quand vous dites *on*, vous voulez parler de l'Ayuntamiento ?

— Exact, acquiesça Héron en prenant place près de lui sur le lit. Vous permettez ? Je suis resté assis par terre tout le temps où vous avez dormi. J'en ai les fesses glacées et meurtries. Vous pouvez me dire ce que vous alliez faire au lac ?

— Je ne me rappelle pas.

— C'est sans doute la meilleure tactique, approuva Héron.

— Ce n'est pas une ruse. Je... j'ai fait des rêves très étranges.

Il chassa de son esprit le souvenir terrifiant de Sable et de Potto.

— Entre autres, j'ai rêvé d'une femme nue qui faisait elle aussi des rêves étranges.

— Tsk, tsk!

— J'ai parlé avec... Peu importe. Vous n'allez pas me croire, docteur, mais j'ai également vaincu un démon.

— Ben voyons! s'écria Héron d'un ton enjoué.

— C'est la vérité. J'ai invoqué tous les dieux mais seul le nom d'Hiérax l'a mise en fuite.

— Un démon femelle, donc. Est-ce qu'elle ressemblait à ça? demanda Héron en retroussant les lèvres.

— Un peu, oui.

Organsin se tut et se frotta la tête.

— Ce n'était pas un rêve... Vous la connaissez forcément.

— Votre démon? fit Héron en levant un sourcil. Le cercle de mes fréquentations est plutôt vaste, certes, mais...

— C'est Mucor, la fille de Sangre. Elle s'est emparée de la femme qui m'accompagnait.

Héron retrouva brusquement son sérieux.

— Est-ce vous qui l'avez opérée?

Héron secoua la tête.

— Que savez-vous à ce sujet?

— Si je vous le dis, accepterez-vous de répondre à quelques questions? En toute franchise, à moins que vous ne souhaitiez pas être entendu?

— Je n'ai rien à cacher à l'Ayuntamiento, rétorqua Organsin. Et puis, j'ai déjà dit beaucoup de choses au conseiller Potto. Je répondrai à toutes vos questions, dans les limites du respect du secret de la confession.

— Dans ce cas, venons-en à l'essentiel : pour qui travaillez-vous ?

— C'est d'abord à vous de me parler de Mucor. Ce sont les termes de notre marché. Est-il vrai qu'elle soit la fille de Sangre ?

— Légalement, oui. En principe, les hommes célibataires n'ont pas le droit d'adopter des enfants, mais Sangre a rendu des services à l'Ayuntamiento. Vous le saviez ?

— Non, répondit Organsin en évitant soigneusement de remuer la tête. Je n'en crois rien. Sangre est un criminel.

— En échange, les autorités ferment les yeux sur ses activités et lui accordent de menues faveurs. Mucor est une de celles-ci. En l'adoptant, il acquérait le droit de la contrôler jusqu'à sa majorité.

— Qui sont ses vrais parents ?

— Elle n'en a pas. Pas dans ce méande, en tout cas. D'ailleurs, il est probable qu'ils se sont rencontrés dans une éprouvette. Elle provient d'un embryon congelé. Sangre a dû la payer très cher. Je sais qu'il a offert une véritable fortune au chirurgien que vous avez mentionné.

Songeant à la saleté et au dénuement de la chambre où il avait découvert Mucor, Organsin remarqua d'un ton plein d'amertume :

— A quoi bon l'avoir payée si cher, si c'était pour la détruire ensuite ?

— En fait, il voulait surtout la mater. D'après ce qu'on m'a dit, elle était intenable. Le chirurgien venait de Palustria ; c'est d'ailleurs comme ça que nous avons appris toute l'affaire. Quand il lui a ouvert le crâne, il s'est trouvé confronté à un organe totalement inconnu. J'ai lu le compte rendu d'opération, ajouta Héron en pouffant. Il figure dans son dossier médical, à la villa.

— Quel genre d'organe ?

— C'était bien un cerveau, mais comme il n'en avait encore jamais vu. Ni humain, ni animal. Il y est allé au petit bonheur, comme on dit. Un véritable massacre. Il était le premier à l'admettre.

Organsin s'essuya les yeux.

— Allons, allons ! Un espion est censé avoir des nerfs d'acier.

— Quelqu'un a-t-il jamais pleuré sur le sort de cette pauvre fille, docteur ?

— Pas à ma connaissance.

— Alors, laissez-moi le faire. Qu'elle ait au moins ça dans sa vie.

— Loin de moi l'idée de vous en empêcher. Vous ne vous êtes pas demandé pourquoi Sangre ne s'était pas débarrassé d'elle ?

— Vous venez de me dire qu'elle était sa fille... Du moins aux yeux de la loi.

— Ce n'est pas ça qui l'aurait arrêté. Le chirurgien avait tablé sur une résurgence de ses facultés, une fois la guérison achevée. Si j'en juge par votre histoire de démon, il ne s'était pas trompé. Et grâce à vous, l'Ayuntamiento est maintenant au courant. Viron n'en est que plus dangereuse.

Organsin se tamponna les yeux et se moucha avec un coin de sa robe.

— Vous voulez dire plus formidable. Il est possible que cela chagrine votre gouvernement, à Palustria, mais pas moi.

— Je vois, dit Héron en s'adossant à la paroi de métal. A présent, vous allez me sortir que vous travaillez pour sa Connaissance le prolocuteur ou quelque chose de ce style. Je n'appelle pas ça jouer franc-jeu.

— C'est un point d'éthique dont il faudrait débattre. En effet, j'ai le sentiment de servir les intérêts de sa Connaissance, toutefois j'ai agi sans en référer au Chapitre. M'auriez-vous cru si j'avais prétendu espionner pour le compte de sa Connaissance ?

— Sûrement pas. Votre prolocuteur a des flopées d'espions, mais il n'est pas assez bête pour les recruter parmi ses augures. Alors, pour qui ?

— L'Autre.

— Le dieu ?

— Oui.

Bien qu'il lui tournât le dos, il perçut l'incrédulité d'Héron. Il poussa un profond soupir et reprit :

— Personne ne me croit à part mater Marbre, un peu. Je n'espère nullement vous convaincre, docteur... Vous moins que quiconque. Pourtant, je vous répète ce que j'ai déjà dit au conseiller Potto, à savoir que l'Autre s'est manifesté à moi phæsdi dernier, sur le terrain de jeu du palæstra.

— Voilà qui est intéressant. Dites-m'en un peu plus. L'avez-vous vu ?

Organsin réfléchit avant de répondre :

— Pas comme je vous vois. Comme je l'ai dit l'autre jour à Sangre, toute représentation visuelle d'un dieu est par essence mensongère. L'Autre m'est apparu en esprit, si on peut dire qu'un dieu soit doué d'esprit. Il m'a fait voir tout ce qu'il a créé et accompli ainsi que tous les êtres, hommes, plantes et animaux, qui lui sont chers. Certains vous paraîtront peu dignes d'intérêt, docteur : de grands feux au-delà des frontières du méande, un scarabée rutilant comme un joyau, pondant ses larves dans des excréments, un enfant muet vivant comme une bête sauvage, un condamné supplicié... Il me l'a de nouveau montré après sa mort, puis quand on a descendu son corps. Sa mère assistait à la scène avec une poignée de ses amis. Quelqu'un a lancé qu'il avait appelé à la sédition ; elle a répliqué qu'elle ne croyait pas qu'il ait été mauvais et que de toute façon, elle ne cesserait jamais de l'aimer. Il y avait aussi le cadavre de cette femme, abandonné dans une ruelle, et puis pater Bécard. Tout était lié, comme les pièces d'un ensemble plus vaste.

Il se tut et s'abîma dans ses souvenirs.

— Revenons-en à votre dieu. Avez-vous entendu sa voix ?

— *Ses* voix, rectifia Organsin. L'une était virile, solide comme une montagne. L'autre était féminine, tendre et roucoulante. Quand ç'a été terminé, j'ai enfin compris pourquoi on représente toujours Pas avec deux têtes, bien que je sois persuadé que l'Autre possède encore davantage de voix. Par moments je les entendais tout au fond de moi, mais dans une sorte de brouhaha, comme si une foule s'était massée derrière moi pendant que ses porte-parole murmuraient à mon oreille. Mais cette foule n'était en fait qu'une seule et même personne.

— Quand les deux voix s'exprimaient en même temps, entendiez-vous ce qu'elles disaient ?

— Oui, même quand elles parlaient de choses différentes, ce qui était le plus souvent le cas. La véritable difficulté, aujourd'hui encore, c'est de concevoir que tout ça ait tenu dans une fraction de seconde. Il m'a semblé que ça durait deux siècles mais, en vérité, cela se situait en dehors du temps, dans une dimension que je n'avais encore jamais perçue. Je m'exprime mal, mais j'espère que vous comprenez quand même.

Héron opina.

— Licorne, notre meilleur joueur, était sur le point de saisir la balle. Il la tenait presque quand tout a basculé dans cette autre dimension. A croire que l'Autre s'était tenu toute ma vie derrière moi et qu'il s'était enfin décidé à me parler. Il m'a fait savoir qui il était et ce qu'il pensait de sa création. Puis il m'a révélé ce qu'il attendait de moi. Il m'a averti que je ne devais pas compter sur son aide...

La voix d'Organsin se brisa ; il pressa une main sur son front brûlant.

— Pas très correct de sa part, persifla Héron.

— Je ne crois pas que ce soit une question de correction, reprit lentement Organsin, mais de logique. Il n'a rien exigé de moi. Mais si j'acceptais d'être son agent, alors il s'engageait à préserver notre mantéion à travers moi. Il serait absurde de vouloir secourir un sauveur ; de la même manière, il ne vous viendrait pas à l'idée de laver un pain de savon ou d'acheter des prunes pour les accrocher à votre prunier. Je lui ai promis de faire mon possible pour accomplir sa volonté.

— Tout ça pour sauver un mantéion à demi en ruine ?

— Pas forcément dans son état actuel. Je ne verrais pas d'inconvénient à ce que les vieux bâtiments soient remplacés, comme l'a suggéré pater Rémora, le coadjuteur. Mais j'ai répondu à votre question : vous savez maintenant pour qui j'agis.

— Pour un dieu mineur nommé l'Autre.

— Exact. Quand vous seriez revenu soigner ma cheville, j'avais l'intention de vous dire que certaines personnes m'avaient confié avoir porté des messages pour vous et vous avoir fourni des renseignements à leur insu. Je voulais que vous sachiez que je vous avais percé à jour.

— Malheureusement, vous n'êtes pas le seul.

Héron sourit et secoua la tête d'un air faussement navré.

— Maintenant, je comprends mieux la raison de votre présence chez Sangre et de celle du talus dans ces tunnels.

— Nous ne nous trouvons pas dans les tunnels, rétorqua l'autre machinalement. Je vous ai déjà dit que nous étions entourés d'eau, dans un bateau coulé au fond du lac. Ou, pour être exact, un bateau conçu pour couler et remonter à volonté à la surface. C'est incroyable, mais il se déplace sous l'eau comme un poisson. C'est le principal secret de Viron. Je serais un héros et un homme riche si je pouvais transmettre ce renseignement à mes supérieurs, de retour dans ma nation.

Organsin se leva et traversa la cellule jusqu'à la porte blindée. Fermée, bien sûr, et pas d'imposte ni de judas pour regarder au-dehors. Subitement incommodé par sa propre odeur et la cendre qui souillait ses vêtements, il demanda :

— Y a-t-il moyen de se laver ?

Héron secoua de nouveau la tête.

— Si vous voulez, il y a un pot de chambre sous le lit.

— Non, pas pour le moment.

— Maintenant, dites-moi en quoi mes activités d'espion vous intéressaient tant, si vous n'aviez pas l'intention de me dénoncer à l'Ayuntamiento.

— Je l'aurais fait si vous aviez refusé de m'aider à défendre notre mantéion.

Sur ce, il alla s'asseoir dans le coin le plus éloigné du lit. Le sol était aussi dur et froid que l'avait dit Héron.

— Je vous aurais balancé aux sauterelles, comme disent les gens de mon quartier. J'ai agi pour leur compte autant que pour celui de l'Autre. D'ailleurs, c'est par amour pour eux que celui-ci m'a chargé de sauver notre mantéion, ajouta-t-il en se déchaussant.

— Pourquoi êtes-vous descendu dans les tunnels ?

— Je n'avais pas prévu d'y pénétrer, répondit Organsin en se dépouillant de ses chaussettes. J'ai fait le pèlerinage au temple de Scylla parce que le commissaire Simuliid s'y était rendu et que cela avait paru vous intéresser, au dire de la personne qui m'a renseigné.

— Amarante ?

— Non.

Organsin secoua vigoureusement la tête malgré la douleur, afin d'accentuer le caractère négatif de sa réponse.

— Vous mentez, mais peu importe. J'écoutais à la porte pendant que vous la confessiez ; je regrette de ne pas avoir surpris ça.

— Vous ne pouviez pas l'entendre parce qu'elle ne l'a pas dit. Elle m'a confié ses propres péchés, non les vôtres.

— Appelez-les comme vous voudrez. C'est le talus qui vous a remis à Potto ?

— C'est plus compliqué que ça. Je ne devrais pas vous le dire, surtout si on nous écoute... Mais tant pis ; j'ai grand besoin de décharger ma conscience. J'ai tué le talus. J'y ai été forcé pour sauver ma propre vie. Mais plus j'y repense et moins je m'en réjouis.

— Avec... ?

— Avec l'azoth que j'avais sur moi, compléta Organsin. On me l'a confisqué depuis.

— Compris. Mieux vaut rester discrets sur ce sujet.

— Dans ce cas, parlons plutôt de ceci, dit Organsin en montrant le bandage. J'ai bien mal récompensé votre générosité. Ma seule excuse est d'avoir agi sur les ordres de l'Autre. J'estime que je n'ai pas le droit de le conserver plus longtemps. Veuillez le reprendre.

— Je n'en ferai rien. Il doit être froid à présent. Voulez-vous que je le recharge pour vous ?

— Permettez-moi d'insister. J'étais prêt à vous extorquer de l'argent. Je n'ai pas mérité vos bienfaits.

— Ne vous méprenez pas sur ma prétendue générosité, répliqua Héron en ramenant ses jambes sur le lit pour s'asseoir en tailleur. Je regrette beaucoup de ne pas vous avoir inventé, car vous êtes exactement ce qu'il nous fallait : vous êtes le point de ralliement des classes inférieures de Viron, or une ville divisée est trop faible pour songer à attaquer ses voisins. A présent, rechargez-moi ce truc-là et enroulez-le autour de votre cheville.

— Je n'ai jamais eu l'intention d'affaiblir Viron, se récria Organsin. Ça ne fait pas partie de ma mission.

— Vous n'avez aucun reproche à vous faire. C'est l'Ayuntamiento qui a causé tout le mal en assassinant le caldé et en gouvernant au mépris de votre Charte... Mais ce n'est pas pour autant que vous vous en tirerez. Lémur vous tuera quand il en aura fini avec vous. Et moi avec.

— C'est ce que m'a laissé entendre le conseiller Potto. J'espère que ce n'est qu'une menace en l'air et qu'il me laissera la vie sauve, comme l'a fait Sangre.

— La situation est très différente. Personne ne sait que vous êtes aux mains de l'Ayuntamiento. Même pas le talus qui vous a attiré dans les tunnels, puisque vous l'avez tué.

— Il y a Mamelta, la femme qui a été prise en même temps que moi.

— Votre disparition risquait d'affaiblir Sangre, poursuivit Héron. En revanche, elle ne peut que conforter Lémur et ses comparses. Je suis étonné qu'ils ne vous aient pas encore éliminé. Au fait, qui est cette Mamelta ? Une autre de vos saintes femmes ?

— Un des êtres que Pas a mis dans le méande après l'avoir créé. Saviez-vous que certains étaient encore vivants, quoique endormis ?

— C'est lui-même qui vous l'a dit ?

— Non, c'est Mamelta. Quand les légionnaires m'ont capturé, j'ai abandonné l'azoth sur place, me doutant qu'on allait me fouiller. Je l'ai enfoui dans un tas de cendres.

— Malin, glissa Héron avec un sourire approbateur.

— Pas tant que ça, j'en ai peur. Ensuite, un des légionnaires m'a montré les dormeurs. Il m'a dit qu'ils étaient là depuis l'époque des premiers pionniers. Mucor a éveillé l'une d'eux, Mamelta, mais comme je vous l'ai dit, je l'ai exorcisée.

— En effet.

— Mamelta et moi avons faussé compagnie aux légionnaires — je crains que Silex ne soit puni par ma faute — mais nous nous sommes fait prendre en allant rechercher l'azoth. On m'a d'abord enfermé dans une cellule pire que celle-ci, puis au bout d'un moment on m'a rapporté la robe que j'avais prêtée à Mamelta. C'est sans doute qu'on lui aura procuré de nouveaux vêtements. Du moins je l'espère, ajouta-t-il en se mordillant la lèvre. J'aurais pu tenir tête aux légionnaires grâce à l'azoth, voire les tuer. Mais je n'ai pu m'y résoudre.

— C'est très méritoire de votre part. Potto est arrivé là-dessus ?

— Oui.

— Et il a vite compris qui vous étiez.

— En fait, je lui ai spontanément décliné mon nom. Depuis, je n'ai cessé de l'assurer de ma loyauté envers Viron.

— Une fois mort, ça ne vous servira plus à grand-chose. Mais dites-moi plutôt comment votre honnêteté s'est accommodée de votre évasion avec cette femme ?

— J'avais une affaire urgente à régler. Permettez-moi de ne pas entrer dans les détails. N'ayant rien à me reprocher, j'estimais ma fuite justifiée.

— Et maintenant ? Croyez-vous avoir mérité la mort ?

— Non. J'ai la conscience en paix. La seule chose qui me chagrine, c'est d'avoir trahi la confiance de l'Autre. Mais si je parvenais de nouveau à m'évader...

— Vous le feriez avec moi ?

— Comment escomptez-vous sortir de cette cage de fer ? demanda Organsin en passant une main dans sa tignasse blonde.

— Peut-être ne resterons-nous pas tout le temps ici. Vous êtes prêt à tenter le coup ?

— Certainement.

— Dans ce cas, dépêchez-vous de recharger votre bandage. Vous pourriez avoir besoin de courir.

Organsin s'empressa d'obéir.

— Je dois saisir la moindre chance de tenir la promesse que j'ai faite à l'Autre. Je suis sûr qu'il vous en sera reconnaissant.

— Je n'y compte pas trop, rétorqua Héron avec un sourire presque gai. Vous avez eu un accident cérébral, voilà tout. Les efforts que vous avez fournis durant la partie ont provoqué l'éclatement d'un minuscule vaisseau. Quand ça se produit à un certain endroit du cerveau, il n'est pas rare que cela provoque des hallucinations. La zone de Wernicke, on l'appelle, ajouta-t-il en désignant celle-ci sur son propre front.

12

LÉMUR

Organsin s'agenouilla et pria en silence face au mur de la cellule.

Ô Molpe, ne sois pas en courroux contre moi qui t'ai toujours honorée. La musique est ton domaine; l'entendrai-je encore? Rappelle-toi ma boîte à musique et toutes les heures que j'ai passées avec elle étant enfant. A présent elle se trouve dans un placard. Si tu voulais me délivrer, j'en graisserais les mécanismes et la ferais jouer toutes les nuits. J'ai cherché en quoi j'avais pu t'offenser, ô Molpe: j'ai été un peu trop dur avec Mucor quand elle possédait Mamelta. Je sais ton affection pour les simples d'esprit, Molpe. J'aurais dû la ménager, pour l'amour de toi. J'ai eu tort également de la traiter de démon, ce qu'elle n'est pas. Je promets de faire mon possible pour reprendre Mucor à Sangre et la chérir comme ma propre fille. Un oiseau chanteur pour toi, ô Molpe, si tu consens…

— Vous ne comptez pas sur ces billevesées pour nous tirer de là, j'espère? demanda Héron.

Un oiseau chanteur pour toi, ô Molpe, si tu consens à nous délivrer.

Ô Tartaros, ne sois pas en courroux contre moi qui t'ai toujours honoré. Ton domaine est le vol, le meurtre et tous les méfaits commis dans l'ombre. Parcourrai-je encore les rues de ma ville natale la nuit ? Tu m'as aidé à franchir le mur de Sangre et c'est de bon cœur que je t'ai offert le coq et l'agneau noirs que je t'avais promis. Aide-moi maintenant à fuir avec le docteur Héron. J'ai cherché en quoi j'avais pu t'offenser, ô Tartaros : j'ai détesté tes sombres tunnels. Dans mon orgueil, j'ai refusé de voir que c'était toi qui m'y envoyais. Si je dois jamais y retourner, je jure de le faire dans l'allégresse, en souvenir de tes bienfaits. Vingt rats noirs pour toi, ô Tartaros, si tu consens à nous délivrer.

Ô Hiérax, ne sois pas en courroux contre moi qui t'ai toujours honoré. La mort est ton domaine. Consolerai-je encore les mourants ? Rappelle-toi le bien que j'ai fait à Oponce, Phormion, Orpin et tant d'autres. N'oublie pas que c'est moi qui ai tué l'oiseau auquel des blasphémateurs avaient donné ton nom. J'ai cherché en quoi j'avais pu t'offenser, ô Hiérax…

— Je croyais que vous vous serviez d'un chapelet.

— Potto m'a tout pris, répondit Organsin d'un ton morne. Même mes lunettes.

— J'ignorais que vous portiez des lunettes.

… *Quand Mamelta et moi avons retrouvé les ossements de la femme à la lanterne, j'ai négligé de leur donner une sépulture. Je promets de mieux respecter les morts désormais. Un bouc noir pour toi, ô Hiérax, si tu consens à nous délivrer.*

Ô Thelxiepeia, ne sois pas en courroux contre moi qui t'ai toujours honorée. La divination est ton domaine. Lirai-je encore les entrailles des victimes ? J'ai cherché en quoi j'avais pu t'offenser, ô Thelxiepeia…

Soudain, la cellule fut plongée dans une obscurité telle qu'Organsin n'en avait encore jamais connu, même dans les tunnels ; une obscurité palpable, suffocante, sans le moindre soupçon de lumière.

— C'est Lémur, chuchota Héron d'un ton pressant. Couvrez-vous la tête !

Hébété, Organsin ne réagit pas tout de suite. Il se retourna comme la porte s'ouvrait, juste pour voir une silhouette s'encadrer dans l'embrasure. Puis la porte se referma sans qu'aucune clé fît grincer la serrure.

— Levez-vous, pater, fit une voix grave et bien timbrée de baryton. Attrapez ceci, docteur.

Un bruit sourd.

— Ramassez.

La voix d'Héron :

— Ma sacoche de médecin ! Comment est-elle arrivée ici ?

Lémur éclata d'un rire tellement agréable et bon enfant qu'Organsin éprouva la tentation saugrenue de se joindre à lui.

— Vous vous croyez au milieu du lac ? En fait, nous sommes toujours dans les souterrains. Je me suis adressé à Sangre et un de ses chauffeurs me l'a apportée, voilà tout. J'ai des cadeaux pour vous aussi, pater. Prenez-les, ils sont à vous.

Organsin tendit les mains afin de recevoir son chapelet, son gammadion et la chaîne d'argent de sa mère, le tout enchevêtré.

— Merci.

— Vous ne manquez pas de cran, pour un augure. J'ai votre pointeur dans ma ceinture. Le vôtre aussi, docteur. Je vous les rendrai dans un instant. Seriez-vous capables, vous et votre ami le docteur, de m'atteindre dans le noir ?

— Les dieux me sont témoins que je n'ai pas l'intention de vous tuer, ni vous ni personne, se récria Organsin.

— Pourtant, vous avez eu envie de tuer Potto, n'est-ce pas, pater ? Il m'a dit qu'il vous avait interrogé des heures durant. Je fréquente Potto depuis toujours et je vous avoue que je ne connais pas d'homme plus déplaisant, même quand il fait des efforts pour paraître aimable.

— Dans ma situation, il m'était difficile d'éprouver de la sympathie pour lui, dit Organsin en choisissant ses mots avec soin. Toutefois, je respectais sa qualité de membre de l'Ayuntamiento.

— Il vous a porté des coups répétés et si violents que vous êtes resté plusieurs heures dans le coma. Mon cousin Potto ne serait pas une grosse perte pour le méande. Souhaitez-vous récupérer votre pointeur ?

— Certainement, répondit Organsin en tendant la main à l'aveuglette.

— Vous espérez me tuer avec ?

— Silex aussi m'a défié. Mais vous, vous n'êtes pas un légionnaire.

— Ni un chimio.

— Il ne vous a jamais vu, glissa le docteur Héron.

— Dans ce cas, regardez-moi bien, pater.

Une vague lueur phosphorescente dissipa un peu les ténèbres presque au niveau du plafond. Sous le regard fasciné d'Organsin apparut le visage glabre d'un homme d'environ soixante ans. Ses traits étaient empreints de noblesse et son front haut surmonté d'une belle crinière argentée. Le nez était aquilin et la bouche expressive. En levant les yeux vers lui, Organsin se fit la remarque qu'il devait être d'une taille supérieure à celle de Gibbon.

Le visage prit la parole :

— Vous ne me demandez pas comment je fais

ça ? Ma peau sécrète sa propre lumière. Mes yeux aussi. Regardez.

Deux nouvelles taches fluorescentes s'avérèrent être les mains de Lémur. L'une serrait la crosse d'un pointeur aussi gros que celui d'Alque.

— Tenez, docteur. Votre arme.

— Ne croyez pas impressionner Organsin, fit la voix d'Héron, quelque part près de Lémur.

Le pointeur disparut de la main de celui-ci, englouti par l'obscurité.

— Il vit tout entier dans le spirituel, gloussa Héron.

— Moi aussi, dans un sens. Vous avez perdu votre dieu, pater. Peut-être puis-je vous en proposer un autre ?

— Vous voulez parler de Tartaros ? C'est lui que je priais à votre entrée.

— Tartaros et les autres ne sont que des fantômes, pater. Votre prolocuteur le sait. En tant que son successeur, il est juste que vous soyez mis au courant.

— Son...

Organsin se réjouit brusquement de l'obscurité qui régnait dans la pièce.

— Si vous pouviez voir votre tête ! s'esclaffa Lémur.

— Vous... ?

— Dites-moi : est-ce que Tartaros voit dans le noir ?

Organsin répondit d'un simple hochement de la tête, trahissant par là qu'il prêtait la même faculté à Lémur.

— Certainement, comme tous les dieux.

— C'est du moins ce qu'on vous a enseigné, fit la voix d'Héron.

— J'en fais autant, reprit la voix de baryton de

Lémur. Je vois et j'entends à distance et à travers les murs. A votre réveil, le docteur Héron vous a montré sa main et vous a demandé de compter ses doigts. A mon tour.

Organsin leva la main droite.

— Cinq. Encore.

Organsin obtempéra.

— Trois. Encore.

— Je vous crois, assura Organsin.

— Six. Vous avez cru Héron quand il a prétendu que je comptais vous éliminer. Au contraire, je nourris de grandes ambitions pour vous deux.

— Merci.

— Mais d'abord, laissez-moi vous conter la véritable histoire des dieux. Le docteur Héron la connaît déjà, ou du moins l'a-t-il devinée. Notre méande a été créé par un potentat qui avait pris le titre de Monarque. Son but était d'adresser un message à l'univers tout entier. Vous avez vu certains des hommes et des femmes qu'il a placés à bord. Il avait chargé ses médecins de tripatouiller leurs cerveaux afin de gommer le plus possible de leur personnalité propre.

— En effet, Mamelta m'a dit qu'elle avait subi une opération avant d'embarquer.

— Ce faisant, les chirurgiens ont découvert que les souvenirs du Monarque et de sa famille étaient trop bien ancrés dans les mémoires de leurs patients pour en être effacés. Pour tout embrouiller, ils les ont rebaptisés. C'est ainsi que le Monarque devint Pas et sa mégère d'épouse, Échidna. Celle-ci lui avait donné sept enfants : Scylla, Molpe, Tartaros, Hiérax, Thelxiepeia, Phæa et Sphigx.

Organsin traça le signe de l'addition dans l'obscurité.

— Le Monarque désirait un fils pour lui succéder. Scylla avait hérité du caractère inflexible de son père, mais ce n'était qu'une fille. En compensation, son père lui a permis de fonder notre cité et quelques autres. C'est elle aussi qui a fondé votre Chapitre, en parodiant la religion de son propre méande. Elle était à peine sortie de l'enfance, comprenez-vous. Et les autres étaient encore plus jeunes.

Organsin se cantonna dans son mutisme.

— L'épouse du Monarque lui donna une seconde fille, moins réussie que la première : excellente danseuse et musicienne accomplie, certes, mais sujette à des crises de démence. C'est elle que nous appelons Molpe.

On entendit un léger déclic.

— Rien d'utile dans votre sacoche, docteur ? Nous l'avons fouillée, naturellement. Mais poursuivons. Leur troisième enfant était un garçon, mais pire que les deux premiers, car aveugle. Le Tartaros que vous imploriez tout à l'heure, pater. Vous avez affirmé qu'il voyait dans la nuit. La vérité, c'est qu'il n'y voyait rien, même en plein jour. J'espère que je ne vous ennuie pas ?

— C'est sans importance, mais vous encourez la colère des dieux et risquez de compromettre le salut de votre âme.

Le rire cassant d'Héron éclata dans l'obscurité.

— Dans ce cas, je continue. Échidna donna naissance à un autre fils qui porta au paroxysme l'indifférence à la douleur d'autrui qu'il avait héritée de son père. Bientôt, faire le mal devint son unique préoccupation. Encore enfant, il fit massacrer des foules entières pour son seul amusement. C'était Hiérax, notre dieu de la mort. Que vous dire encore ? Ils engendrèrent encore trois filles que vous connaissez aussi bien que moi : Thelxiepeia, ses conjurations, ses drogues et ses poisons, la grosse Phæa et Sphigx, qui unissait le rigorisme de son père au caractère exécrable de sa mère. Il faut dire que dans une famille telle que la sienne, elle n'avait d'autre choix que de cultiver ces qualités ou périr.

Organsin toussota :

— Vous avez émis l'intention de me rendre mon pointeur, conseiller...

Cette fois, la lueur mystérieuse se propagea au corps entier de Lémur, assez forte pour paraître à travers ses vêtements.

— Regardez, dit-il en étendant le bras droit.

Une tache sombre se déplaçait sous sa manche de satin brodé, glissant de l'épaule au coude et du coude au poignet. A la fin, le pointeur plaqué or de Jacinthe apparut dans sa main.

— Et voilà !

— Comment faites-vous ça ? interrogea Organsin.

— Mes bras sont truffés de microcircuits. Ils me permettent de créer un champ magnétique que je déplace en contractant et relâchant alternativement mes muscles. Voyez.

Le pointeur escalada le poignet de Lémur et disparut dans sa manche.

— Vous désirez le récupérer, disiez-vous ?

— Oui.

— Et vous, docteur ? Je vous ai déjà rendu le vôtre. Vous plairait-il de le considérer comme un à-valoir sur vos futurs honoraires ?

La lumière qui émanait de Lémur était à présent si intense qu'Organsin parvenait à distinguer Héron, assis sur le lit. Il tira son pointeur de sa poche et le tendit à Lémur :

— Reprenez-le si ça vous chante. Je vous demande seulement de rendre le sien à Organsin.

Un sourire se dessina sur le visage lumineux de Lémur :

— C'est un tour bien cruel qu'il vous joue là, pater.

— Au contraire, il ne m'a jamais paru plus amical. Certains hommes ont honte de leurs élans généreux, parce qu'ils associent la bonté à la faiblesse. Rendez-le-moi, je vous prie.

Ce fut l'azoth de Jacinthe, non son pointeur, qui se faufila dans la main de Lémur, pareil à une araignée d'argent. Comme Organsin faisait mine de le saisir, la main se referma. Lémur éclata de rire et ils furent de nouveau plongés dans les ténèbres.

— Organsin m'a dit que vous aviez capturé une femme en même temps que lui. Si vous l'avez blessée, je demande à l'examiner.

— Je pourrais serrer ceci jusqu'à le briser, dit Lémur. Ce serait très dangereux, même pour moi.

Organsin était enfin parvenu à démêler sa chaîne d'argent. Il la passa à son cou et ajusta la position du gammadion de Pas.

— Dans ce cas, je ne vous conseille pas de le faire, remarqua-t-il.

— Je n'en ai pas l'intention. Avant de vous révéler la vérité sur les dieux, pater, je vous ai laissé entendre que j'en avais un nouveau à vous proposer : un dieu vivant. Sans doute avez-vous compris qu'il s'agissait de moi. Êtes-vous disposé à m'adorer ?

— J'ai peur que nous n'ayons pas de victime à vous sacrifier.

Les yeux de Lémur s'allumèrent.

— Foin de ces précautions oratoires, pater. Vous n'avez pas envie de devenir prolocuteur ? Quand je vous ai fait part de cette éventualité, je m'attendais à ce que vous me baisiez le postérieur. Mais vous faites comme si vous n'aviez pas entendu.

— Sur le moment, j'ai cru à quelque torture raffinée. Pour être franc, je n'ai pas changé d'avis.

— Je suis sérieux. Je pourrais dire avec le docteur que je regrette de ne pas vous avoir inventé. Vous semblez avoir été créé pour servir mes desseins.

Organsin en fut estomaqué.

— Vous voulez que je dise aux gens que vous êtes un dieu, conseiller ?

La voix cordiale et bien timbrée de Lémur retentit dans la nuit :

— Ça, le prolocuteur actuel en est parfaitement capable. Il le ferait sur l'heure si je le lui demandais. Sinon, je n'aurais aucun mal à trouver un augure plus conciliant pour le remplacer.

— J'en doute. Et quand bien même, personne ne le croirait.

— Précisément. *Vous*, on vous croirait. Sa Connaissance est âgée. Sa Connaissance peut décéder d'un jour à l'autre. On découvrira alors qu'elle vous a désigné pour lui succéder et vous expliquerez au peuple que c'est par égard pour moi que Pas a fait cesser la pluie. Il suffirait qu'on me rende le culte qui m'est dû pour que tout rentre dans l'ordre. Ils finiront par admettre que je fais un meilleur dieu que Pas. Après tout ce que je vous ai raconté sur lui, Échidna et leur marmaille, ne me dites pas que vous avez encore foi en lui !

— Vos blasphèmes auraient dû me scandaliser, soupira Organsin. Mais je suis tout juste choqué, comme peut l'être une vieille fille en entendant jurer sa cuisinière. Voyez-vous, j'ai rencontré un dieu authentique, l'Autre...

Héron manqua s'étouffer de rire.

— Kypris aussi est une vraie déesse. Alors je sais ce qu'est la véritable divinité, à quoi elle ressemble et de quoi elle est faite. Mais vous avez dit autre chose sur quoi j'aimerais revenir, conseiller.

Pour la première fois, la voix de Lémur parut lourde de menaces :

— Quoi ?

— Vous n'êtes pas un chimio, avez-vous dit. Je ne partage pas les préjugés des bios qui se croient supérieurs aux chimios, toutefois je sais que...

— Vous mentez !

Doublement terrifiante dans ces ténèbres, la lame de l'azoth déchira la matière telle une feuille de papier. Elle frôla l'oreille d'Organsin qui éprouva dans chaque cellule de son corps son horreur incomparable.

— Vous allez nous faire couler ! hurla Héron à l'autre bout de la pièce.

Au même moment, le vaisseau fit une embardée et tangua dangereusement. Des éclats de peinture brûlante et des paillettes d'acier incandescent se mirent à pleuvoir sur Organsin qui recula, saisi d'effroi.

— Je suis un bio *et* un dieu !

La vague d'énergie se retira.

— Merci, haleta Organsin. Merci infiniment. Mais, par pitié, ne recommencez pas.

Comme le roulis s'apaisait, le bras lumineux de Lémur reparut. Il ouvrit la main et la poignée de l'azoth s'insinua à l'intérieur de sa manche.

— C'est bien vous qui êtes là-dedans ? demanda Héron en laissant tomber sa sacoche sur le sol.

— Pourquoi cette question ?

La voix de Lémur avait retrouvé toute son affabilité.

— Simple curiosité. Je me demandais si ce n'était pas une sorte d'armure de combat améliorée.

— De nature à intéresser les gouvernants de… ?

— Palustria.

— Non. Palustria fait partie des cités que nous avons anéanties. Vous aurez bientôt l'honneur de servir Viron, tout comme pater Organsin. Alors, soyez franc avec moi. Sachez toutefois que je me trouve actuellement dans une autre partie du bateau. Peut-être vous y conduirai-je, une fois certaines questions réglées. Quant à vous, pater, ne vous faites aucun souci pour votre amante du passé. En ce moment même, elle dorlote le patient du docteur Héron et gémit sur votre sort.

— Vous employez des tournures surannées, fit la voix d'Héron. Quel âge avez-vous, conseiller ?

— Quel âge me donnez-vous ? lui retourna Lémur.

— Vous avez été en poste sous deux caldés et cela fait vingt-deux ans que le dernier est décédé. Il est naturel qu'on se pose des questions.

— A Palustria, peut-être. Quand vous m'aurez vu ailleurs, vous serez mieux à même d'estimer mon âge. Je serais très curieux d'entendre votre avis. Et vous, pater, vous n'êtes pas étonné ?

— Je conçois très bien que vous soyez un bio équipé de prothèses, comme notre mater Rose.

Voyant que ses mains tremblaient, il les fourra dans ses poches avant de poursuivre :

— Ce que je ne comprends pas, c'est que vous puissiez vous trouver à la fois ici et ailleurs.

— De la même manière qu'une glace vous transmet l'image d'une pièce située à l'autre bout de la ville. De la même manière que votre Fenêtre Sacrée vous a montré l'image truquée d'une femme morte depuis trois siècles et vous a convaincu que vous parliez avec une déesse. Mais je suis là à blaguer, ajouta Lémur avec un petit rire, alors que le patient d'Héron est à l'agonie. Je suis certain qu'il ne m'en voudra pas : je me suis tellement amusé.

Le pointeur de Jacinthe reparut dans la main lumineuse.

— Voici les honoraires du docteur Héron, puisque telle est sa décision. Docteur, j'aimerais que vous examiniez quelqu'un et lui disiez la vérité. Ce n'est pas violer l'éthique médicale que de dire la vérité à un patient ?

— Non.

— Je me suis parfois posé la question. Ce prisonnier est aussi un espion. Gravement blessé.

— Et quand je l'aurai vu, vous allez nous liquider, grogna Héron.

— Je vous garderai tous les deux en vie, parce que vous allez devenir très coopératifs. Mais pour le moment vous m'êtes plus utiles en tant qu'opposants — je n'ai pas dit ennemis. J'ai dit au prisonnier que le docteur qui allait l'examiner et l'augure qui allait le confesser n'étaient pas de mes amis et que, au contraire, je les soupçonnais d'intriguer contre le gouvernement que je représente.

L'éclat de la main et du bras de Lémur s'était accru ; le minuscule pointeur doré rampait comme un animal vivant sur sa paume ouverte.

— Tenez, votre Connaissance, dit-il en tendant l'arme à Organsin. Consentez-vous à administrer le pardon de Pas à cet homme, si le docteur Héron juge son état désespéré ?

— Bien sûr.

— Alors, allons-y, dit Lémur en ouvrant la porte. Vous verrez, c'est très instructif.

Quoique éblouis, ils le suivirent le long d'un couloir étroit et d'un escalier métallique presque aussi raide qu'une échelle.

— Nous descendons dans la quille, expliqua Lémur. J'ai donné l'ordre d'appareiller pendant que nous jouions avec cet azoth. A l'heure actuelle nous croisons sous la surface, ce qui explique qu'on ne sente pas l'action des vagues.

Il s'approcha d'une lourde trappe qu'il ouvrit en actionnant deux manettes.

— C'est en bas.

Organsin passa le premier. L'onde de choc qui avait ébranlé le bateau quand Lémur les avait menacés avec l'azoth était encore perceptible et pour ainsi dire audible ici. L'air était frais et les barreaux de l'échelle vaguement moites au toucher. Des lumières vertes et une odeur dont le caractère indéfinissable n'était peut-être dû qu'à l'absence de toute autre sensation olfactive lui rappelèrent qu'ils se trouvaient sous les eaux du lac Limna.

Il vit d'abord les ailes cassées de l'aérien, étalées sur une yole : une armature brisée, faite d'une matière évoquant l'os poli et tendue de lambeaux d'un tissu presque invisible.

— Arrêtez-vous un instant, votre Connaissance, lui lança Lémur. Regardez ça. Vous aussi, docteur. Vous ne le regretterez pas.

— Vous avez fini par en capturer un, dit Héron. Vous avez abattu un aérien.

Sa voix trahissait un accablement tel qu'Organsin se retourna vers lui.

— Quand j'ai vu partir Sangre avec toute sa bande, expliqua Héron, je me suis bien douté de quelque chose. Mais j'espérais…

Il haussa les épaules, laissant sa phrase en suspens.

Lémur avait détaché un bout du tissu couleur

crème. Avec sa forme incurvée, on aurait presque dit une larme.

— C'est là que réside leur secret, indiqua Lémur. Souhaitez-vous l'examiner ? N'aimeriez-vous pas livrer à vos maîtres la clé ouvrant les cieux ? Tenez, prenez. Voyez comme cette étoffe est légère. Touchez-la, docteur.

Héron secoua la tête.

— Et vous, votre Connaissance ? Vous pourriez en avoir besoin, quand vos partisans vous auront proclamé caldé.

— Je ne serai jamais caldé, protesta Organsin, et je n'ai jamais désiré l'être.

Il prit le lambeau arachnéen des mains de Lémur et l'examina.

— C'est cela qui permet aux aériens de voler ? La fluidité des formes ?

— Ça, et l'étoffe. Tarsier est en train de l'analyser. Lorsque vous vous êtes introduit chez Sangre l'autre nuit — vous voyez que je suis bien renseigné —, vous ne vous êtes pas demandé ce qu'Héron y faisait ?

— J'ignorais alors qu'il était un espion.

Organsin reposa le bout de tissu et palpa la bosse que le poing de Potto avait fait pousser sur son crâne. Il éprouvait un léger vertige.

— Il était là pour tenir ses maîtres informés des progrès de Sangre avec l'aigle, expliqua Lémur. Il y a plus de vingt-cinq ans que j'ai compris l'intérêt de maîtriser la technique du vol. Si nos fantassins pouvaient voler, ils détecteraient aussitôt les mouvements des troupes adverses, entre autres avantages. Sitôt que j'ai eu les mains libres, j'ai soutenu des chercheurs dont les travaux paraissaient prometteurs. Aucun n'est parvenu à créer un système capable de transporter un enfant, à plus forte raison un fantassin.

— Pourquoi pas un légionnaire ? demanda Organsin, songeant à Silex.

— Trop lourd, grogna Héron. Notre hôte lui-même pèse quatre fois plus que vous et moi réunis.

— Ah ! ah ! fit Lémur en se tournant vers lui. Je vois que vous avez creusé la question.

— Les aériens sont d'une taille inférieure à celle de la moyenne des fantassins, poursuivit le docteur. Tout petit que je sois, je suis encore plus grand que la plupart des aériens.

— Vous parlez comme si vous en aviez vu de près.

— A l'aide d'un télescope. Vous allez m'objecter que je n'avais aucun point de comparaison ?

— Oui, pour ne rien vous cacher.

— C'était inutile : un homme petit n'est pas proportionné comme un grand. Croyez-en ma longue expérience de petit médecin. Par exemple, sa tête paraît plus grosse.

— Vous avez dit que quelqu'un était en danger de mort... glissa Organsin, mal à l'aise.

— Qui vous dit que ce n'est pas vous, votre Connaissance ? insinua Lémur en laissant tomber sa main sur l'épaule d'Organsin. Imaginez — ce n'est qu'une hypothèse — que j'aie l'intention de vous couper la tête sitôt que vous aurez apporté le pardon de Pas à cet infortuné... En écourtant cette discussion, vous ne feriez que précipiter votre fin.

— En tant que citoyen, j'ai droit à un procès public et à un avocat. En tant qu'augure...

Lémur accrut la pression de ses doigts.

— Dommage que vous ne soyez pas vous-même avocat, sans quoi vous connaîtriez cette clause non écrite, stipulant que la sécurité de Viron prévaut sur toute autre considération. En ce moment même, une faction complote de renverser le pouvoir légalement constitué de l'Ayuntamiento pour lui substituer un augure qui excite la populace avec ses élucubrations mystiques. Je ne vous fais pas mal, au moins ?

— Je crains que si.

— Ça pourrait être pire encore.

Sur ce, il resserra encore son étreinte. S'il l'avait pu, Organsin serait sûrement tombé à genoux.

— A présent, votre Connaissance, j'aimerais vous dire comment l'idée m'est venue d'utiliser un oiseau de proie pour capturer un aérien, en voyant un faucon attraper un bec-scie. Puis comment j'ai passé Viron au peigne fin, dans le plus grand secret, afin de dénicher l'homme de la situation...

Organsin laissa échapper un gémissement.

— Lâchez-le, dit Héron, et je vous dirai comment nous l'avons appris.

— *Lâchez-le !*

Mamelta surgit de la pénombre et s'élança vers Organsin.

— *Sale robot ! Espèce de CHOSE !*

Elle était nue, hormis le chiffon maculé de sang qui ceignait ses reins. Ses seins, ses cuisses galbées tremblaient et sa peau avait la couleur du vieil ivoire. Lémur libéra Organsin et la gifla presque nonchalamment, lui lacérant le front de ses ongles trop longs. L'os transparut sous la peau, bientôt recouvert par un flot de sang. Héron s'accroupit auprès d'elle et ouvrit sa sacoche.

— Pas ici, docteur, dit Lémur.

Il jeta la blessée sur son épaule et s'éloigna à grandes enjambées.

— Venez !

Avec une agilité surprenante pour un homme de son âge, Héron escalada l'échelle menant à la trappe qui leur avait livré passage et tenta de la soulever.

— On ne peut pas l'abandonner, protesta Organsin.

Il fit quelques rotations d'épaule pour s'assurer qu'il n'avait rien de cassé.

— On ne peut rien pour elle tant que nous sommes nous-mêmes prisonniers.

La voix moqueuse de Lémur leur parvint du fin fond de la cale :

— Un homme agonise, une femme baigne dans son sang et il n'y a personne pour s'en soucier ?

— Si, moi, lança Organsin.

Clopin-clopant, il s'enfonça dans la cale en se guidant sur la voix. L'aérien gisait à même le sol sur une couverture, derrière la proue de la yole. Son visage hâlé était convulsé de douleur. Il était couché au bord d'une seconde trappe, beaucoup plus large que la première. Il y avait un tableau de bord sur la cloison derrière lui.

Lémur laissa tomber Mamelta près de l'aérien. D'une voix tonitruante qui n'était pas sans rappeler celle du talus, il rugit :

— *Venez nous rejoindre, docteur ! Vous n'avez aucune chance d'ouvrir cette écoutille.* C'est moi qui ai bloqué les manettes et je suis beaucoup plus fort que vous deux, ajouta-t-il à l'intention d'Organsin.

Celui-ci s'était déjà agenouillé à la tête du blessé :

— Je te transmets le pardon de tous les dieux, mon fils. Maintenant, rappelle-toi les paroles de Pas...

— Suffit, ordonna Lémur en serrant à nouveau

son épaule. D'abord le docteur. S'il ne veut pas venir, vous irez le chercher.

— Je suis là, annonça Héron.

— Voici notre aérien. Il s'appelle Iolar. Il ne nous a pas dit grand-chose, pas même le nom de sa cité. Je dois reconnaître qu'il est à peine plus grand que vous, docteur, et peut-être un peu plus léger.

Sans répondre, Héron tira des ciseaux de sa sacoche et entreprit de découper la combinaison de vol de l'aérien. Organsin déchira un morceau de sa robe et l'enroula autour du front de Mamelta. Lémur lui marqua son approbation d'un signe de la tête.

— Je suis persuadé qu'elle vivra assez longtemps pour vous remercier de vos bons soins, pater, dit-il. Iolar aussi, j'espère. Vous m'écoutez, docteur ?

Héron acquiesça sans le regarder.

— Je vais devoir vous retourner, dit-il. Placez les bras au-dessus de la tête et laissez-vous faire.

— Figurez-vous qu'Iolar est tombé tout près d'ici, dans le lac, poursuivit Lémur d'un ton détaché. Dans un sens, c'était très commode pour nous. Il nous a suffi de remonter à la surface pour le cueillir, lui et ses ailes, sans l'aide de la Garde Civile ou de Sangre. Une cruelle déconvenue pour eux, je vous l'accorde, gloussa-t-il. C'était hier matin. Je me trouvais alors à terre, aussi est-ce Loris qui a dirigé les opérations. De main de maître, je dois dire. Loris n'est pas Lémur, certes, mais qui peut se targuer de m'égaler ? Toutefois, un élément vital n'a pu être récupéré : son module propulseur, ou MP. Sans lui, nos fantassins seraient tout au plus capables de planer, comme le font les mouettes quand elles se laissent porter par les courants aériens. En se jetant du haut d'une tour ou d'une falaise par grand vent, ils pourraient voler sur une assez longue distance mais à moins de conditions exceptionnelles, il leur serait quasi impossible de décoller du sol. Quant à voler contre le vent, il ne faudrait pas y songer. Pardonnez-moi d'être aussi technique, pater.

— Il me semble que je vous suis.

— Iolar n'a fait aucune difficulté pour admettre l'existence de ce module propulseur. Il est probable qu'il l'a perdu au moment du plongeon. Sur le coup, cet obstacle ne nous a pas paru insurmontable. Nous avions la possibilité de le repêcher — ce que nous nous sommes efforcés de faire tout au long de la journée — ou d'en construire un neuf sur les indications d'Iolar. Or, celui-ci refuse de coopérer.

— J'imagine que ce vaisseau est équipé d'une unité médicale ? demanda Héron.

— Certes. C'est là que nous l'avons conduit dans un premier temps. Mais voyant son ingratitude, nous l'avons amené ici. Est-il conscient ?

— Vous ne m'avez pas entendu lui parler ?

— Parfait. Écoutez-moi bien, Iolar. Ce que j'ai à vous dire est d'une extrême importance. Vous m'entendez ? Dites quelque chose ou remuez la tête.

L'aérien était étendu sur le ventre. Sa voix leur parvint assourdie :

— Je vous entends.

Lémur eut un sourire satisfait.

— Je vous avertis que ma patience a atteint ses limites. D'un autre côté, je vous donne ma parole que je ne chercherai pas à vous abuser. Voici les hommes dont nous vous avons parlé. Ce médecin est un espion avéré, tout comme vous. Cet augure est le meneur de la faction qui a tenté de prendre le contrôle de notre cité. Si le docteur Héron vous donne pour condamné, vous aurez gagné. L'augure vous administrera alors le pardon de Pas. Mais s'il estime que vous avez des chances de vivre, vous encourrez de grands périls en persistant dans votre refus. Ai-je été assez clair ? Je ne veux plus perdre mon temps avec vous. Nous sommes en train de mettre au point un nouveau système pour chercher votre module propulseur au fond de l'eau. En cas d'échec, nous lancerons l'aigle aux trousses d'un nouvel aérien pour nous en procurer un autre. Ni promesses ni menaces, docteur, reprit-il en pointant l'index vers Héron. La vérité ne vous coûtera pas davantage que ne vous rapporterait un mensonge. Va-t-il vivre, oui ou non ?

— Je n'en sais rien, répondit Héron d'un ton égal. Il a plusieurs côtes cassées. Elles n'ont pas perforé le poumon, sans quoi il serait déjà mort. Quatre vertèbres au moins ont subi d'importants dommages, ainsi que la moelle épinière. Je ne crois pas qu'elle ait été sectionnée, mais je ne peux rien assurer. Avec des soins appropriés et un chirurgien de premier ordre, je dirais qu'il a de bonnes chances de s'en sortir.

— Vous envisagez une guérison complète ? demanda Lémur, l'air sceptique.

— Peut-être remarchera-t-il un jour.

— Eh bien, reprit Lémur en baissant le ton, que décidez-vous ?

Le silence retomba. En se penchant au-dessus de Mamelta, Organsin la vit battre des paupières et pressa ses mains dans les siennes. Héron haussa les épaules et referma sa sacoche avec un claquement définitif.

— Je me doutais que vous refuseriez, dit Lémur d'un ton presque désinvolte. Pater, vous êtes libre d'entamer votre ritournelle. Je m'en lave les mains. De toute manière, il n'en a plus pour longtemps.

— Qu'allez-vous faire de lui ? demanda Héron.

— Le jeter à l'eau, indiqua Lémur en se dirigeant vers le tableau de bord. En tant qu'homme de science ceci devrait vous intéresser, docteur. Nous nous trouvons à fond de cale, dans un caisson parfaitement étanche, comme vous avez pu le constater lors de votre tentative d'évasion. Nous croisons actuellement à soixante-dix coudées de fond, dit-il après avoir jeté un coup d'œil à l'un des cadrans. A cette profondeur, la pression de l'eau est de trois atmosphères. Savez-vous comment nous parvenons à plonger et à remonter ?

— Non, avoua Héron. Je suis curieux de l'apprendre.

Il lança un regard vers Organsin pour voir si celui-ci partageait son impatience, mais il était occupé à psalmodier et à balancer ses perles au-dessus de la tête du blessé.

— Grâce à l'air comprimé. Pour descendre, on ouvre le réservoir de plongée. L'eau du lac s'y engouffre et nous coulons. Pour faire surface, on insuffle de l'air comprimé dans le réservoir pour en chasser l'eau. Simple mais efficace. Quand j'ouvrirai cette valve, l'air pénétrera dans le caisson.

Lémur tourna la valve et un sifflement s'éleva.

— Je l'ai à peine entrouverte pour ne pas vous incommoder. Si vos oreilles se bouchent, déglutissez.

Organsin, qui jusqu'ici n'avait guère prêté attention aux explications de Lémur, interrompit sa mélopée pour déglutir. Au même moment, l'aérien blessé murmura :

— Le soleil...

Il ouvrit tout grands ses yeux jusqu'alors mi-clos et fit l'effort de tourner son visage vers Organsin :

— Dites à votre peuple...

La liturgie lui interdisant de répondre, Organsin se contenta d'opiner en agitant ses perles.

— Béni sois-tu...

Puis il traça le signe de l'addition en inclinant la tête à neuf reprises, comme l'exigeait le rituel.

— Quand la pression aura atteint trois atmosphères, nous pourrons ouvrir cette trappe sans être pour autant inondés.

Héron fit mine de protester mais il se ravisa et serra les dents.

— Nous perdons le contrôle... murmura l'aérien avant de refermer les yeux.

Organsin lui caressa la tempe de sa main libre pour indiquer qu'il avait entendu.

— Je te supplie de pardonner aux vivants, mon fils. Pardonne-nous nos offenses à ton encontre, ne les garde point dans ton cœur mais entame cette nouvelle vie dans l'innocence du pardon.

Mamelta glissa sa main dans la sienne :

— Il... Est-ce que je rêve ?

Organsin secoua la tête.

— Reçois le pardon des dieux, au nom de Pas, d'Échidna, de Scylla l'Incandescente, de Molpe la Merveilleuse, de Tartaros le Ténébreux, d'Hiérax le Hiératique, de Thelxiepeia la Taciturne, de Phæa la Féroce et de Sphigx la Solitaire, ainsi qu'au nom de tous les dieux mineurs.

Il ajouta à voix basse :

— L'Autre aussi te pardonne, mon fils, car c'est également en son nom que je m'exprime.

— Il va mourir ?

Organsin posa un doigt sur ses lèvres. Héron expliqua, avec une douceur surprenante :

— Lémur va le tuer. Il a choisi son sort. J'en aurais fait autant.

— Moi aussi, dit Mamelta en tâtant le bout

d'étoffe noire qui entourait son front. Ils nous ont promis un monde merveilleux, tout de paix et d'abondance, où il serait toujours midi. On savait qu'ils mentaient. A ma mort, je retournerai chez moi. Ma mère, mes frères... Chiquito sur son perchoir, dans le patio.

Héron ressortit ses ciseaux. Pendant qu'il découpait le pansement improvisé, Lémur ouvrit la trappe. Organsin eut l'impression que l'Autre venait de pénétrer dans la cale. A la place du volet d'acier se découpait maintenant un rectangle de clarté liquide, translucide et tendrement irisée. La lumière du soleil pénétrant les eaux claires du lac se décomposait et inondait la cale d'une aube surnaturelle d'un bleu céleste. Organsin mit quelques secondes à se convaincre que cette substance éthérée était bien de l'eau. Il se pencha au-dessus de l'aérien et y plongea les doigts. Un banc de poissons argentés se matérialisa dans la découpe de la trappe, dix coudées plus bas. Il lui fallut quelques secondes pour la traverser et disparaître au-dessous de la plaque d'acier sur laquelle il était agenouillé.

— Écartez-vous, pater, ordonna Lémur en empoignant l'aérien.

— Attention ! hurla Héron. Ne le tenez pas comme ça !

— Vous avez peur que je ne l'abîme davantage ? railla Lémur en soulevant le blessé comme un fétu. Quelle importance ? Eh bien, Iolar ? Vous n'avez toujours rien à dire ? C'est votre dernière chance.

— Remerciez la femme, bredouilla l'aérien. Les hommes. Ailes robustes.

Lémur le projeta violemment à travers l'orifice. L'eau irisée gicla sur Organsin, l'aveuglant momentanément. Quand il eut recouvré la vue, l'aérien était déjà loin. Il eut le temps d'apercevoir son visage décomposé de terreur, ses yeux exorbités, sa bouche béante crachant des bulles pareilles à du cristal avant qu'il disparaisse tout à fait.

Lémur rabattit la trappe dans un fracas assourdissant.

— Quand j'aurai soulevé l'autre trappe, la pression dans ce caisson sera égale à celle du reste du navire. Ouvrez la bouche, sans quoi vos tympans éclateraient.

Il les fit passer par un escalier différent, puis longer un couloir plus étroit (où ils croisèrent les conseillers Potto et Galago en grande conversation) jusqu'à une porte gardée par deux légionnaires.

— Voici ce que vous cherchiez, docteur, même si vous l'ignoriez. Cette pièce renferme nos corps biologiques. Je me trouve par ici, dit-il en indiquant un cercle de machines étincelantes.

Héron approcha, suivi d'Organsin soutenant Mamelta. Le corps du conseiller Lémur reposait sur un matelas blanc, un drap immaculé tiré jusqu'au menton. Il avait les yeux clos et les joues creuses. Sa poitrine se soulevait lentement et son souffle était à peine audible. Une mèche de cheveux blancs s'échappait du bandeau de tissu synthétique noir et du réseau de câbles multicolores ceignant son front. Une douzaine de tubes reliés à des machines se faufilaient sous le drap tels des serpents.

— Ici, nul bio animé d'intentions perfides, leur expliqua Lémur. Nous sommes soignés par des chimios entièrement dévoués à nos personnes. Ce sont également eux qui entretiennent les machines assurant notre survie. Ils nous adorent et nous le leur rendons bien. Nous leur assurons l'immortalité, grâce à un stock illimité de pièces de rechange. En contrepartie, ils prolongent indéfiniment nos existences de simples mortels.

— Impressionnant, dit Héron en inspectant une des machines. J'aimerais disposer d'un équipement comparable.

— Mon foie et mes reins ont déclaré forfait, mais des appareils continuent de remplir leurs fonctions. Mon cœur est couplé à un booster prêt à prendre son relais dès que nécessaire.

Héron se mordit la lèvre et secoua la tête.

— Il fait bon ici, murmura Mamelta.

— L'air de cette pièce est entièrement renouvelé toutes les soixante-dix secondes. Il est filtré afin d'éliminer virus et bactéries et maintenu à un degré d'humidité relative de trente-cinq pour cent, ainsi qu'à une température voisine de celle du corps humain.

Organsin considéra le conseiller étendu et dit :

— Je ne croyais pas éprouver un jour de la pitié pour vous. Et pourtant...

— J'ai à peine conscience d'être là. Moi, c'est *ça*, assura Lémur en se frappant la poitrine. Vigoureux, alerte, doté d'une ouïe et d'une vision parfaites. Il ne me manque que la faculté de digérer. Et parfois, ajouta-t-il après un silence lourd de sous-entendus, la patience.

Héron se pencha sur le corps inerte. Avant que Lémur ait pu réagir, il souleva une de ses paupières grises.

— Cet homme est mort, déclara-t-il.

— Ne soyez pas stupide ! gronda Lémur en faisant mine de se jeter sur lui.

Organsin eut le réflexe de s'interposer. Lémur s'arrêta net, obéissant peut-être à un vieux reste de piété.

— Regardez.

Héron introduisit deux doigts dans l'orbite vide et en tira une pincée de détritus noirâtre offrant l'aspect d'un mélange de terre et de bitume. L'ayant montrée à Lémur, il la laissa tomber sur le drap virginal où elle s'étala comme une souillure puis il s'essuya les doigts sur l'oreiller, laissant sur l'étoffe blanche des traînées immondes et méphitiques.

Lémur poussa alors un gémissement comme Organsin n'en avait encore jamais entendu, malgré sa déjà longue expérience de la détresse humaine. C'était la plainte stridente d'un foret aux mains d'un dément, butant sur une pointe et forcé de tourner de plus en plus fort, de plus en plus vite, jusqu'à succomber au déchaînement de sa propre énergie. Le râle d'agonie d'un monde en perdition ou, plutôt, d'une présence sur le point de mourir au monde.

Lémur se tassa lentement sur lui-même. Ses mains agrippèrent le vide, comme celles de l'aérien dans les eaux glacées du lac. Il finit à genoux et laissa brusquement retomber les bras. L'azoth d'argent de Jacinthe glissa de sa manche brodée et ricocha sur le sol. Héron se précipita, renversant au passage une des machines qui entouraient la couche du défunt conseiller, et s'en empara. La lame terrible jaillit, transformant Lémur en une boule de feu. Secoués, Organsin et Mamelta reculèrent en se protégeant le visage de leurs bras. Héron se rua vers la porte. Le temps pour Organsin de reprendre ses esprits, il avait disparu. Mamelta hurla. Organsin la tira par le bras et l'entraîna dans sa fuite, sans perdre de temps à la faire taire.

Au moment où il ouvrait la porte, les légionnaires firent feu. Avant qu'il ait pu battre en retraite, il les vit accourir du fond du couloir à une vitesse surhumaine. Ils n'avaient pas parcouru la moitié de la distance quand un éclair surgit de l'écoutille, suivi d'une double détonation.

— Dépêchons-nous d'atteindre la trappe avant qu'il l'ait refermée, dit-il à Mamelta.

La voyant incapable de courir, il la souleva à bras-le-corps, la jeta sur son épaule comme un tapis ou un sac de farine et s'engouffra dans l'écoutille au risque de dégringoler de l'échelle. Quelqu'un cria : « *Attendez ! Attendez !* » Il lui fallut quelques secondes pour comprendre qu'il s'agissait de lui. La trappe était fermée. S'étant débarrassé de Mamelta, il s'arc-bouta sur les manettes. Comme il achevait de les desserrer, un fort appel d'air la souleva par en dessous.

— *Docteur !*

— Aidez-moi ! fit la voix d'Héron. Mettons le bateau à l'eau !

Une demi-douzaine de lance-dragées aboyèrent alors dans le couloir. Un projectile heurta violemment la trappe juste comme Organsin la rabattait derrière eux.

Ils trouvèrent Héron penché sur l'autre trappe. Ils unirent leurs forces pour la soulever, aidés par la pression des eaux du lac. Organsin se retrouva à patauger dans un flot sans cesse croissant. Il cracha, s'essuya le visage et reprit son souffle. Puis l'eau cessa de monter et se maintint au même niveau durant une ou deux secondes qui parurent une éternité. La valve sifflait aux oreilles d'Organsin et quelqu'un (Mamelta ou Héron, il n'aurait su le dire) barbotait près de lui en l'éclaboussant.

Enfin, la décrue s'amorça. D'abord lentement, puis de plus en plus vite, l'eau qui avait presque envahi le caisson reflua vers le lac. Telle une poupée dans un maelström, Organsin fut aspiré par un tourbillon bleuté et vertigineux. Au bord de l'asphyxie, il vit une autre forme humaine entraînée avec lui, les membres écartelés, les cheveux flottant au gré du courant. Alors, comme dans un brouillard, il distingua une tête effroyable mouchetée de noir, de pourpre et d'or, plus haute que la façade de son presbytère, avec une gueule béante qui se referma sur la silhouette contorsionnée qu'il avait aperçue. Le monstre plongea sous Organsin, l'envoyant tournoyer comme une graine de pissenlit livrée au vent dans le remous de son sillage.

13

LA REDDITION DU CALDÉ

— Pater ? Oh ! pater.

Mater Marbre lui fit signe d'approcher du haut des marches du vieux mantéion. Elle était encadrée par deux fantassins en armure. Leur officier faisait admirer son épée à la petite mater Menthe. Gulo approcha. L'officier leva les yeux vers lui :

— Pater Organsin ? Vous êtes en état d'arrestation.

Gulo secoua la tête et se fit connaître. Mater Marbre renifla avec un mépris qui réduisit à néant le plaisir que le regard brillant de mater Menthe avait fait naître chez le jeune officier.

— Emmener pater Organsin ? Vous n'avez pas le droit ! Un saint homme comme lui...

Un grondement monta de la foule qui se pressait autour de Gulo. Celui-ci n'était pas doué d'une grande imagination, toutefois il lui sembla qu'un lion invisible venait de s'éveiller et que les prières qu'il adressait à la déesse chaque sphigdi n'étaient pas aussi absurdes qu'il y paraissait. Mater Menthe rendit son épée à l'officier et leva les mains :

— Je vous en prie, pas de violence !

Une pierre s'abattit sur le casque d'un des fantassins. Une deuxième siffla à l'oreille de mater Marbre et vint s'écraser contre la porte. Le fantassin touché fit feu. Un cri suivit la détonation. Mater Menthe dévala les marches et se rua dans la foule. Le fantassin tira à nouveau mais son officier le força à baisser le canon de son lance-dragées.

— Ouvrez, dit-il à Gulo. Nous serons mieux dedans.

Une pluie de pierres fondit sur eux alors qu'ils se réfugiaient à l'intérieur du mantéion. Le fantassin tira encore deux dragées pendant que son camarade aidait mater Marbre à repousser la lourde porte. En réaction, une nouvelle volée de cailloux tambourina contre celle-ci.

— C'est la chaleur, décréta l'officier avec un sourire. Ils auront vite fait de nous oublier. Ce pater Organsin semble très populaire, ajouta-t-il en rengainant son épée.

Mater Marbre opina.

— *Pater!* s'exclama-t-elle en voyant Gulo tirer le verrou.

— Ma place est dehors, expliqua-t-il, l'air piteux. Je... je n'aurais jamais dû entrer.

L'officier tenta de le retenir par un pan de sa robe mais il était déjà sorti. Des cris de rage pénétrèrent dans le mantéion, étouffés aussitôt que les deux fantassins eurent repoussé la porte et le verrou. La voix de Gulo leur parvint du dehors, assourdie :

— *Peuple! Peuple!*

— Ils ne lui feront pas de mal, mater, assura l'officier en tendant l'oreille. Je n'aime pas procéder à des arrest...

Il s'interrompit, devinant qu'elle ne l'écoutait plus. Des reflets roses, jaunes et carmin se peignaient sur son visage de métal. Il regarda dans la même direction qu'elle, découvrit la Fenêtre Sacrée et se prosterna. Des couleurs virevoltaient sur l'écran, traçant des motifs à peine perceptibles : hiéroglyphes, silhouettes, paysages à demi formés, visage nébuleux sans cesse recomposé... Puis la déesse parla dans une langue presque familière, une langue qu'il avait apprise dans une vie antérieure, dans un lieu et un passé infiniment éloignés. Ici, il n'était guère qu'un ver de terre mais elle lui rappela qu'il avait été un homme, à moins que les souvenirs dont elle l'alimentait aient été ceux d'un mort.

Qu'il en soit fait selon ta volonté, ô grande déesse. Nous veillerons sur lui.

Il entendit la chimio parler à l'augure grassouillet derrière lui :

— Un dieu nous a visités pendant votre absence, pater. Nous n'avions personne pour interpréter ses paroles. Quel dommage que vous l'ayez manqué...

L'augure :

— J'en ai vu une partie, mater.

Il les pria de se taire. La voix divine résonnait encore à ses oreilles, infiniment douce et lointaine. Il savait désormais ce qu'elle attendait de lui.

Organsin troua la surface du lac, ouvrit les yeux sur la mince traînée lumineuse du soleil et emplit ses poumons d'air frais. C'était comme une seconde naissance. Malgré sa fatigue et ses piètres talents de nageur, il parvint à garder la tête hors de l'eau à l'aide de mouvements saccadés des bras et des jambes. Il craignait par-dessus tout d'attirer l'attention du poisson géant. Il perçut l'écho d'un cri mais il n'y prit pas garde jusqu'au moment où, la houle l'ayant soulevé, il distingua des voiles brunes. Trois pêcheurs demi-nus le hissèrent sur leur bateau.

— Mon compagnon, haleta-t-il. Il faut le retrouver.

— C'est déjà fait, dit Héron en lui souriant.

Le plus grand et le plus âgé des pêcheurs lui assena une grande claque dans le dos :

— Comme disait mon paternel, les dieux prennent soin de leurs augures.

— Des augures et des fous, ajouta Héron d'un ton solennel.

— Comme vous le dites, monsieur. La prochaine fois que vous ferez de la plaisance, faites-vous accompagner d'un marin. Pourvu qu'on arrive à repêcher votre dame.

L'image du poisson géant envahit alors l'esprit d'Organsin qui frissonna.

— J'ai peur que...

— Ne vous en faites pas. On finira bien par la tirer du bouillon.

Organsin tenta de se lever mais le roulis le déséquilibra et il retomba assis sur un tas de filets.

— Restez où vous êtes et reposez-vous, marmonna Héron. Nous en avons tous les deux besoin. Cela dit, ce bain forcé était une bonne chose : en explosant, les chimios dégagent une forte quantité d'isotopes. Capitaine, reprit-il en exhibant une carte dorée, auriez-vous quelque chose à manger et un peu de vin ?

— Je vais voir ce que je peux faire, monsieur.

Devant l'air étonné d'Organsin, Héron ajouta à voix basse :

— Cachée dans ma ceinture. Lémur m'a demandé de retourner mes poches mais il ne m'a pas fouillé. Je leur ai promis une carte s'ils nous ramenaient à Limna.

— Cette pauvre femme, dit Organsin pour lui-même. Avoir attendu si longtemps pour ça...

Il aperçut au loin un oiseau noir perché sur le gréement d'un bateau. Songeant à Oreb, il esquissa un sourire qu'il regretta aussitôt. Il s'assura que personne n'avait remarqué sa bonne humeur intempestive : Héron observait le capitaine, occupé après la grand-voile. Un des marins se tenait à la proue, un pied sur le beaupré. L'autre, cramponné à un cordage, paraissait attendre un signal du capitaine. Son dos rappela quelqu'un à Organsin. Comme il se penchait pour mieux le voir, il s'avisa que les filets qui lui servaient de siège étaient secs.

Héron avait acheté à Organsin une tunique rouge, un pantalon marron et des chaussures brunes pour remplacer ses vieux souliers, perdus dans le lac. Il se changea dans une ruelle déserte et abandonna ses vêtements déchirés derrière une pile d'ordures.

— J'ai récupéré le pointeur de Jacinthe, mon gammadion et mes perles mais pas mes lunettes ni le reste de mes affaires. Ce doit être un signe.

— Ils se trouvent sans doute dans la poche de Lémur, dit Héron en haussant les épaules.

Lui aussi était habillé de neuf et il avait acheté un rasoir. Ayant levé les yeux vers l'entrée de la ruelle, il ajouta :

— Parlez plus bas.

— Qu'avez-vous vu ?

— Deux gardes.

— Les membres de l'Ayuntamiento nous croient morts, objecta Organsin. Tant qu'on ne les aura pas détrompés, nous n'avons rien à craindre. S'ils avaient eu des doutes, ils seraient déjà remontés à la surface afin de nous chercher.

— Impossible, à moins de révéler à tout le monde le secret de leur navire. Ça vous va ?

— Un brin trop large, critiqua Organsin en regrettant l'absence de miroir. De toute manière, il a bien fallu qu'ils fassent surface pour repêcher ce pauvre Iolar.

— C'est vous qui êtes maigre. Ils auront plutôt utilisé la petite embarcation que nous avons vue. Ils ne pouvaient pas la lancer à nos trousses car l'eau aurait envahi le fond de la cale sitôt qu'ils auraient soulevé la trappe. Je ne sais pas comment ils se seront débrouillés pour refermer le caisson sans y pénétrer, mais ils auront bien trouvé un système. Vous êtes prêt ?

Après le départ d'Héron, Organsin ouvrit la fenêtre. La chambre qu'ils avaient louée au deuxième étage de la Lanterne Rouillée offrait une vue splendide sur le lac. Accoudé au rebord, Organsin laissa son regard errer dans la rue du Dock. Héron prétendait vouloir passer inaperçu. Pourtant, sitôt installé à l'auberge, il avait réclamé de quoi écrire et il était ressorti après avoir griffonné un bref billet. Puisque Héron s'accordait le droit de circuler en plein jour, il n'y avait aucun mal à ce qu'il observât la rue depuis cette hauteur.

Limna était une ville paisible, leur avait dit l'aubergiste. Toutefois la Garde avait été forcée d'intervenir la nuit précédente pour réprimer une émeute.

— Les partisans d'Organsin, leur avait-il soufflé d'un air entendu. Si vous voulez mon avis, c'est eux qui sont derrière tout ça.

Les partisans d'Organsin… Qui ? Organsin caressa sa barbe de deux jours, abîmé dans sa réflexion. Certainement ceux qui avaient écrit son nom partout sur les murs. Il revit les miséreux qui s'étaient agenouillés dans la rue du Soleil pour lui demander sa bénédiction quand il avait parlé de son illumination à Sangre… Assez désespérés pour se rallier au premier leader qui paraîtrait jouir de la faveur des dieux.

Comme lui.

Deux gardes en armure de combat remontèrent la rue du Dock en paradant, espérant sans doute déjouer de nouveaux troubles… espérant dissuader une poignée d'hommes armés de pierres, de bâtons, de couteaux et de quelques pointeurs de s'exposer aux tirs de leurs lance-dragées. Durant une seconde, il fut tenté de les appeler, de leur révéler son identité et de leur proposer de se livrer pour mettre fin aux affrontements. S'il se rendait devant témoins, l'Ayuntamiento pouvait difficilement le faire assassiner sans procès. Si celui-ci ne lui permettait pas de prouver son innocence, il aurait au moins la satisfaction de la proclamer.

Mais il avait promis de faire son possible pour sauver le mantéion, et celui-ci était plus que jamais en danger. Musc lui avait accordé une semaine. Parlait-il réellement au nom de Sangre ? Aux yeux de la loi, le mantéion lui appartenait. Sa reddition aurait eu pour conséquence de le lui livrer sur un plateau. Tout l'être d'Organsin se révulsa à cette idée. L'abandonner à Sangre, soit, s'il n'y avait pas moyen de l'éviter. Mais jamais, au grand jamais, à quelqu'un qui… Il tuerait Musc si… s'il n'y avait pas d'autre solution. Et il n'aurait aucun mal à s'y résoudre.

Il s'écarta de la fenêtre et alla s'étendre sur le lit. Il lui vint brusquement à l'esprit que le billet griffonné par Héron devait s'adresser à ses chefs. Sans doute y décrivait-il le navire subaquatique de l'Ayuntamiento et le secret des aériens.

Des pas retentirent dans le couloir. Organsin retint son souffle. Héron avait dit qu'il frapperait trois coups brefs à la porte pour se faire reconnaître. Précaution dérisoire : si l'Ayuntamiento les croyait vivants, il enverrait la Garde fouiller chaque auberge. Héron avait choisi le meilleur établissement de la ville, arguant que les gardes hésiteraient davantage à les déranger s'ils passaient pour riches, mais Organsin avait l'intuition qu'ils ne s'arrêteraient pas à de telles considérations.

Le bruit de pas décrût et s'éteignit.

Organsin se dépouilla de sa tunique, décidé à se raser. Il se leva et tira vigoureusement le cordon de la sonnette. Sa barbe naissante constituait un déguisement, mais elle pouvait aussi le rendre suspect. L'Autre ne verrait certainement pas d'objection à ce qu'il se rase, puisqu'il avait l'habitude de le faire chaque jour. S'il était pris, c'en serait terminé des émeutes et des morts. Et au moins, il serait arrêté en tant que lui, Organsin, l'homme que certains appelaient caldé, et non comme un fugitif honteux.

— Du savon, des serviettes et une bassine d'eau chaude, demanda-t-il à la servante qui avait accouru à son coup de sonnette.

L'odeur des cuisines l'avait suivie à l'étage. Organsin sentit son appétit s'éveiller.

— Apportez-moi aussi quelque chose à manger, avec du maté ou du thé. Vous le mettrez sur notre note.

Sitôt de retour, Héron commanda de l'eau propre et des serviettes sèches.

— Vous pensiez que je vous avais abandonné ? dit-il en les disposant sur la table de toilette.

— Si vous n'étiez pas rentré, j'en aurais déduit que vous aviez été arrêté. Vous comptez raser votre barbe ? J'espère que vous ne m'en voudrez pas d'avoir emprunté votre rasoir.

— Pas le moins du méande, assura Héron en s'examinant dans l'immense miroir.

— Dans votre situation, beaucoup auraient commencé par se raser avant de songer à expédier leur rapport. Croyez-vous que les pêcheurs qui nous ont secourus nous dénonceront si on les interroge ?

— Hin-hin.

— Alors, la Garde s'empressera de venir nous chercher ici, à Limna.

— Elle l'aurait fait de toute manière.

— Sans doute. Vous avez donné une carte à ces pêcheurs ? C'est une grosse somme.

— Ils nous ont sauvé la vie. Et puis, le capitaine va se rendre à Viron pour effectuer des achats et ses hommes en profiteront pour se soûler. S'ils sont trop ivres, on ne pourra pas les questionner.

— J'ai été très surpris de reconnaître un des chauffeurs de Sangre parmi l'équipage. On dirait qu'il s'est reconverti dans la pêche.

Héron se tourna vers lui, le visage couvert de mousse, le rasoir à la main.

— Décidément, j'ai encore eu tort de vous sous-estimer.

Comme l'autre ne répondait pas, il se retourna vers le miroir.

— Merci de l'avoir gardé pour vous jusqu'ici.

— Je lui trouvais un air connu, mais je n'ai pas réussi à le situer jusqu'à ce que nous atteignions le port. Il faisait en sorte de me cacher son visage, mais c'est justement cela qui l'a trahi. Je l'ai surtout vu de dos, le soir où il m'a reconduit au mantéion.

— Alors, vous avez tout deviné, dit Héron en attaquant une de ses rouflaquettes avec la lame du rasoir.

— J'imagine que vos qualités d'espion vous rendent infiniment précieux aux yeux de vos maîtres.

— C'est ce qui s'appelle faire assaut de louanges, s'esclaffa Héron.

— Quand nous nous sommes changés dans la ruelle, j'ai compris que l'argent que vous possédiez vous avait été remis sur le bateau, par le capitaine ou le chauffeur de Sangre.

— Vous vous êtes aperçu que je n'avais pas de ceinture. J'espérais que vous n'auriez rien remarqué.

— Après qu'Amarante vous eut informé de la visite de Simuliid au lac, vous avez décidé de mener votre enquête. N'ayant pas d'agent à Limna, vous avez recruté le capitaine et son équipage pour qu'ils surveillent le chemin des Pèlerins depuis le lac. Mais je ne voudrais pas vous empêcher de vous raser.

— Je préfère vous accorder toute mon attention, dit Héron en se retournant vers lui. Sachez que j'ai agi autant dans votre intérêt que dans celui de ma cité. J'ai œuvré à vous porter au pouvoir dans l'espoir d'éviter la guerre.

— Je ne veux pas du pouvoir, mais je ne peux que vous remercier de tout ce que vous avez fait... Et d'abord, de m'avoir sauvé la vie quand la prudence vous conseillait de me laisser me noyer.

— Dans ce cas, accepteriez-vous de concrétiser notre alliance ? L'Ayuntamiento de Viron nous tuera tous les deux s'il parvient à nous rattraper. Moi en tant qu'espion et vous parce que vous menacez sa suprématie. En êtes-vous conscient ?

Organsin acquiesça à contrecœur.

— Battons-nous dos à dos, pour ne pas être enterrés côte à côte. Dites-moi tout ce que vous savez et je répondrai à vos questions. Vous avez ma parole d'honneur. Vous n'avez aucune raison de vous y fier, mais elle vaut plus que vous ne le croyez. Qu'en dites-vous ?

— Vous serez lésé, docteur. Les quelques points que j'ai éclaircis vous seront moins précieux que les informations que vous pourrez me fournir.

— Ce n'est pas tout : arrangez-vous pour que ni moi ni mes hommes ne soyons pris et, en échange, je vous promets que nous ne tenterons rien contre votre cité. Vous vous rendez compte que vous allez peut-être devoir fuir ? Si nous ne parvenons pas à vous faire proclamer caldé, nous vous offrirons au moins un asile. Non par bonté d'âme, mais parce que nous avons intérêt à vous garder en vie le plus longtemps possible pour cristalliser le mécontentement des couches populaires. Vous avez besoin de nous dès à présent, et cela risque d'être encore plus vrai d'ici quelques semaines. Maintenant, à votre tour de me donner votre parole d'honneur. Puis-je compter dessus ?

Organsin inclina gravement la tête. Héron posa son rasoir et serra la main qu'il lui tendait.

— A présent, dites-moi ce que vous savez de ma mission.

— Très peu de chose en vérité. Jacinthe travaille pour vous, n'est-ce pas ?

Héron opina.

— C'est à cause d'elle que j'ai trahi ma ville, avoua Organsin en tripotant ses perles. Afin de la sauver. Cela doit vous paraître idiot.

— Moi-même, je m'efforce de la sauver, ainsi que les pêcheurs qui nous ont tirés du lac. Ce sont mes hommes ; je me sens des responsabilités envers eux, par Tartaros. C'est pour ça que je ne vous ai rien dit, au sujet du bateau. Si vous étiez pris et que vous parliez, ces trois hommes seraient perdus.

— J'éprouve le même sentiment à l'égard des

fidèles qui assistent à nos sacrifices. Ce ne sont peut-être que des portefaix, des voleurs et des lavandières mais ce sont *eux* notre mantéion. Les bâtiments et même notre Fenêtre Sacrée pourraient être remplacés, tout comme moi. Eux, non.

Il se leva et s'approcha de la fenêtre.

— J'ai mis du temps à comprendre votre importance réelle. Vous avez au moins cinquante ans.

— Cinquante-six, précisa Héron en rinçant la mousse qui avait séché sur son menton.

— Vous exercez vos talents d'espion depuis sans doute de longues années. Vous avez dû atteindre un grade élevé. Il paraissait improbable qu'on vous ait expédié seul chez Sangre. Jacinthe est née à Viron, m'a-t-on dit. J'en ai déduit que le chauffeur était votre compatriote. Est-ce lui votre lieutenant ?

— Exact, approuva Héron en savonnant de nouveau sa barbe.

— Pressentant que Sangre me ferait raccompagner par un de ses flotteurs, vous avez demandé à votre lieutenant de se tenir prêt. Vous veniez de me donner l'azoth ; un autre chauffeur aurait pu le repérer.

— Encore exact, acquiesça Héron en rasant un peu de duvet sur sa joue. Je l'avais également chargé de vous sonder, me disant que ça pourrait toujours servir plus tard. Je ne m'étais pas trompé.

— Je prends ceci comme un compliment.

Organsin se pencha à la fenêtre et leva les yeux vers le ciel.

— Votre lieutenant savait que vous aviez été arrêté et conduit au lac. Pour vous repêcher si vite, il fallait qu'il connaisse aussi la position du navire de l'Ayuntamiento. A supposer que ce soit lui qui ait apporté votre sacoche à Lémur...

— Il avait déjà quitté le service de Sangre.

— De toute manière, ce n'est pas comme ça qu'il aurait pu vous localiser. Soit il est télépathe, soit vous possédez une sorte de glace, mais minuscule. Ai-je raison ? Dans ce cas, je me demande comment ils ne l'ont pas trouvée.

— Parce qu'elle est ici, expliqua Héron en se frappant la poitrine. J'ai subi un pontage il y a huit ans. On en a profité pour m'implanter un gadget émettant un signal toutes les deux minutes. Si vous vous trouvez un jour en difficulté, vous n'aurez qu'à me tuer pour voir accourir des secours. Puisque je suis encore de ce monde, reprit-il avec un sourire, puis-je vous demander en quoi cette fenêtre vous intéresse tant ?

— Je me demandais s'il était possible de s'échapper par là en cas d'urgence. Je crois que je serais capable de me hisser sur le toit.

— Pas moi. Pas à mon âge.

— Et en volant ?

Héron éclata de rire.

— C'est dommage, mais je ne sais pas.

— N'était-ce pas l'objet de votre rapport au prince-président de Palustria ? Le secret des aériens ?

— Vous faites erreur. Je n'en ai rien dit.

— Un secret d'une telle valeur militaire ? Pourquoi ?

— Je regrette de ne pouvoir vous répondre. Cela dépasse le cadre de notre marché. Je me suis engagé à vous dire tout ce que vous voudriez savoir sur notre organisation et ma mission. Toutefois, je puis vous dévoiler le contenu de mon rapport.

— Poursuivez.

— Sachez d'abord qu'il n'était pas adressé au prince-président de Palustria. Vous ne pensiez quand même pas que j'allais dire la vérité à ce fou de Lémur ? Croyez-vous que je devrais la raser en totalité ?

— A votre place, je n'hésiterais pas.

— C'est bien ce que je craignais, soupira Héron en attaquant ce qui restait de sa barbe. En fait, je travaille pour Trivigaunte.

— Pour les femmes ?

Sa remarque déclencha l'hilarité d'Héron.

— Comme la plupart des cités, Viron est sous la domination des hommes. Mais croyez-vous que l'Ayuntamiento n'ait pas d'espions femelles ?

— Elles le font par loyauté, naturellement.

— Admirable !

Héron se retourna vers Organsin en décrivant de grands gestes avec son rasoir.

— Les hommes de Trivigaunte aussi. Nous ne sommes pas des esclaves. En fait, notre sort est plus enviable que celui de vos femmes.

— Dites-moi quel était le contenu de votre rapport.

— Il était très succinct, comme vous le savez déjà pour m'avoir vu le rédiger. J'ai dit que j'avais été pris et que j'avais tué Lémur en m'évadant. J'ai dit aussi que l'Ayuntamiento avait capturé un aérien mais que son MP avait sombré dans le lac. Et puis que j'avais découvert leur quartier général, un bateau croisant sous les eaux du lac Limna. Notre rani a promis une récompense en échange de ce renseignement. A mon retour, je serai un homme riche. J'ai ajouté que je n'avais pas l'intention de rentrer dans l'immédiat car il y avait de fortes chances pour qu'Organsin renverse l'Ayuntamiento ; que je m'étais attiré sa reconnaissance en le tirant de leurs griffes et que la perspective d'un changement de gouvernement à Viron valait bien qu'on prenne quelques risques.

— Est-ce tout ?

— Oui. Maintenant, dites-moi comment vous avez deviné que Jacinthe travaillait pour moi. C'est elle qui vous l'a appris ?

— Non, mais son pointeur, répondit Organsin en tirant celui-ci de sa poche. Il est orné de fleurs, mais aussi d'un grand oiseau... Un héron. J'espère que l'eau ne l'aura pas endommagé, dit-il en ouvrant le chargeur.

— Laissez-le sécher, graissez-le et il n'y paraîtra plus. Mais ce n'est pas ce modeste cadeau qui a pu suffire à éveiller vos soupçons. N'importe quel vieux fou épris d'une jolie femme en aurait fait autant.

— Il y avait aussi l'azoth. Au fait, vous l'avez toujours ?

Héron fit signe que oui.

— Le fait qu'elle l'ait rangé dans le même tiroir que le pointeur semblait indiquer qu'elle le tenait de la même personne. Or, le prix d'un azoth s'élève à plusieurs milliers de cartes. Si c'était bien vous qui le lui aviez offert, vous n'étiez pas ce que vous paraissiez.

— Vous êtes tellement malin que je finis par douter de votre innocence, pouffa Héron. Vous êtes sûr que nous ne sommes pas confrères ?

— Vous confondez l'innocence avec l'ignorance. L'innocence est une vertu qu'on épouse parce qu'elle vous paraît la voie la mieux indiquée.

— Il faudra que je médite ça. Quoi qu'il en soit, vous avez tort de supposer que j'ai donné l'azoth à Jacinthe. Quelqu'un avait fouillé ma chambre quelques jours plus tôt. Il ne l'avait pas trouvé mais j'avais jugé plus prudent de le confier à Jacinthe.

— Quand vous l'avez glissé dans ma ceinture...

— J'ai dit que vous étiez aimé d'une déesse. C'est elle qui me l'a rapporté en me priant de vous le remettre. Elle avait peur que Sangre ne vous fasse assassiner. Musc est venu me chercher pendant que nous discutions. J'ai emporté l'azoth afin de vous le faire passer.

— Mais l'intention venait d'elle ?

— Exact. Je conçois que ça vous flatte. A votre âge, j'en aurais fait des bonds au plafond.

— Je ne peux pas nier que ça me fasse plaisir.

Organsin se mordit la lèvre et reprit :

— J'ai une faveur à vous demander. Pourrais-je le voir, rien qu'une seconde ?

Héron tira l'azoth de sa ceinture et le lui tendit.

— Merci. Si j'avais su qu'il était à vous, et non à Jacinthe, je ne serais jamais retourné le chercher dans ces damnés tunnels. Les légionnaires ne nous auraient pas arrêtés et Mamelta serait encore en vie.

— Ils auraient quand même fini par vous pincer, assura Héron. Si Lémur ne vous l'avait pas confisqué, je n'aurais pas pu m'en servir contre lui et à l'heure qu'il est nous serions tous les deux morts, ainsi que votre amie.

— Peut-être avez-vous raison.

Organsin baisa la poignée d'argent pour ce qu'il croyait être la dernière fois.

— Il me semble qu'il n'a fait que me porter malheur. Pourtant, sans lui, le talus m'aurait tué.

Il rendit l'azoth à Héron, non sans répugnance.

Cette nuit-là, pendant qu'Organsin murmurait ses prières à l'adresse d'un plafond inconnu, les souterrains s'insinuèrent dans ses pensées. Tandis qu'il cherchait le sommeil, il eut brusquement la sensation que la vaste salle où les dormeurs reposaient dans leurs fragiles tubes de verre s'étendait sous lui.

Possible, puisque ladite salle jouxtait le corridor où se déversaient les cendres du mantéion de Limna.

Comme ils lui avaient paru étroits, ces tunnels, toujours prêts à se refermer sur lui pour le broyer... Ce n'était pas l'Ayuntamiento qui les avait créés; ils étaient bien plus anciens. De temps à autre, des ouvriers tombaient dessus en creusant de nouvelles fondations. Ils se dépêchaient alors de les reboucher. Qui les avait creusés, et dans quel but? Peut-être mater Marbre le savait-elle, elle qui avait connu l'ancien soleil.

Il faisait chaud dans cette chambre, encore plus chaud qu'au presbytère. Le docteur Héron était dehors avec mater Marbre. Ils lançaient des cailloux par la fenêtre ouverte, pour l'avertir qu'il devait retourner chercher l'azoth dans les tunnels.

Il se leva et se déplaça jusqu'à la fenêtre, tel un panache de fumée poussé par le vent. Le cadavre de l'aérien était suspendu dans le vide; un chapelet de bulles s'exhalait de ses narines et de sa bouche en même temps que son dernier souffle. Un jour ou l'autre, chacun rendait son dernier soupir, sans forcément savoir que c'était le dernier. Était-ce le message qu'il tentait de lui délivrer?

La porte s'ouvrit tout à coup. C'était Lémur. Organsin devina derrière lui la gueule noire, rouge et or du poisson monstrueux qui avait englouti la dormeuse dans le caisson de verre où il reposait à présent avec Amarante, c'est-à-dire Jacinthe, c'est-à-dire Mamelta...

Il s'assit. La chambre était vaste, sombre et silencieuse, son atmosphère moite encore imprégnée du bruit qui l'avait éveillé. Héron s'agita sur son propre lit.

On frappa de nouveau à la porte, des coups légers évoquant le tic-tac de la pendule du presbytère.

— *La Garde!* murmura Organsin, mû par un pressentiment inexplicable.

— Sans doute la femme de chambre qui vient changer les draps, grommela Héron.

— Il fait encore nuit, objecta Organsin en posant le pied par terre.

On frappa encore.

Il y avait un garde en bas dans la rue. Apercevant Organsin à la fenêtre, il se mit au garde-à-vous et salua.

— C'est bien eux. Ils nous ont retrouvés.

Héron se dressa sur son lit.

— D'habitude, ils s'annoncent de manière plus autoritaire.

— Il y en a un dehors qui surveille notre fenêtre.

Organsin tira le verrou et ouvrit la porte d'un coup. Le capitaine de la Garde Civile salua, faisant claquer les talons de ses bottes vernies comme les mâchoires du poisson géant. Le fantassin derrière lui se mit au garde-à-vous, la main à plat sur le canon de son lance-dragées.

— Que les dieux soient avec vous, dit Organsin.

Ne sachant quoi dire d'autre, il s'écarta :

— Désirez-vous entrer ?

— Merci, caldé.

Organsin accusa le coup.

Ils franchirent le seuil l'un après l'autre, le capitaine très nonchalant dans son élégant uniforme, le fantassin impeccable dans son armure lustrée.

— Vous n'êtes pas ici pour nous arrêter ? demanda Organsin en réprimant un bâillement.

— Non, non ! se récria le capitaine. Surtout pas. Je voulais vous avertir que d'*autres* viendront le faire. Ils sont déjà en route à l'heure où je vous parle. Vos têtes ont été mises à prix. Il est urgent qu'on vous protège. Je suis désolé d'avoir interrompu votre sommeil, mais heureux d'être arrivé avant les autres.

— Quelle heure est-il, capitaine ?

— Trois heures et quarante-cinq minutes, caldé.

— Trop tôt pour regagner la ville. Faites monter le fantassin qui garde la rue. Ensuite, j'aimerais que vous vous asseyez tous les trois afin de nous raconter ce qui s'est passé à Viron.

— Il vaudrait mieux le laisser à son poste, caldé. Comme ça, les autres croiront que nous sommes en train de vous arrêter.

— Admettons que ce soit déjà fait et que vous nous ayez désarmés, dit Organsin en enfilant son pantalon. Cet homme n'a donc plus rien à faire dehors. Faites-le monter.

Sur un geste du capitaine, le fantassin s'approcha de la fenêtre et héla son camarade. Le capitaine prit place sur une chaise.

— Vous m'avez appelé caldé, remarqua Organsin en frappant le bandage d'Héron contre le bois du lit. Pourquoi ?

— La Charte rédigée par notre seigneur Pas commande que Viron soit gouvernée par un caldé. Or, la charge est vacante depuis plus de vingt ans.

— Vous vous en êtes bien passés jusqu'ici, non ? L'ordre règne dans la cité ?

— Pas vraiment, docteur. Il y a encore eu des émeutes la nuit dernière; des maisons et des échoppes ont été incendiées. Il a fallu mobiliser toute une brigade pour défendre le Palatin. Incroyable ! La situation empire de jour en jour. La chaleur n'arrange rien, sans compter l'inflation… A la place de l'Ayuntamiento, j'aurais stocké les aliments de première nécessité — du maïs et des haricots, la nourriture des pauvres — pour les revendre au-dessous du cours officiel. Mais ils ne nous ont pas demandé notre avis ; ils mériteraient qu'on trempe nos plumes dans leur sang pour le leur faire connaître.

— Une déesse nous a parlé, caldé, déclara inopinément le fantassin.

— C'est exact, caldé, confirma l'officier en lissant sa fine moustache. C'était hier, à votre mantéion.

— L'un de vous a-t-il compris son message ? demanda Organsin tout en bandant sa cheville.

— Elle nous a dit que les ordres que nous avions reçus étaient sacrilèges. Par chance, votre acolyte est rentré pendant qu'elle parlait. Il pourra vous répéter les termes exacts mais, en substance, elle a dit que les dieux désapprouvaient le gouvernement de notre cité, qu'ils vous avaient élu comme caldé et que vos opposants devaient périr. Mes propres hommes...

A cet instant précis, on frappa à la porte. Le fantassin alla ouvrir et fit entrer son camarade.

— Mes propres hommes étaient prêts à me tuer si j'avais persisté à vouloir exécuter nos ordres. Mais je vous donne ma parole que je n'y ai même pas songé.

Organsin accueillit en silence l'acte d'allégeance du capitaine et passa sa tunique rouge. Le second fantassin interrogea son capitaine du regard. Encouragé, il se lança :

— On voit bien que quelque chose ne tourne pas rond. Il fait trop chaud et Pas empêche de pleuvoir. Mon père avait un étang ; on l'a pompé jusqu'à la dernière goutte pour arroser le maïs. Il est resté à sec durant tout l'été et c'est à peine si on a récolté dix quintaux.

— Il est question de creuser des canaux depuis le lac, caldé, mais ça prendra des années. En attendant, les cieux sont contre nous et les mantéions de la ville restent muets. Tous, à part le vôtre. Avez-vous vu ces inscriptions partout dans la ville, « Organsin pour caldé » ?

Organsin opina.

— La nuit dernière, avec mes hommes, nous en avons rajouté quelques-unes de notre cru : « Organsin *est* le caldé. »

— Dans les deux cas, la signification est la même, ricana Héron : « Organsin est un homme mort s'il se fait prendre. »

— Grâce aux dieux, nous n'en sommes pas là.

— Ce n'est pas votre gratitude qui ouvrira les portes du Juzgado au caldé, rétorqua Héron en repoussant son drap trempé de sueur. Savez-vous où nous pourrions nous cacher d'ici là ?

— Pas question que je me cache, protesta Organsin. Je retourne à mon mantéion.

Héron leva les sourcils ; le capitaine le dévisagea, interloqué.

— En premier lieu, je désire consulter les dieux. Ensuite, je veux dire à tous d'employer des moyens pacifiques pour renverser l'Ayuntamiento.

— Mais vous convenez de la nécessité de le renverser, caldé ? demanda le capitaine en se levant. Quitte à recourir à la force ?

Organsin hésita.

— Rappelez-vous Iolar, murmura Héron.

— Soit, dit enfin Organsin. Mais dans la mesure du possible, je voudrais que le changement se fasse sans effusion de sang. Êtes-vous prêts à m'accompagner à mon mantéion ? Si on vient m'arrêter, vous direz que c'est déjà fait et que vous m'avez autorisé à prendre quelques affaires. Une telle mansuétude ne passera pas pour du laxisme ?

— C'est dangereux, caldé, dit le capitaine d'un air sombre.

— Nous sommes forcés de prendre des risques. Votre avis, docteur ?

— Vous prétendez retourner dans un quartier où tout le monde vous connaît, alors que je viens juste de raser ma barbe ?

— Vous n'avez qu'à la laisser repousser.

— Comment pourrais-je refuser ? Vous ne vous débarrasserez pas de moi aussi facilement, caldé. Je vous suivrai comme votre ombre.

— Je n'en attendais pas moins de vous. Avez-vous passé toute la nuit à me chercher, capitaine ?

— Oui. C'est votre acolyte qui nous a dit que vous étiez à Limna.

— Dans ce cas, nous allons tous manger un morceau avant de partir. Un de vos hommes pourrait-il aller réveiller l'aubergiste ? Dites-lui que nous le paierons en suivant, mais qu'il fasse vite.

Le capitaine lança un regard à un des fantassins qui sortit aussitôt.

— Avez-vous un flotteur ? demanda Organsin.

La mine du capitaine s'allongea :

— Seulement des chevaux. Il faut être au moins colonel pour pouvoir disposer d'un flotteur. Mais je vais faire mon possible pour vous en procurer un, caldé.

— Ne dites pas de bêtises. Un flotteur pour un prisonnier ? Je marcherai devant votre cheval, les mains liées dans le dos. C'est bien là l'usage ?

L'officier acquiesça à contrecœur.

— Il est handicapé ! s'indigna Héron. Vous ne voyez pas qu'il boite ? Il ne pourra jamais marcher jusqu'à Viron.

— Je vais demander un autre cheval au poste de Limna, caldé.

— Plutôt des ânes, proposa Organsin. On doit pouvoir en louer par ici. Je chargerai Licorne ou un des garçons de les ramener. Eu égard à mon habit et à l'âge du docteur, j'imagine que votre règlement nous autorise à voyager à dos d'âne.

Ils quittèrent Limna à l'aube. Organsin se hissa sur le petit âne blanc que lui présentait un des fantassins tout en murmurant sa prière matinale à Hiérax, puis il plaça ses mains dans son dos afin que l'autre les attache.

— Je fais le nœud assez lâche pour ne pas vous blesser, caldé, lui glissa le fantassin, l'air de s'excuser. Vous pourrez vous détacher à tout moment.

Organsin opina. Ça lui faisait tout drôle de prier dans cette tenue. Il se promit de se changer sitôt arrivé au mantéion. Il était un piètre orateur et il redoutait que l'assistance ne se moquât de lui sans son habit d'augure.

Le capitaine avait déjà enfourché son fougueux destrier :

— Prêt, caldé ?

— Il vous serait facile de transformer cette parodie en une véritable arrestation, capitaine. Si cela devait arriver, vous pouvez compter sur l'indulgence des dieux et sur la mienne.

— Qu'Hiérax me bouffe les os si jamais je vous trahis, caldé !

Avant qu'Organsin ait pu esquisser un geste, son âne se mit en marche. Il réfléchit que c'était sans doute le fantassin qui lui avait donné une claque sur la croupe.

— Le ciel se couvre, remarqua Héron en observant les nuages qui s'amassaient au-dessus du lac.

Il enfonça les talons dans les flancs de son âne afin de rattraper Organsin.

— Il y a longtemps que ça n'était pas arrivé. Au moins, ça nous évitera de cuire au soleil.

Organsin lui demanda combien de temps allait durer le voyage.

— Là-dessus ? Au minimum quatre heures. Vous avez déjà vu un âne courir ?

— Oui, dans un pré, quand j'étais enfant. Mais bien sûr, il n'avait pas de cavalier.

— L'autre gars vient à peine de m'attacher les mains et j'ai déjà le bout du nez qui me gratte.

Ils remontèrent la rue de la Rive, passèrent devant le juzgado puis devant le cabinet de maître Goupil, à l'enseigne du renard rouge. Goupil allait se demander pourquoi il n'avait pas donné sa carte au capitaine, à supposer qu'il le reconnaisse dans sa nouvelle tenue. Elle lui avait été confisquée lors de la fouille, entre autres choses — les clés du mantéion, par exemple. Peut-être était-ce Lémur qui l'avait récupérée en même temps que l'azoth, le pointeur de Jacinthe, son gammadion et ses perles. Face au tribunal devant lequel il allait comparaître, elle ne lui serait pas d'une grande utilité…

Enfin, ils laissèrent Limna derrière eux. La route serpentait entre des dunes de sable, vestige de l'époque où le lac s'étendait jusque-là. Organsin se retourna sur sa selle pour dire adieu au village, mais il ne vit que les eaux bleu acier du lac derrière le capitaine et les deux fantassins.

— Amarante arrivait à cette heure-ci quand elle était enfant, dit-il à Héron. Vous a-t-elle jamais parlé de ça ?

— Ce devait être encore plus tôt.

Une goutte de pluie mouilla la crinière de l'âne blanc. Une autre s'abattit sur la tête d'Organsin. Elle était chaude.

— Je me serais bien passé de ça, soupira Héron.

Organsin le vit se raidir avant même d'avoir entendu le coup de feu.

— A terre! cria le capitaine dans son dos.

Le reste fut couvert par la détonation du lance-dragées d'un des fantassins. La corde qui attachait les poignets d'Organsin, jusque-là si lâche, parut se resserrer quand il voulut s'en défaire.

— *A terre, caldé!*

Il se laissa tomber dans la poussière du chemin. Par miracle, une de ses mains se libéra. Il identifia le rugissement d'un flotteur, suivi d'un violent vacarme, comme si un enfant géant avait frotté une règle sur les barreaux d'une cage.

Il se releva péniblement. Héron aussi avait les mains libres; il les noua autour de son cou quand il l'aida à descendre de sa monture. D'autres coups de feu. Avec un hurlement atroce, le cheval du capitaine se cabra et fonça droit sur eux, les renversant dans le fossé.

— Mon poumon gauche, murmura Héron.

Un filet de sang s'écoulait de sa bouche. Organsin déchira un pan de sa tunique.

— L'azoth...

Un immense coup de tonnerre succéda aux détonations, à croire que les dieux eux-mêmes livraient bataille et mouraient. Des gouttes de la taille d'un œuf de pigeon s'écrasaient dans la poussière autour d'eux.

— Je vais vous bander, dit Organsin. Je ne pense pas que ce soit très grave. Vous vous en tirerez.

— Inutile, dit Héron en crachant du sang. Faites semblant d'être mon père.

Un torrent de pluie déferla sur eux.

— Je *suis* votre père, docteur.

Organsin bourra un tampon dans la plaie palpitante et entreprit de le fixer à l'aide d'une bande d'étoffe.

— Caldé... prenez l'azoth.

Héron lui confia l'arme et mourut. Penché au-dessus de lui, serrant dans son poing le pansement désormais inutile, Organsin assista à son départ. Un frisson le secoua, ses yeux se révulsèrent, ses membres se raidirent pour se détendre aussitôt après. Organsin sut alors que c'était fini. Sous la forme d'un immense vautour, Hiérax venait de fondre sur le docteur Héron à travers la pluie battante afin de s'emparer de son âme. Lui-même, agenouillé dans la boue comme il l'était, participait de la substance du dieu invisible. La blessure d'Héron cessa bientôt de pomper le sang ; il ne fallut que quelques secondes à la pluie pour la laver à blanc.

Il glissa l'azoth dans sa ceinture et sortit ses perles.

— Je te transmets le pardon de tous les dieux, Héron. Maintenant, rappelle-toi les paroles de Pas : « Accomplissez ma volonté, vivez en paix, multipliez-vous et ne brisez jamais mon sceau. Ainsi vous éviterez mon courroux... »

Pourtant, les sceaux de Pas avaient été maintes fois brisés. Il avait ramassé les miettes de l'un d'eux et découvert les morceaux d'un autre mêlés à des embryons, de purs débris de chair putréfiée. Le sceau était-il plus important que les objets qu'il était censé protéger ? Il y eut un roulement de tonnerre. Pas avait déchaîné son courroux sur le méande.

— Pars sans regrets (pour où ?) et le mal que tu as pu faire te sera pardonné.

Le flotteur approchait ; le grondement de son moteur couvrait presque celui de l'orage à présent.

— Au nom de Pas et des autres dieux, je t'absous de tes crimes.

Il traça le signe de la soustraction avec ses perles ruisselantes d'eau.

— Sois béni.

Les armes avaient cessé de parler. Le capitaine et les deux fantassins devaient être morts. Aurait-il le temps de leur administrer le pardon de Pas avant d'être emmené ?

— Pardonne aux vivants les offenses qu'ils t'ont causées, reprit-il à toute allure, en avalant la moitié des mots. Ne les garde point dans ton cœur mais entame cette nouvelle vie dans l'innocence du pardon.

Trois coups de feu rapprochés éclatèrent tout près de lui, soulevant une gerbe de boue à un empan de sa tête.

— Reçois le pardon des dieux, mon fils...

Suivaient les noms des Neuf, chacun assorti d'une épithète. Organsin eut l'impression subite qu'aucun d'eux n'avait de réelle importance, pas même Hiérax.

— ... au nom de l'Autre et de tous les dieux mineurs.

Il se releva. Une silhouette enduite de boue, accroupie derrière un cheval mort, lui cria :

— Courez, caldé ! Sauvez-vous !

Puis elle se retourna et fit feu sur le flotteur de la Garde qui venait sur eux. Organsin leva les mains. La corde qui avait servi à les attacher pendait encore à son poignet.

— Je me rends !

L'azoth pesait sur sa ceinture comme un œuf de plomb. Il s'avança en boitant et dérapant dans la bourbe, le visage battu par la pluie.

— Je suis le caldé Organsin !

Un éclair déchira le ciel ; durant une fraction de seconde, le flotteur parut un talus aux yeux peints.

— Tuez-moi et épargnez les autres !

La silhouette boueuse jeta son lance-dragées et leva les mains à son tour.

— Ils nous ont tendu une embuscade, caldé, dit-elle avec la voix du capitaine. Nous avons donné nos vies pour vous et pour Viron.

— Je sais. Je ne vous oublierai jamais.

Il tenta de se rappeler le nom du capitaine mais il s'était enfui avec celui du fantassin au long visage sérieux, celui dont le père possédait un étang.

L'officier s'approcha, s'arrêta et tira son épée avec un ample moulinet du bras. Les talons joints, la nuque raide, il salua comme à l'exercice, la lame dressée à la verticale à hauteur du visage :

— Grâce à Hiérax, nous sommes arrivés à temps pour vous sauver, caldé !

LEXIQUE DES DIVINITÉS, PERSONNAGES ET ANIMAUX MENTIONNÉS DANS LE TEXTE

N.B. : A Viron, les mâles biochimiques empruntent leurs noms au règne animal (Alque, Sangre, Héron, Musc, Organsin...) et les femelles au règne végétal, surtout les fleurs (Amarante, Menthe, Orchidée, Rose...). Les êtres chimiques, mâles ou femelles, portent des noms de métaux et de minéraux (Marbre, Sable, Schiste...).

Alque : cambrioleur ami d'Organsin, dévoué à Amarante. Grand, costaud, prognathe, oreilles en chou-fleur.

Amarante : pensionnaire chez Orchidée. Environ dix-neuf ans, grande, athlétique, cheveux teints dans la nuance de rouge flamboyant de sa fleur éponyme. Alque lui donne le sobriquet de « Rondelle ».

Aquila : jeune aigle dressée par Musc.

Arolle : ex-pensionnaire d'Orchidée.

L'*Autre* : dieu mineur ayant illuminé Organsin.

Bar : brute chargée du maintien de l'ordre chez Orchidée.

Pater *Bécard* : augure. Défunt prédécesseur d'Organsin au mantéion de la rue du Soleil.

Mater *Betel* : autrefois sibylle au mantéion de la rue du Soleil, maintenant décédée.

Calao : bandit tué par Alque.

Campanule : une des « filles » d'Orchidée.

Carline : élève au palæstra d'Organsin.

Cerfeuil : jeune bourgeoise de Viron, épouse de Coypou.

Coypou : jeune bourgeois de Viron, époux de Cerfeuil.
Chiquito : nom du perroquet des parents de Mamelta.
Dulcamara : membre du cercle de mécanique noire d'Incus.
Dreoilin : fille préférée d'Iolar.
Échidna : divinité majeure, épouse de Pas et mère des dieux. Déesse de la fertilité. Associée aux serpents, aux souris et autres créatures rampantes.
Fulmar : membre du cercle de mécanique noire d'Incus.
Conseiller *Galago* : membre de l'Ayuntamiento, chargé de la diplomatie et des affaires étrangères.
Gibbon : fait régner l'ordre à la taverne du Coq. Ami d'Alque.
Goupil : avocat à Limna.
Pater *Gulo* : jeune augure.
Docteur *Héron* : médecin personnel d'Organsin. Petit, vif, barbe gris acier.
Hiérax : dieu de la mort. Le quatrième jour de la semaine lui est consacré. Associé aux oiseaux charognards, aux chacals et (comme Tartaros) à tous les animaux noirs.
Pater *Incus* : prothonotaire de Rémora. Petit, sournois, dents de lapin. Passionné de mécanique noire.
Iolar : aérien.
Jacinthe : jolie courtisane soumise à Sangre.
Kypris : divinité mineure, déesse de l'amour. Associée aux lapins et aux colombes.
Conseiller *Lémur* : secrétaire de l'Ayuntamiento et gouverneur *de facto* de Viron.
Licorne : chef des grands élèves au palæstra d'Organsin.
Lièvre : assistant de Musc.
Loris : membre de l'Ayuntamiento qu'il préside en l'absence de Lémur.
Mamelta : dormeuse éveillée par Mucor et délivrée par Organsin.
Mater *Marbre* : sibylle au mantéion d'Organsin. Âgée de presque trois siècles. Très usée.
Mater *Menthe* : la plus jeune des sibylles du mantéion d'Organsin.

Milan : élève du palæstra d'Organsin.

Moelle : marchand de primeurs.

Molpe : déesse de la musique, de la danse et des arts, du vent et de tout ce qui est léger. Le deuxième jour de la semaine lui est consacré. Associée aux papillons et aux oiseaux chanteurs.

Mucor : fille adoptive de Sangre, environ quinze ans. Se déplace en esprit. Parfois assimilée à un diable.

Musc : régisseur et giton de Sangre.

Olive : dormeuse.

Colonel *Oosik* : commandant de la Troisième Brigade de la Garde Civile de Viron.

Orchidée : « madame » de la maison jaune de la rue de la Lampe, mère d'Orpin.

Oreb : oiseau apprivoisé d'Organsin, de l'espèce des craves. Plumage noir, pattes écarlates, bec pourpre.

Pater *Organsin* : augure du vieux mantéion de la rue du Soleil. Vingt-trois ans, grand et mince, cheveux blonds en broussaille.

Orpin : fille d'Orchidée, poignardée par Amarante.

Ortie : bonne amie de Licorne.

Pas : père de tous les dieux et maître du méande qu'il a créé. Dieu du soleil, de la pluie, des machines et de quantité d'autres choses. Représenté avec deux têtes. Associé au bétail et aux oiseaux de proie.

Pavot : pensionnaire chez Orchidée. Petite, brune, jolie.

Pelisse : jeune élève du palæstra d'Organsin.

Phæa : déesse de la nourriture et des guérisons. Le sixième jour de la semaine lui est consacré. Associée au pourceau.

Plume : élève au palæstra d'Organsin.

Conseiller *Potto* : membre de l'Ayuntamiento, chargé de l'espionnage et de l'application des lois. Visage rond, faussement débonnaire.

« Sa Connaissance » pater *Quetzal* : prolocuteur de Viron. Préside le Chapitre.

« Son Éminence » pater *Rémora* : coadjuteur de Quetzal.

Grand, mince, long visage cireux, cheveux noirs et raides.

Mater *Rose* : doyenne des sibylles au mantéion d'Organsin. Équipée de très nombreuses prothèses. Presque centenaire.

Sergent *Sable* : légionnaire de Viron.

Sangre : maître du crime, propriétaire *de facto* du mantéion d'Organsin et de la maison jaune d'Orchidée. Grand, massif, presque chauve, visage sanguin. Environ cinquante-cinq ans.

Sauterelles : surnom péjoratif des gardes.

Schiste : soldat de deuxième classe dans la légion de Viron.

Scléroderme : femme du boucher. Vend des rogatons de viande pour les animaux. On l'appelle aussi « la bonne femme de la viande à chat ». Petite, très grasse.

Scylla : déesse des lacs et des rivières. Le premier jour de la semaine lui est consacré, ainsi que la ville de Viron. Associée aux chevaux, aux chameaux, aux poissons. Représentée avec huit, dix ou douze bras.

Caporal-chef *Silex* : légionnaire de Viron.

Commissaire *Simuliid* : bureaucrate influent du gouvernement de Viron. Grand, obèse, grosse moustache noire.

Sphigx : déesse de la guerre et du courage. Le septième jour de la semaine lui est consacré. Associée aux lions et autres félins.

Conseiller *Tarsier* : membre de l'Ayuntamiento, chargé de l'équipement et de l'architecture.

Tartaros : dieu de la nuit, du crime, du commerce. Le troisième jour de la semaine lui est consacré. Associé aux chouettes, chauves-souris, taupes et (comme Hiérax) à tous les animaux noirs.

Thelxiepeia : déesse de la magie, des mystères et des poisons. Le cinquième jour de la semaine lui est consacré. Associée aux volailles, aux biches, aux singes.

STEPHEN KING

Epouvante, polar, science fiction, Stephen King sait nous faire mourir de peur. Il sait reformuler nos terreurs ancestrales pour les intégrer dans notre environnement technologique. Comme autrefois Edgar Poe ou Lovecraft, le King règne aujourd'hui sur le Fantastique.

Carrie
835/3 (Mars 95)
Shining
1197/5
Danse macabre
1355/4
Cujo
1590/4
Christine
1866/4
Peur bleue
1999/3
A Talker's Mills, paisible bourgade du Maine, le loup-garou revient à chaque pleine lune et dévore sauvagement ses victimes.
Charlie
2089/5
Simetierre
2266/6
Différentes saisons
2434/7
La peau sur les os
2435/4 Polar

Brume
- Paranoïa
2578/4
- La Faucheuse
2579/4

Running Man
2694/3 Polar
Etats-Unis 2025 : une nouvelle tyrannie. Une chaine unique de télévision et une émission vedette : «La Grande Traque». Les yeux rivés sur le petit écran, le peuple regarde la mort en direct.

ÇA
2892/6, 2893/6 & 2894/6
également en coffret FJ 6904
Qu'ont-ils vu qui aurait rendu les autres fous ? Quelle chose innommable ? Quoi que ce fut, c'était là de nouveau... ÇA ! l'ordure aux cent têtes.

Les Tommyknockers
3384/4, 3385/4 & 3386/4
également en coffret FJ 6659
Jim a peur pour Bobbi. Quelque chose d'étrange se passe à Haven. Tard, la nuit dernière les Tommyknockers sont arrivés... Le grand cirque de l'épouvante peut commencer.

La tour sombre
- Le pistolero
2950/3 Science-Fiction
Deux hommes marchent dans un désert calciné, cruel, aveuglant. L'un pourchasse l'autre. Mais le gibier n'est peut-être pas celui qu'on croit.
- Les trois cartes
3037/7 Science-Fiction
- Terres perdues
3243/7 Science-Fiction

Misery
3112/6
Marche ou crève
3203/5 Polar
Le Fléau
Edition intégrale
3311/6, 3312/6 & 3313/6,
également en coffret FJ 6616
On avait cru d'abord à une banale épidémie de grippe. Mais quand les cadavres jonchèrent les routes, il fallut se rendre à l'évidence : le Fléau n'épargnerait personne.

Rage
3439/3 Polar
A neuf heures vingt, après un entretien destroy, Charlie met le feu aux vestiaires du collège. Puis, il flingue le prof d'algèbre. Charlie se sent bien : il est allé jusqu'au bout.

Chantier
2974/6 Polar
Minuit 2
3529/7
Après minuit, tout bascule. Le temps se courbe et s'étire, se replie ou se brise en emportant un morceau de réel. Après minuit, l'heure où l'on peut rencontrer le pire !

Minuit 4
3670/8
Après *Minuit 2*, le maître de l'épouvante récidive : deux nouveaux cauchemars à vous glacer le sang !

Bazaar
3817/7 & 3818/7

3924

Composition Interligne B-Liège
Achevé d'imprimer en Europe (France)
par Brodard et Taupin à La Flèche (Sarthe)
le 13 avril 1995. 6168 L-5
Dépôt légal avril 1995. ISBN 2-277-23924-0

Éditions J'ai lu
27, rue Cassette, 75006 Paris
Diffusion France et étranger : Flammarion